杨武能译
德语文学经典

护身符
——迈耶尔历史小说选

〔瑞士〕迈耶尔 著

杨武能 译

商务印书馆
创于1897
The Commercial Press

图书在版编目（CIP）数据

护身符：迈耶尔历史小说选 /（瑞士）C.F. 迈耶尔著；杨武能译 . —北京：商务印书馆，2023
（杨武能译德语文学经典）
ISBN 978-7-100-22160-3

Ⅰ. ①护⋯　Ⅱ. ①C⋯ ②杨⋯　Ⅲ. ①中篇小说—小说集—瑞士—现代　Ⅳ. ① I522.45

中国国家版本馆 CIP 数据核字（2023）第 049291 号

权利保留，侵权必究。

杨武能译德语文学经典
护身符
——迈耶尔历史小说选
〔瑞士〕迈耶尔　著
杨武能　译

商　务　印　书　馆　出　版
（北京王府井大街36号　邮政编码100710）
商　务　印　书　馆　发　行
北京艺辉伊航图文有限公司印刷
ISBN 978 - 7 - 100 - 22160 - 3

2023年6月第1版	开本 880×1230　1/32
2023年6月北京第1次印刷	印张 10

定价：48.00元

序一

《杨武能译德语文学经典》序
王　蒙

　　熟知杨武能的同行专家称誉他为学者、作家、翻译家"三位一体"，眼前这二十多卷《杨武能译德语文学经典》收德语文学经典翻译，足以成为这一评价实实在在的证明。身为大学教授和博士生导师的杨武能，尽管他本人早就主张翻译家同时应该是学者和作家，并且身体力行，长期以来确实是研究、创作和翻译相得益彰，却仍然首先自视为一名文学翻译工作者，感到自豪的也主要是他的译作数十年来一直受到读者的喜爱和出版界的重视。搞文学工作的人一生能出版皇皇二十多卷的著作已属不多，翻译家能出二十多卷的个人文集在中国更是破天荒的事。首先就因为这件事意义非凡，我几经考虑权衡，同意替这套翻译家的文集作序。

　　至于杨教授为数众多的译著何以长久而广泛地受到喜爱和重视，专家和读者多有评说，无须我再发议论了。我只想讲自己也曾经做过些翻译，深知译事之难之苦，因此对翻译家始终心怀同情和敬意。

　　还得说说我与杨教授个人之间的交往或者讲情缘，它是我写这篇序的又一个原因，实际上还是更直接和具体的原因。

前排左一为中国作家协会副主席冯牧,左五为中宣部副部长周扬,左七为对外文委主任林林;二排左三为王蒙,左五为德国大诗人恩岑斯贝格;三排左二为杨武能

陪德国作家游览十三陵

1980年，我奉中国作家协会指派，全程陪同一个德国作家访问团，其时还在中国社会科学院跟冯至先生念研究生的杨武能正好被借调来当翻译。可能这是访问我国的第一个联邦德国作家代表团吧，所以受到了格外的重视。周扬、夏衍、巴金、曹禺等先后出面接待，我和当时的小杨则陪着一帮德国作家访问、交流、观光，从北京到上海，从上海到杭州；到了杭州，记得是住在毛主席下榻过的花家山宾馆里。

一路上，中德两国作家的交流内容广泛、深入，小杨翻译则不只称职，而且可以说出色，给德国作家和我们留下了深刻印象。我和他当时都还年轻，十多天下来接触和交谈不少，彼此便有所了解。后来尽管难得见面，却通过几次信，偶尔还互赠著作，也就是仍然彼此关注，始终未断联系。比如我就注意到他一度担任四川外语学院的副院长，在任期间发起和主持了我国外语

2018年，中国现代文学馆马识途百岁书法展，老哥儿俩最近的一次喜相逢

界的第一次大型国际学术研讨会；知道他因为对中德文化交流贡献卓著，获得过德国国家功勋奖章和歌德金质奖章等奖励；知道他前些年在广西师范大学出版社出版《杨武能译文集》，成为我国健在的翻译家出版十卷以上大型个人译文集的第一人，如此等等。不妨讲，我有幸见证了杨武能从一名研究生和小字辈成长为著名译家、学者、教授和博导的漫长过程。

杨教授说，像我这么对他知根知底且尚能提笔为文的"前辈"，可惜已经不多，所以一定要把为文集写序的重任托付给我。我呢，勉为其难，却不能负其所托，为了那数十年前我们还算年轻的时候结下的珍贵情谊！

序二

文学经典翻译与翻译文学经典

许 钧*

近读乔治·斯坦纳的《巴别塔之后——语言与翻译面面观》，书中有这么一段话："为了接近古人，得到精确的回响，每一代人都会出于这种强烈的冲动重译经典，所以每一代人都会用语言构筑起与自己相谐的过去。"①重译经典，在我看来，绝不仅仅是为了接近古人、构筑过去，而更是赋予古人以新的生命。文学经典的重译，就其根本意义而言，是文学经典重构与生成的过程。我一直认为，一部好的文学作品，一定呼唤翻译，呼唤着"被赋予生命的解读"。没有阐释与翻译，作品的生命便会枯萎。是翻译，不断拓展作品生命的空间，延续作品生命的时间。以此观照商务印书馆即将推出的《杨武能译德语文学经典》，我想向德语文学经典新生命在中国的创造者、杰出的翻译家杨武能先生致以崇高的敬意。

---

* 浙江大学文科资深教授，中华译学馆馆长。

① 斯坦纳.巴别塔之后——语言与翻译面面观［M］.孟醒，译.杭州：浙江大学出版社，2020：34.

一个杰出的翻译家,需要具有发现经典的眼光。我和杨武能先生相识已经快35个年头了。1987年,我在南京大学读研究生,主攻文学翻译与研究,那时杨武能先生因为重译了郭沫若先生翻译过的《少年维特之烦恼》,在国内文学翻译界声名鹊起,影响很大。时年5月,南京大学召开中国首届研究生翻译研讨会,南京大学研究生翻译学会让我与杨武能先生联系,我便向他发出了诚挚的邀请,恭请他出席研讨会做主旨报告,指导后学。那次报告的具体内容我已经记不清了,但我永远忘不了在会议期间的交谈中他叮嘱我的一句话:"做文学翻译,要选择经典作家。"选择,意味着目光与立场。梁启超曾在《变法通议》中专辟一章,详论翻译,把译书提高到"强国第一义"的地位。而就译书本

1985年,南京大学召开中国首届研究生翻译研讨会,我和杨先生及会议主办者合影于南京大学大门前。中间者为杨先生

身，他明确指出："故今日而言译书，当首立三义：一曰，择当译之本；二曰，定公译之例；三曰，养能译之才。"梁启超所言"择当译之本"，便是"译什么书"的问题。他把"择当译之本"列为译书三义之首义，可以说是抓住了译事之根本。回望杨武能先生60余个春秋的文学翻译历程，我们发现，从一开始他就把"择当译之本"当成其翻译人生的起点与基点。选择经典，首先要对何为经典有深刻的理解。文学经典，是靠阅读、阐释与翻译不断生成的。一个好的翻译家，不仅要对经典有自己独到的理解与领悟，更要在准确把握原文意义的基础上，把原文的精神与风貌生动地表现出来，让文学经典成为翻译经典。60余年来，杨武能先生翻译了近千万字的德语文学作品，无论是古典主义的《浮士德》、浪漫主义的《格林童话全集》、现实主义的《茵梦湖》，还是现代主义的《魔山》，每一部都堪称双重的经典：文学的经典与翻译的经典。首创性的翻译，是一种发现；成功的重译，是一种超越。我曾在多个场合说过，翻译，是历史的奇遇。一部好的作品，能遇到像杨先生这样好的译家，那是作家的幸运，也是读者的幸运。

一个杰出的翻译家，需要具有创造的能力。发现经典、选择经典是文学翻译的起点，而要让原作在异域获得新的生命，则需要译者付出创造性的劳动。莫言在诺贝尔奖颁奖典礼上发表感言时说："我还要感谢那些把我的作品翻译成世界很多语言的翻译家们，没有他们创造性的劳动，文学只是各种语言的文学，正是有了他们的劳动，文学才可以成为世界的文学。"创造性，是翻

1985年《译林》创刊5周年招待会上,与杨先生及诗人兼翻译家赵瑞蕻合影,左二为杨先生

译应具有的一种精神,也是历代译家所追求的一种境界。杨武能先生深谙翻译之道,他知道,一部文学佳作要在异域重生,需要翻译家发挥主体性,不仅译经典,更要还它以经典。早在1990年,他就撰写了《文学翻译与翻译文学:兼论翻译即阐释》一文,在文中明确区分了文学翻译与翻译文学的概念,指出:"要成为翻译文学,译本就必须和原著一样,具备文学一样的美质和特性,也即除了传递信息和完成交际任务,还要具备诸如审美功能、教育感化功能等多种功能,在可以实际把握的语言文字背后,还会有丰富的言外之意、弦外之音,以及意境、意象等难以言传、只可意会的玄妙的东西。"[①]基于这样的认识,他对文

---

① 杨武能.译翁译话[M].杭州:浙江大学出版社,2020:279.

学翻译应达到的高度有着自觉和积极的追求。他认为，"面对复杂、繁难、意蕴丰富、情志流动变换的原文"，译者不能"消极地、机械地转换和传达或者反映"，应该主动"深入地发掘、发扬和揭示"。为此，他调遣各种可能，去创造性地重现《少年维特的烦恼》中蕴含的多重情致与格调，传达《魔山》独特的哲理性与思辨性，"再现大师所表达的丰富深刻的思想、精神，感受、再创杰作所散发的巨大强烈的艺术魅力"（见《译翁译话》第82页）。

一个优秀的翻译家，应该具有不懈求真的精神。杨武能先生译文学经典有一个明确的目标，就是要"创造传之久远的、能纳入本民族文学宝库的翻译文学，要创造美的翻译和美玉、美文"（见《译翁译话》第19页）。文学翻译，要具有文学性，具有审美特质，具有美的感染力。作为一个优秀的翻译家，杨武能先生清醒地知道，当下的文学翻译界对于"美"的认识存在着不少误区，甚至有的把翻译之"美"简单地等同于辞藻华丽。他强调说明："我翻译理念中的'美'，指的是尽可能充分、完美地再创原著所拥有的种种文学美质。而非译者随心所欲地想怎么美就怎么美，更不是眼下一些人津津乐道的所谓的'唯美'。"（见《译翁译话》第19页）换言之，追求翻译之美，在于追求翻译之真，需要有求真的精神。再现美，首先要把握原作的美学价值与审美特征，为此必须对原作有深刻的理解。杨武能先生在文学翻译中始终秉承科学求真的精神，对拟译的文本、作家有深入的研究、不懈的探索，坚持在把握原文的精神、风格与特质的基础上再现原作之美，以达到形神兼备。翻译与研究互动，求真与求美融通，构成了杨武能先生文学翻译的一大特色，也因此铸就了杨武能先生翻译的伦理品格。

发现经典、阐释经典、再创经典，这便是杨武能先生的文学翻译之道。杨武能先生的译文，数量之巨、涉及流派之多、品质之高、影响之广，难有与之比肩者。开风气之先，以翻译不断拓展思想疆域的商务印书馆陆续推出《杨武能译德语文学经典》，这在中国的文学翻译出版史上是件大事，可喜可贺。在《杨武能译德语文学经典》即将与读者见面之际，杨先生嘱我写序，我欣然从命。一是因为我们有特殊的校友之情，在南京大学建校110周年之际，我曾写过一篇文章，题目叫《一直引着我前行——我心中的杰出校友杨武能先生》，对这位前辈校友，我心存感激：

2018年，中国翻译史上的大事件：中华译学馆成立！照片中前排左一为唐闻生，左三为杨先生，左二为本人

在我的翻译与翻译研究之路上，在我前行的每一个重要的路段，在我收获的每一个重要的时刻，都有他留下的指引的闪光。南京大学有幸有杨武能先生这样杰出的校友，他的杰出不仅仅在于他卓越的学术建树、他在国际日耳曼学界广泛的影响，更在于他在与后学的交往中所体现出的一种榜样的力量。二是因为我深知这是一份重托：前辈的文学翻译之路，需要一代代新人继续走下去；前辈的翻译精神，需要后辈继承与发扬。让我们从阅读《杨武能译德语文学经典》开始，追随杨武能先生，以我们用心的细读和深刻的领悟，参与经典的重构，让外国文学经典在中国的新生命之花更加灿烂。

2021年8月1日于南京黄埔花园

自序

天时·地利·人和
成就译翁"一世书不尽的传奇"

我应约写过一篇《我的外语生涯》①，回顾自己半个多世纪学外语、教外语、担任外语学院领导，以及使用外语做学术研究和进行国际文化交流的点滴往事和心得，以庆祝中国共产党成立100周年。这回我再写一文介绍我的翻译生涯，作为即将面世的《杨武能译德语文学经典》的自序。

60多年以外语为生存手段，教书和学术研究是我的本职工作，说多重要有多重要；然而，我毕生心心念念的却是文学翻译，梦寐以求的是成为一名文学翻译家兼作家，文学翻译才是我真正的志趣、爱好和事业。眼前这套《杨武能译德语文学经典》，乃我60多年心血的结晶。它犹如一棵树冠如盖的巨树，树上结满了鲜艳夺目、滋味鲜美、营养丰富的果实；它长在一片土壤肥美、风调雨顺的大园子里。这座历史悠久的名园叫：商务印书馆！

---

① 选自：王定华，杨丹.人类命运的回响——中国共产党外语教育100年［M］.北京：外语教学与研究出版社，2021.

开编新闻发布会上,巴蜀译翁杨武能分享从译60多年的经历与感悟

"译协影子会长"、译林出版社老社长李景端,一口气举出译翁创下的15项第一[1]

小子我从译之路漫长、曲折、坎坷,且不乏传奇色彩[2]。浙江

---

[1] 除了李景端,还有中国译协常务副会长黄友义先生和中华译学馆馆长许钧教授做了长篇视频致辞。

[2] 凤凰卫视2021年做了一期总题名为《译者人生》的专访,经"译协影子会长"李景端推荐,老朽被访了差不多一个星期,因为"他的故事多"。

大学出版社2020年出版的《译翁译话》、四川文艺出版社2017年出版的《译海逐梦录》和湖北教育出版社2000年出版的《圆梦初记》，都详述了我做文学翻译的经历和心路历程，这篇序文只摘取几个最奇异的片段，侧重说说我当文学搬运工一个多甲子的心得和感悟。一个多甲子啊，有几人熬得过……①

走投无路的选择

巴蜀译翁杨武能生于抗日战争全面爆发第二年的1938年，11年后新中国诞生时刚小学毕业。尽管当工人的父亲领着我跑遍山城重庆的包括教会学校在内的一所所中学，还是没能为他的儿子争取到升学的机会。失学了，12岁的小崽儿白天在大街上卷纸烟卖，晚上却步行几里路去人民公园的文化馆上夜校，混在一帮胡子拉碴的大叔大伯中学文化，学政治常识，学讲从猿到人道理的进化论。是父亲基因强大，我自幼便倾心于读书上学。

眼看我要跟父亲一样当学徒工

农民的孙子、工人的儿子，儿时的巴蜀译翁杨武能

---

① 一个多甲子从我得到李文俊、张佩芬提携，在《世界文学》发表译作算起，此前的小打小闹就不算啦。

重庆育才学校学生

了,突然喜从天降:第二年秋天,在父亲有幸成为其联络员的地下党帮助下,我"考取了"人民教育家陶行知创办的育才学校,进了重庆解放初唯一一所不收学费还管饭的学校!

在育才,我不仅圆了求学梦,还懂得了做人的道理。老师告诉我们要早日成才服务社会,还讲我们的目标就是实现电气化。于是我立志当一名电气工程师,梦想去建设想象中的三峡水电站。

毕业40年后回母校拜谒陶行知老校长

谁料,初中毕业时,一纸体检报告判定我先天色弱,不能学理工,只能学文,梦想随即破灭。1953年我转到重庆一中念高中,还苦闷彷徨了一年多,其间曾梦想学音乐当二胡演奏家或者歌唱家,结果也惨遭失败。后幸得语文老师王晓岑和俄语老师许文戎启迪、引导,才在走投无路的情况下选学外语,确立了先做翻译家再当作家的圆梦路线。

1956年秋天,一辆接新生的无篷卡车把我拉到北温泉背后的山坡上,进了

高中学生杨武能

西南俄文专科学校。凭着在育才、一中打下的坚实的俄语基础,我半年便学完一年的课程跳到了二年级。

重庆一中毕业照(前排右一为王晓岑老师,右二为潘作刚老师,右四为唐珣季老师,右五为甘道铭校长,右六为刘锡琨副校长,右七为张富文老师,右八为陈尊德老师,右九为团委书记方延惠,右十为许安本老师,三排右三为我)

西南俄专，1957年元旦　　　　与同班同学刘扬体等游北温泉公园

因祸得福出夔门

眼看还有一年就要提前毕业，领工资孝敬父母，改善穷困的家庭生活，谁知天有不测风云：牢不可破的中苏友谊破裂了，学俄语的人面临"僧多粥少"的窘境。于是我被迫东出夔门，顺江而下，转到千里之外的南京大学读日耳曼学，也就是德国语言文学，从此跟德语和德国文化结下不解之缘。这一做梦也没想到的挫折，事后证明跟因视力缺陷不能学理工才学外语一样，又是因祸得福。

南京大学学子

须知单科性的西南俄专，无论是硬件还是软件，都远远无法与老牌综合性大学南京大学相比。而今忆起在南大五年的学习生活，尽管远在异乡靠吃助学金过活的穷小子受了不少苦，仍感觉如鱼得水般地畅

同班同学秋游中山陵,前排左三为挚友舒雨

本人是那个穿破裤子的裁判,注意:补丁是自己一针一针缝上去的

快,因为有了实现理想的条件和可能嘛。

要说南大学习条件优越,仅举一个例子为证:

搞文学翻译,原文书籍的获得和从中挑选出有价值的作品,

实乃第一件大事；没有可供翻译的原文，真叫"巧妇难为无米之炊"。作为南大学子，我身在福中。师生加在一起不过百人的德语专业，拥有自己的原文图书馆不说，还对师生一律开架借阅。图书馆的藏书装满了西南大楼底层的两间大教室，整个一座敞着大门的知识宝库，我呢，好似不经意就走进了童话里的宝山。

更神奇的是，这宝山也有个"小矮人"守护！别看此人个头矮小，却神通广大，不仅对自己掌管的宝藏了如指掌，而且尽职尽责，开放时间总是坚守在自己的位置上，对师生的提问一一给予解答。从二年级下学期起，我几乎每周都得到这"小老头儿"的服务和帮助。起初我只是感叹、庆幸自己进入的这所大学真是个藏龙卧虎之地！日后才得知这位其貌不扬、言行谨慎的老先生，竟然是我国日耳曼学宗师之一的大学者、大作家陈铨。

风华正茂的叶逢植老师

1982年陪叶老师走海德堡哲人之路

不过我在南大的文学翻译领路人并非陈铨，而是叶逢植。20世纪五六十年代，叶老师尚未跻身外文系学子崇拜的何如教授、张威廉教授等大翻译家之列。不过，我们班的同学仍十分钦慕他，对他在《世界文学》发表的译作，如席勒的叙事诗《伊璧库斯的仙鹤》和广播剧《人质》等津津乐道，引以为荣。

正是受叶老师影响，我才上二年级就尝试搞翻译，也就是当年为人所不齿的"种自留地"。1959年春天，《人民日报》发表了我翻译的非洲民间童话《为什么谁都有一丁点儿聪明？》，对我而言不啻翻译生涯中掘到的"第一桶金"。巴掌大的译文给了初试身手的小子我莫大鼓舞，以至一发而不可收，继续在小小的"自留地"上挖呀，挖呀，挖个不止，全然不顾有可能戴上"资产阶级名利思想严重"和"走白专道路"的帽子。

真叫幸运啊，才华横溢又循循善诱的叶老师在一、二年级教我德语和德语文学。在他手下，我不只打下了坚实的语言基础，还得到从事文学翻译的鼓励和指点，因此在那个物质和精神都极度匮乏的困难年代，我们之间建立起了相濡以沫的深厚情谊。

小译者发表习作的大刊物

可怜，待分配的肺痨书生！

《译翁译话》第一辑《译坛杂忆》，详述了鄙人"种自留地"拿稿费改善自己和父母经济生活，以及后来在叶老师指引下在《世界文学》刊发德语文学经典翻译习作的情况。想当年，中国发表文学翻译作品的期刊，仅有鲁迅创刊、茅盾主编的《世界文学》一家，未出茅庐的大学生杨武能竟一年三中标，实在不易。

南大德文专业1962年毕业照（前排右五为学生们敬爱的郭影秋校长，右四为系主任商承祖，右三为张威廉教授，右二为林尔康老师，右一为马君玉老师；二排右一为帅哥关群，右二为"痨病鬼"，右三为刘大方，右四为贾慧蝶，右五为张淑娴，右六为小三姐舒雨，右七为团支书曹志慕，右八为志愿军大哥何平谷，右九为王志清大哥，右十为"二胡"潘振亚，右十一为班长张复祥；后排左一为秦祖镒，左二为张春富，左三为杨明，左四为篮球健将陈达，左五为沈祖芳，左六为林尧清，左七为张至德，左八为马明远，左九为华宗德）

就这样，还在大学时代，我连跑带跳冲上了译坛，可也为此付出了沉重代价：毕业前一年，我患了肺结核，住进了郭影秋任校长的南大在金银街5号专为学生设立的疗养所。

1962年秋天毕业却因病不得分配，我寂寞、痛苦地在舒雨的陪伴下[①]等待了几个月，才勉强回到由西南俄专发展成的四川外语学院报到。

毕业后头两年我还在《世界文学》发表了《普劳图斯在修女院中》和《一片绿叶》等德语古典名著的翻译。

谁料好景不长，1965年中国唯一一家外国文学刊物《世界文学》停刊了，接着就是十年"文革"，我的文学翻译梦遂成泡影，身心堕入了黑暗而漫长的冬夜。

否极泰来说"文革"

译翁对"文革"深恶痛绝，它不但粉碎了我做文学翻译家的美梦，还给年纪轻轻的小教员我扣上"反动学术权威"的帽子，仅仅因为我译过几篇古典名作而已。我父亲更惨，莫名其妙地就从革命群众变成"历史反革命"，被勒令到长寿湖学习改造，儿子自然也被划入了"黑五类"另册。业务再好，教学再努力，我当个小小教研室主任前边也得加个"代"字，真是倒霉到了极

---

① 舒雨，我的南大同班同学。身为老舍先生的三女儿，她身份显赫，生活优裕，却偏偏青睐我这个四川"小瘪三"。《译海逐梦录》里有一篇《小三姐》，写她为什么会陪我待分配，以及我在长江边上与她洒泪分别的情景。

1978年冬天，在导师冯至温暖的书房

1982年秋第一次到德国出席学术会议，会后随恩师冯至、叶逢植游览慕尼黑

点，憋屈到了极点！

正是太憋气、太受气，我才忍无可忍，才在1978年以40岁的大龄破釜沉舟：已经获得的讲师头衔不要了，抛下即将生第二个孩子的弱妻和尚年幼的女儿，愤而投考中国社会科学院冯至教授的研究生！

结果呢，我鲤鱼跳龙门，摇身一变成了歌德学者，成了"翰林院黄埔一期"①的一员！

若不是"文革"逼我铤而走险，十有八九小子我还是一名德语教员，充其量也就能奋斗进黄永玉老爷子所谓"满街走"的教授队列。

"文化大革命"把偌大

---

① "翰林院"系中国社会科学院研究生院当年的谑称。1978年恢复研究生制度，在"人才难得的呼喊声中"，许多被"文革"耽误、埋没的知识精英蜂拥进了社科院研究生院，在温济泽老院长的操持下，它的"黄埔一期"真出了不少将帅之才。

一个中国生生变成了文化荒漠。浩劫过后接着是文化饥渴,小子我生逢其时,交了好运,在人民文学出版社孙绳武和绿原前辈帮助下翻译出版了《少年维特的烦恼》,恰如灾荒年推到市场上一大筐新烤出来的面包,"饥民"们一阵疯抢,借着前辈郭老的余威,小子暴得大名!随后译作、著作便一本接一本上市喽。

时也,命也!

《少年维特的烦恼》部分杨译本(包括捐赠了稿费的盲文本)

经过这场浩劫,党和政府毅然拨乱反正,实行改革开放,为中华腾飞打下了坚实基础,小平同志居功至伟。我家里摆着两尊伟人铜像:一尊为毛泽东,一尊为邓小平!

祸兮福兮忆抗战
——亲爱的"下江人"

我出生在抗日战争全面爆发的第二年,依稀记得大人抱着我躲警报的情景,刚懂一点点事就切齿痛恨日本鬼子狂轰滥炸我的家园,永世不忘国家民族的深仇大恨!

抗战期间,陪都重庆经济文化空前繁荣,小小年纪的我同样受益匪浅。这里我讲一个非亲历者体会不到的例子:

抗战时期逃难到大后方的有许多"下江人",也就是江浙、京沪乃至东三省的上层人士和文化精英。抗战期间,难民们受到四川的庇护、款待,对包括重庆在内的第二故乡四川怀有深深的感恩之情。前不久我读到叶逢植老师的一部未刊德语回忆录,说他们从四川回南京后自然形成了一个讲四川话的小圈子,大家都以到过四川为荣,彼此格外亲切。我长大后浪迹南京、北京,涉足文坛遇到许多恩人贵人,从恩师冯至先生到挚友老舍的三女儿舒雨和她的丈夫潘武一,从亦师亦友的译坛领路人叶逢植到忘年之交英语兼德语翻译家傅惟慈,从高风亮节的诗人、翻译家兼编辑家绿原到作家、翻译家冯亦代,等等。这些在我从译和治学路上扶持、提携我,有恩于我的人,他们的一个

冯亦代三不老胡同听风楼中的座上客

鲁迅文学奖翻译奖评议组组长绿原和他的组员杨武能

共同点便是饮过川江水的"下江人"。我忍不住要述说自己这一特殊经历、感受,因为老头子不讲,再过一些年恐怕没有谁会再知道和再想起讲这些亲爱的"下江人"啦!

京城有巴蜀游子的两个落脚点:一个在舒雨、潘武一灯市西口的家中,一个在傅惟慈四根柏胡同的小院里。左一为傅教授的儿女亲家叶君健

人生路漫长曲折,祸福无常,祸福相倚。鄢翁60多年的译著生涯,每每印证此理。多有"山重水复疑无路"的困顿迷茫,绝望挣扎,接着总会"柳暗花明又一村",眼前豁然开朗,心中欣幸欢悦。此时此刻此情此景,每一个不惧艰险、不懈奋进的追求者,都会像浮士德博士一样喊出:你真美啊,请停一停!

鄢翁咬牙在从译之路上奔波、跋涉,一次次跌倒了再爬起来,方有今日之光景。但柳暗花明和跌倒了再爬起来,打拼出新的局面,没有幸逢一位位恩人、贵人,那是不可能的!

格林童话助我"返老还童"

回眸一个多甲子的文学翻译生涯,无论如何也不能不说说译林出版社和它1993年推出的《格林童话全集》。而今,杨译格林童话在读者中的影响,已经超过杨译《少年维特的烦恼》和《浮士德》,为我赢得的老少粉丝数以亿计。不仅如此,《格林童话全集》帮助我"返老还童",使我这棵翻译"老树"在风风雨雨半世纪之后又发出了"新枝"。这个情况,当然早已为业内注意到,于是我慢慢被视为译介少儿作品的好手,因此收到了各式各样的约请。

2007年,经儿童文学理论家王泉根教授推荐,我应邀担任湖南少年儿童出版社"全球儿童文学典藏书系"的"翻译专家委员会委员",不但接受组织德语作品翻译的委托,自己也承担和完成了《七个小矮人后传》和《胡桃夹子》等几本小书的翻译。书虽说单薄,跟我已出版的大多数译著相比微不足道,却是我进入新的年龄段即70岁后的第一批成果,不但使我重温了20年前翻译《格林童话》的美妙滋味,还认识到为孩子们干活儿的非凡意义。不再做翻译的决心动摇了,我开始考虑在保持健康的前提下,力所能及地再为孩子们做点事。

恩德此书被誉为德语文学的现代经典,貌似童书,却有点《浮士德》《西游记》的味道

2010年,以出版少儿读物享有盛誉的二十一世纪出版社找到远在德国的我,约我翻译德国当代著名儿童文学作家普罗斯勒的《大帽子小精灵霍柏》与《霍柏和他的朋友毛球儿》。为考验该社诚意,我提出相当高的签约条件,不想他们慨然应允,这就使我再也脱不了手。两本小书交稿后,他们又请我重译已故当代德国儿童文学大师米切尔·恩德的代表作《永远讲不完的故事》和 Momo。我查了资料,发现这两本书的旧译不但广为流传,而且译者都是熟人,因此颇感为难。我把疑虑告诉了联系人,得到的回答却是请我重译一事已经过慎重考虑,决定系由社长张秋林本人做出,只因他喜欢我的译笔[①]。思考再三,几经踌躇,我终于决定接受约请,理由是应该以广大小读者的接受为重,以大师恩德杰作的传播为重,而不能太在乎个人的得或失[②]。

我为二十一世纪出版社翻译的童书很多,这里只展示《永远

如同 Momo,此书是批判后工业社会的生态小说

[①] 前些年,秋林曾代表台湾地区某出版社约我译恩德的《如意潘趣酒》。

[②] Momo 在20世纪八九十年代就有中译本,我印象最深的是译林出版社资深编辑赵燮生的《莫莫》,因为燮生邀我为它写过序。二十一世纪出版社的重译本《毛毛》也许译名取得巧,结果后来居上。我重译了 Momo,尽管煞费苦心把译名变成了《嫫嫫》,还是未能免掉麻烦和困扰。不过这只是一点点不值一提的鸡毛蒜皮,革命航船仍然乘风破浪,也就是得大于失,反倒加快了"返老还童"的进程。

讲不完的故事》和《如意潘趣酒》的封面。

再说我的"返老还童",为此我由衷感谢在激烈的争夺中与我签订"格林兄弟"作品出版合同的李景端①,还有责任编辑施梓云,没有这位称职"保姆"养育、呵护,"孩子"不会长得如此健壮可爱,这么有出息!很自然地,译林出版社和李、施两位都成了本翁的好朋友。

欣慰自豪一二三

我从译半个多世纪真没少经历痛苦磨难,但更多的是师友的教诲、帮助,恩人贵人的扶持、提携,因而有了一些可堪欣慰、自豪的成绩,在此略述一二。

其一,毕生所译几乎全是名著佳作,尤以古典杰作居多。翻译古典名著很难避免重译。重译亦称复译,复译之必要已为业界公认,问题只在质量和效果。重译者做到了推陈出新、更上层楼,有利于原著进一步传播,有利于读者更好地接受,价值就不容否认和低估,就不一定比新译或所谓"原创性翻译"来得差。具体说到我重译的歌德代表作《浮士德》《少年维特的烦恼》《迷娘曲——歌德诗选》《歌德谈话录》,以及《阴谋与爱情》《海涅抒情诗选》《茵梦湖》和《格林童话全集》等,事实

---

① 他一听说漓江出版社也属意我的《格林童话》译稿,立马从南京奔到我成都的家中,和我签了出版合同。

表明都得到了同行专家的赞赏，出版界和读书界的欢迎。例如《少年维特的烦恼》入选了人民文学出版社、作家出版社以及商务印书馆等权威大社"名著名译"丛书，《浮士德》被藏入国家领导人的书柜，《格林童话全集》成为教育部推荐的中学生"新课标"选本。

除了重译，译翁也有不少首译的作品，较重要的如托马斯·曼70多万字的巨著《魔山》，黑塞的长篇小说《纳尔齐斯与歌尔德蒙》，海泽的中篇集《特雷庇姑娘》，迈耶尔的中篇集《圣者》，以及霍夫曼、克莱斯特等的许多中短名篇，还有米切尔·恩德的现代经典童话《如意潘趣酒》等，加在一起不但数量可观，也同样受到读者欢迎、同行肯定。

《魔山》等经典名著部分译本

其二，鄙翁尽管痴迷于文学翻译实践，却不只顾埋头译述，做一个吭哧吭哧的"搬运工"，也对文学翻译做过不少理论思考，对它的性质、意义、标准以及从事此道的人必须具备的条件和修养等，形成了有个人见解且言之成理、立论有据的理念，或者勉强也算理论。老朽自视为译学研究舞台上的"票友",却有同行谬赞吾为"文学翻译家中的思想者"。

说起文学翻译理论,一言以蔽之,我特别重视"文学"二字。早在20世纪80年代,区区就强调优秀的译文必须富有与原著尽可能贴近的种种文学元素和美质,也就是在读者审美鉴赏的显微镜下,译文本身也必须是文学,即翻译文学。而这一点,即文学翻译除去正确和达意之外,还必须富有与原文近乎一样的文学美质,正是文学翻译的难点和据以区别于他种翻译的特质。

德国人称纯文学(即Belletristik)为"美的文学"(schöne Literatur),我想不妨也称文学翻译为"美的翻译",或曰"艺术的翻译"。使自己的译作成为"美的翻译",成为"美玉"、美文,成为翻译文学,是我半个多世纪翻译生涯的不变追求。

为避免误解,我必须强调:翻译理念中的"美",指的是尽可能充分、完美地再创原著所拥有的种种文学美质,而非译者随心所欲地想怎么美就怎么美,更不是眼下一些人津津乐道的所谓"唯美"和为美而美。

要创造传之久远的、能纳入本民族文学宝库的翻译文学,要创造美的翻译、美文、"美玉",必须充分发挥翻译家的主观能动性和创造精神。因此我赞成说文学翻译是艺术再创造;因此我认为,翻译家理所当然地应当是文学翻译的主体,也事实上是主体。

其三,我践行了早年提出的文学翻译家必须同时是学者和作家的理念，几十年来努力追寻季羡林、戈宝权、傅雷等译界前辈的足迹，把研究、翻译、创作紧密结合起来，让它们相辅相成、相得益彰，在完成教师本职工作之余，翻译、研究、创作齐头并进，在三个方面都取得了或大或小的成绩，出版的译著、论著和创作总计约40部。即使仅仅作为翻译家，我在学者和作家朋友面前当也不自惭形秽。其他理由不说了，只讲我译著的读者数量以千万计，而一部名著佳译流传数十年甚至更加长远，可以影响一代又一代人，这难道不值得自豪吗？

还值得一说的是，几十年来我积极参加国内外翻译界的活动，不甘于做一个把自己关在屋子里爬格子的书呆子和匠人。有机会向前辈和国内外同行学习，我获益匪浅。

社科院众多大儒中我最亲近戈宝权。1987年他应邀出席四川翻译文学学会成立大会，会后偕夫人梁培兰做客我在四川外语学院的寒舍，与我妻子王荫祺和次女杨熹合影。我受他影响，也涉猎中外文化关系研究

我读研时去北大听过田德望先生的课，他待我很好。我参评教授时，他写推荐多有美言，是我视为表率的德语和意大利语翻译大家

1985年，我参加了在烟台举行的全国中青年文学翻译经验交流会

也是1985年，出席《译林》杂志创刊五周年纪念会，我拜识了一大批前辈名家。

三排右一为周珏良，右二为毕朔望，右三为杨岂深，右四为吴富恒，右五为戈宝权，右六为汤永宽，右七为屠珍，右八为梅绍武；中排左一为吴富恒夫人陆凡，左二为董乐山；前排左一为东道主，左二为陈冠商，左三为杨武能，左四为郭继德，左五为施咸荣

1992年珠海白藤湖，我出席海峡两岸文学翻译研讨会，欣逢自称半个四川人的"下江人"余光中先生，与他一见如故。

乡愁诗人与我的忘年之交

在白藤湖，我还拜识了王佐良、齐邦媛和金圣华等译界名宿。

图为李文俊、方平、董衡巽和小杨（时年54岁）

2004年任欧洲译协驻会翻译家

1999年歌德诞辰250周年，我受聘赴魏玛"《浮士德》翻译工场"打工，作为唯一中国代表与来自全世界的《浮士德》翻译家切磋译艺。"工场"关门后又应邀赴艾尔福特开更大的世界歌德翻译家研讨会。

在欧洲译协与诺奖得主君特·格拉斯相谈甚欢

遗憾的是，当今中国，翻译家在文艺界和学术界没有受到足够的重视：即使是经典译著，在高校通常也不算科研成果，翻译的稿酬标准也远低于创作。对此，翻译家们心怀愤懑却无能为力，不少人因此失望、自卑。译翁却不但不自卑，心中还充满自豪，反倒为自己是一名有成就、有作为、有影响的文学翻译家自豪！

夫唱妇随，在欧洲译协驻会翻译家居住的小别墅门前

在艾尔福特的世界歌德翻译家研讨会做报告

2018年荣获"翻译文化终身成就奖",这是巴蜀译翁在国内得到的最高奖项

我不是傅雷，我是巴蜀译翁，巴蜀译翁！

近些年，有媒体报道称老朽为"德语界的傅雷"：

2013年6月27日，中国网河南频道报道"德语界傅雷"杨武能荣获歌德金质奖章；《成都商报》说什么"德语界的傅雷"川大教授杨武能获得了"翻译诺贝尔奖"；2018年，又有报道说80高龄的杨武能"拿下了"翻译文化终身成就奖，称誉他为"德语界的傅雷"，云云。不只某些媒体，严谨的学术界也偶有拿我跟傅雷相提并论者。

傅雷先生（1908—1966）是中国翻译文学史上的一座丰碑，我走上文学翻译道路就是中学时代受了先生和汝龙、丽尼等前辈的影响，傅雷更是我从译之路上的向导乃至偶像。我说我不是傅雷，没有丝毫贬低他的意思，相反我对先生十分崇敬和感激。我所以坚称自己不是傅雷，因为我就是我，我跟傅雷有太多的不同。多数的不同不言自明，只有一点必须要强调，因为影响大而深远：

傅雷比我早生30年，58岁不幸去世；同成长在新中国，虽也历经坎坷，却在和平环境里幸福地多劳作了数十年的译翁，不可同日而语！译翁施展的时间和空间远远大于傅雷前辈，能创造和贡献的自然应该更多更大。至于是不是真的更多更大，则有待评说。

感恩故乡，感恩祖国

2018年年届耄耋，我突发奇想，给自己取了个号或曰笔名：巴蜀译翁。

一辈子混迹文坛，我用过的笔名不少，大多随用随弃，但这"巴蜀译翁"将一直用下去。它不只蕴含着我对故乡无尽的感恩之情，还另有一层含义！

我出生在山城重庆较场口十八梯下厚慈街，从小爬坡上坎，忍受火炉炙烤熔炼，练就了强健的筋骨、刚毅的性格。天府四川的文学沃土养育我茁壮生长，我自幼崇拜李白、杜甫、苏东坡，尤其是苏东坡！我生而为重庆人，重庆人就是四川人；我一辈子都为自己是四川人而自豪，为自己是李白、杜甫、苏东坡、郭沫若、巴金的同乡、后辈而自豪。没想到行政区划的

苏东坡，译翁奉他为古代中国的歌德①

---

① 2000年法国《世界报》评选出1001—2000年间的"千年英雄"，全世界入选者12人，中国也是亚洲入选的唯一一位就是苏东坡。

变化，有一天我突然不是四川人了！我实在难过，想起杜甫草堂、武侯祠、三苏祠就难过！我取"巴蜀译翁"这个名号，是要表明自己对四川—重庆人这个身份的忠诚。

得意忘形　"引吭高歌"

杨武能著译文献馆（巴蜀译翁文献馆）开馆展。左一为四川大学文学院院长曹顺庆，左二为重庆市作协主席冉冉，左四为著名翻译家刘荣跃，左五为华裔德籍著名歌德研究家顾正祥

我2008年从川大退休旅居德国，2014年送重病的妻子回重庆就医；2015年，重庆图书馆成立了杨武能著译文献馆。三年后，我逮住建立成渝双城经济圈和巴蜀文旅走廊的机会，赶快将它正名为"巴蜀译翁文献馆"，以舒缓心中的伤痛！

据我所知还没有为一个"文化苦力"建有巴蜀译翁文献馆这般高规格、大体量的个人文献馆的先例。

重庆武隆的世界自然遗产地仙女山还建有一座巴蜀译翁亭，实属少见。

这一馆一亭的意义和未来，还活着的译翁本人不便说，也说不清楚，只感觉这是故乡对区区无尽的爱，厚重得不能承受的爱，所以，巴蜀译翁这个笔名对我之要紧、珍贵，胜过父亲按字辈给我取的本名！

再看巴蜀译翁亭的柱子上，有一副楹联：

上联　浮士德格林童话魔山　永远讲不完的故事

下联　翻译家歌德学者作家　一世书不尽的传奇

组成上联的是我四部代表译著的题名，下联是我的主要身份以及一生的重大建树。

戈宝权评郭沫若说：郭老即使只翻译了一部《浮士德》，就很了不起。巴蜀译翁成功译介的经典多得多！

说主要身份，意味着还有其他身份略而未表。说一说幸得冯至先生亲传的歌德学者吧，译翁是荣获国际歌德研究最高奖"歌德金质奖章"唯一中国学人，其他似乎不用再说。只有作家这个身份，译翁还须努力夯实它。

重庆武隆仙女山巴蜀译翁亭揭幕,出席仪式者除主持仪式的县委领导和川渝文化名流,还有来自德国、美国、澳大利亚、日本、马来西亚等国的华裔作家和文艺家。他们经由小女杨悦组织来世界自然遗产地武隆仙女山采风,其中不乏周励这样的大作家[①],却自谦为译翁的粉丝(张晓辉 摄)

译翁信心满满,只要坚守"生命在于创造,创造为了奉献"这个座右铭,一旦得到缪斯女神眷顾,诗的闸门就会大开。他有翻译家超强的笔力和得自书里书外的人生体验,可以讲的故事多着呢!仔细想想,真是每一部重要译著背后都有精彩故事呢,也就难怪李景端在提议凤凰卫视来专访我时讲:他的故事多!

"一世书不尽的传奇"? 好大一个牛皮!

不是牛皮是事实!

---

① 代表作为《曼哈顿的中国女人》《亲吻世界——曼哈顿手记》。更令译翁钦佩的是,她还是一位极地旅行家,著有多部旅游探险记。

新中国成立前四川有句民谚："养儿不用教，酉秀黔彭走一遭！"说的是四川这几个地方极度苦寒，娇生惯养的娃娃只要去那里走一走，看一看，就会知道生活艰难，不懂事的就会懂事。我祖父杨代金是彭水（现武隆）大娄山上的贫苦农民，他儿子我爸跑到重庆城当了电灯工人，他孙子我巴蜀译翁现如今成了享誉海内外的翻译家、学者、作家还有教授、博导、大学副校长，您说传奇不传奇？

若问哪个（怎么）会出现这样的传奇？回答：天时、地利、人和呗！

欲知究竟，劳驾到重庆沙坪坝凤天路106号，去逛逛重庆图书馆的巴蜀译翁文献馆。您一进文献馆大门，就会看见屏风上写着答案。

巴蜀译翁文献馆门厅处屏风

看样子传奇还不算完，尽管译翁已经八十有三。须知他的座右铭是"生命在于创造,创造为了奉献",在有生之年,他还要继续创造,继续奉献,也就是生命不息,奋斗不止!在光辉灿烂的新时代,译翁有一个梦:老头儿梦见自己"年富力强",变成了新的自己,正铆足劲儿,要创造一个个新的传奇……

民族复兴大业美好、光荣、伟大,本翁啷个能不参与,不投入其中呢?!

结语:没有共产党缔造新中国,就没有巴蜀译翁!没有父母养育、亲属支持①、师长教导、友朋帮衬、贵人提携,就没有巴蜀译翁!故而译翁在中国共产党成立100周年之际开始结集出版自己60余载心血的结晶《杨武能译德语文学经典》,把它献给我的人民、我的国家,把它献给我的亲戚朋友,献给我的母校育才、一中、俄专、南大、社科院研究生院,以及德国洪堡基金会(Alexander von Humboldt-Stiftung),献给我在中国和德国的老师、同学,最后,还献给支持、厚爱译翁的千万读者、粉丝,老的少的粉丝!

德国大文豪、大思想家歌德说:我们都是"集体性人物"!意即我们生命中包括父母、亲属、师长、同学、同事、同行的许许多多人有意无意地影响了我们,从正面或者反面帮助、促成我们的成长、发展,造就了我们,最终决定了我们成为什么样的人。不能不说明,写在纸上的都是美好、阳光、正面的人和事;

---

① 必须感谢我的家人,特别是我的妻子王荫祺。她与我志同道合、同甘共苦三十五载,精心养育两个女儿,多方面为我分劳分忧,不只生活中给我无微不至的照顾,还参与我多部作品的翻译工作。在《译翁情话》里,将对她述说很多很多。

可在现实生活中,译翁跟所有人一样也遭遇过阴暗和丑陋,但那些阴暗和丑陋也磨炼、激励了我,最终成就了我,同样是我的塑造者!

茫茫人海,天高地阔,万类霜天竞自由!少了哪一类都不行,少了哪一物种世界都不会如此多姿多彩,生活都不会如此美好、幸福,译翁都不会活得如此有滋有味!多谢啦,一切从正面或反面促成、造就我的人,译翁感激你们哟,爱你们哟!

2021年12月于山城重庆图书馆巴蜀译翁文献馆

目　录

护身符……………………………………………1
普劳图斯在修女院中………………………………69
圣者………………………………………………108

译后记
　"金丝银线织成的锦缎"……………………………263

护身符

第一章

今天，1611年3月14日，我骑马离开比尔湖畔的家，去果尔松找老波卡尔，与他了结一笔旷日持久的交易，把我在闵希魏勒附近那块长满橡树和山毛榉的坡地转手给他。老先生不厌其烦地再三来信，要我让一点价钱。事实上，我对那片树林的索价，已是低得无话可说。可老先生定要我再少一点，好像这样做乃是我的本分似的。由于我满有理由对他表示敬重，同时我那为联省共和国①效力的儿子，已和一位丰满的荷兰金发女郎订婚，为帮助他置办家具我也急需要钱，因此，我决定向老波卡尔让步，尽快地与他完成交易算啦。

在他那古老的邸宅里，我找到了这位老人；只见他形容枯槁，孤孤单单，灰白的头发散乱在额前，又从脑后一直拖到了脖

---

① 1566年荷兰人在加尔文教的旗帜下发动起义，从西班牙封建王朝的统治下争得了北方七省的独立，于1581年建立世界上第一个资产阶级国家，称联省共和国。

子里。一听说我准备让价,昏暗的眸子立刻射出欣喜的光。他到晚年还拼命敛财,全不顾自己并无子嗣,一死之后全部家产都将留给那些眉开眼笑的承继人哪。

他领我进了塔楼里的一间小房,房里有一只虫蛀的橱柜,存放着他的各种文契。他叫我坐下,立刻草拟契约。我很快就拟好了,抬起头来,发现他正在橱子的抽屉里乱翻,寻找他那忘记放到何处去了的印章。看见他那么着急地翻箱倒柜,我不由得站起身来,打算去帮他一把。我走到他身后,正赶上他慌里慌张地拉开了一个秘密的抽屉,我往里一瞧,不禁深深地发出一声叹息。

抽屉里,并排摆着两件十分稀罕而我却非常熟悉的东西:一项让枪弹打穿了的毡帽和一块大大的、圆圆的银制圣牌,上面镂着安西德尔恩①的圣母像,镂工相当粗糙。

老人转过身来,像是回答我那一声叹息,哽咽地说:"可不,沙道先生,安西德尔恩圣母如今还保佑着我和我的田园家宅。但自从邪教传来世上,我们的瑞士也遭了劫,仁慈的圣母就不灵验了,即使对正教徒也是如此!我亲爱的孩子威廉,他的遭遇就是明证啊。"说着,眼泪从他那灰白的睫毛底下涌了出来。

触景生情,我心里也很难过。他儿子与我同年,并且死在我的身边,我勉强对老人说了几句安慰的话。不知是我的话使他生了气呢,或是压根儿就没有听见,他突然又性急地谈起我们的交易来,重新开始寻找私章。终于找到后,他拿起来在文契上盖了

---

① 瑞士著名圣地,位于苏黎世湖南边。

一下,就马上打发我离开,未作任何特别的客气表示。

我骑马回家。一路上,我疾驰在苍茫暮色之中,随着那春天的田野升起来缕缕雾霭,一幕幕往事便在我眼前浮现,那么清楚,那么鲜明,那么咄咄逼人,扣人心弦,我痛苦极了。

威廉·波卡尔的命运,与我的命运紧紧交织在一起,开始是愉快地交织在一起,后来是可怕地交织在一起,最后是我把他拖向了死亡。然而,不管这令我多么痛苦,我却全无悔恨之意,倘使当年的情况今日又得重演,我一定还会像我二十岁时那样行事。往事的回忆总是令我激动不已,我下定决心,要写下这段离奇的故事,以使我的内心得到平静。

第二章

我生于1553年,生下来从未见过自己的父亲,他在我出世后没几年就战死在圣康坦[①]的城垣上了。我们原系图林根[②]的一个家族,自古来祖辈多为军人,曾追随过不少有名的统帅,特别是我父亲,曾长期效力于维尔腾堡乌尔利希公爵[③],公爵见他忠心耿耿,便授予他米佩尔加特伯爵领地的一个官职,并促成他与一位

[①] 法国北部城市,1557年被西班牙攻陷。
[②] 德国中部地名。
[③] 德国农民战争中一个十分活跃的人物,开始时镇压农民起义军,后又参加起义军作战。

伯尔尼①小姐的婚事。乌尔利希公爵当年流亡瑞士，曾受过她先人的款待。怎奈我父亲过不惯宁静的文官生活，不久又去法国投身戎行，为保卫彼加尔提②，与英国和西班牙作战。这成了他参加的最后一次战斗。

不久，我的母亲也随父亲死去，我便被一位舅舅收养。他住在比尔湖畔，是一个清高而古怪的人。他很少参与社交生活，全亏他那载入了伯尔尼年鉴的光辉姓氏，否则在伯尔尼早已没有了立足之地。他从年轻时起就致力于圣经的诠释，这在宗教大动荡的年月本是极平常的事。但不平常的是他竟从圣经的一些章节，特别是从《约翰启示录》中，获得了一种信念，认为世界末日即将到来，大可不必在这浩劫之前再去创立新教，干这劳而无功的事。因此，他坚决地拒绝上伯尔尼大教堂去。上面说过，只因为他长年深居简出，才免遭教会当局的沉重打击。

在这样一位与世无争的和蔼长者监护下——虽然不乏管教，但却没有惩罚——，我在乡村的自由环境中成长起来，所交往的只是邻村的农家孩子和一位村里的牧师。牧师是个严格的加尔文③教徒，舅舅委托他对我进行新教教育，自己完全不肯插手此事。

我青年时代的这两位监护人，他们对某些问题的看法不尽一致。和他的祖师爷加尔文一样，神学家认为地狱的惩罚永远存

---

① 瑞士名城，当时为最有势力的一个城邦。
② 法国北部省名。
③ 约翰·加尔文（1509—1564年），法国宗教改革家，他在瑞士日内瓦创立了加尔文教，后来传到法国、瑞士、荷兰等国。

在，并且是使世人敬畏上帝的前提。业余圣经诠释者却坚信，万事万物终将归于和谐，获得再生，并以此自慰。我的思想受着一贯严谨的加尔文教义的熏陶，很好掌握了它，没有一丝一毫疏漏。但我的心，却无保留地倾向我的舅舅。虽然他对未来的种种玄想，很少使我关心。唯有一回，他令我大为惊异。很久以来，我就怀着渴望，想弄一匹在比尔城里见过的那种烈性马驹，弄一匹很漂亮的黄马。一天早上，我带着这个急欲吐露的大心事，走到舅舅跟前。他正专注地读一本书，我生怕他拒绝我的请求，倒不会为了价钱贵，而是担心我驯不了这种当地著名的烈性马。我刚要开口，他那炯炯发光的蓝眼睛就盯着我，庄重说道："你知道，汉斯，死神骑着灰马，这意味着什么？"

舅舅料事如神，惊得我目瞪口呆。直到我朝那本翻开的书瞥了一眼，才明白他并非指我的黄马，而是指启示录中四位神秘骑士里的那个死神[①]。

那位博学的牧师也教我数学，而且还传授给我一些从著名的兵书中汲收来的初步军事知识。他年青时曾在日内瓦上大学，参加过守城和出征。

已经谈妥，我一满十七岁就去从军，甚至连去投哪位统帅也都定了。当时，伟大的哥里尼[②]誉满天下。在当代的众多统帅中，

[①] 《约翰启示录》中的四个神秘骑士代表瘟疫、饥荒、战争与死亡，死亡骑着灰马，手执刈草镰刀。

[②] 哥里尼（1519—1572年），法国军事家，政治家，加尔文教派领袖。

他出类拔萃，唯有西班牙的阿尔发①可与他比肩。倒不是由于辉煌的胜利，这样的胜利他一次也未争得过。而是由于一次又一次的失败，他以自己的统兵艺术和伟大人格，赋予了这些失败以胜利的价值。可那个阿尔发呢，我恨他却如地狱里的魔鬼。这不只因为我勇敢的父亲坚持忠于新教信仰，也不光为了我通晓圣经的舅舅对罗马教廷深恶痛绝，认为它就是启示录中那个巴比伦女人②的化身，而且还由于我也开始热衷于教派的事业了。1567年，我还是个孩子，就已参加新教教徒的队伍，拿起武器，去抗击阿尔发可能对日内瓦的进犯。他当时从意大利出发，正沿瑞士边境移兵尼德兰。朔蒙特——我舅舅庄园所在地——的寂寥生活，使年轻的我再也受不了啦。

1570年，圣日耳曼昂莱③和平敕令给予了法国的胡格诺④教徒担任公职的许可，哥里尼奉召到巴黎，与皇上共同策划讨伐阿尔发、解救尼德兰的战争。据传皇上的心完全被他争取过来了。我几年来日盼夜盼，盼着宣战以后投奔到哥里尼麾下。要知道他的骑兵从来就是由德国人组成的，想必他也曾知道我父亲的英名。

谁料正式宣战一举迟迟不曾发生，这时偏偏我又碰上了两件

---

① 阿尔发（1507—1582年），西班牙公爵，1567年被派为驻尼德兰总督，率大军对起义者进行了血腥镇压，处死者达八千人。
② 指《约翰启示录》第十七章所记那个"做世上的淫妇和一切可憎之物之母"的巴比伦女人。
③ 法国一小城市。
④ 加尔文教徒在法国的称呼。

讨厌的事，使我在故乡最后的那些日子更加痛苦难挨啦。

五月的一天傍晚，我和舅舅在院子里茂密的菩提树下喝茶，一个陌生人突然出现在我们面前。此人衣衫褴褛，态度谦卑，不安的眼神和鄙俗的嘴脸给了我一个很不愉快的印象。他恳求我们赏他一个马厩总管的差事，而就我们的排场来说，那不过就是个马夫罢了。我已经打算一口回绝他，须知舅舅一直对他不感兴趣，尽管这位不速之客起劲地在向我数说自己的种种知识和能耐。

"我会击剑，"他说，"对剑术十分精通，还很少有人是我的对手哩。"

由于剑术馆远离城里，我正痛感自己缺乏击剑训练。虽然本能地讨厌这个人，我仍毫不犹豫地抓住机会，马上领他到击剑室，递给他一柄剑。他接过去，两个回合便击败了我，如此干脆利落，使我马上与他谈妥，雇他当了我的剑术教师。

我对舅舅述说，这个机会有多么难得，我可以在临出发之前再丰富丰富自己的骑士知识。

自此，我和陌生人——他自称出生在波希米亚[①]——就一起在击剑室里度过了一个又一个晚上，常常直到深夜，我点上两盏壁灯，把击剑室照得透亮。我轻易地学会了冲刺、招架、攻击，很快完成了全部练习，理论背得更是烂熟，颇令我这师父满意。只有一点，使他流露出明显的失望，就是我怎么也丢不掉那天生

---

① 捷克的旧称。

漫不经心的脾气。他骂我太迟钝，常常以他那闪电般舞动的剑，玩儿似的把我打垮。

为了使我具有必要的猛劲儿，他想了一个奇怪的主意。他给自己剑衣上缝了一枚用红牛皮剪成的心，标示出他心脏跳动的部位，并在斗剑时用左手指着它，对我进行讥笑和挑逗，一边发出种种呐喊，最常喊的是："阿尔发万岁！消灭尼德兰叛贼！"——或者："杀死异教徒哥里尼！绞死他！"听着他这么喊叫，我真是怒火中烧，也就更加厌恶他这家伙。我的动作可还是快不起来，因为对一个为完成任务而学习的人来说，我已达到相当敏捷的程度，想再前进看来是不可能的了。一天黄昏，波希米亚人正那么可怕地吼叫着，舅舅从侧门走进来，忧心忡忡地探看究竟出了什么事。但他随即又退了出去，神色更加不安，因为他亲眼看见我的对手喊着"杀死胡格诺"，并给我胸上猛刺一剑，要是在真正的格斗中，这一剑早把我刺了个对穿对过啦。

翌晨，在菩提树下吃早餐，舅舅显得颇有心事。我想，他一定希望把那位不速之客打发走吧。这时，比尔城的信使送来一封盖着老大官印的信，舅舅拆开它，读着读着额头就皱了起来，然后递给我道："可让咱们给碰上啦！念吧，汉斯，然后商量如何处置。"

信上写着，前些时候一个在斯图加特①当剑术师的波希米亚人，出于嫉妒谋杀了自己的老婆，一个士瓦本女子。据查凶手

---

① 德国城市，维尔腾堡首府。

已潜往瑞士,且有人看见他或者某个与他毕肖的人,现正在被雇用于朔蒙特老爷的府上。克里斯托夫公爵非常器重和怀念已故的沙道先生,因此特恳请故沙道先生的妻兄,立刻将可疑者逮捕起来,并且先行审讯,如确系凶犯,即烦递解过境。信由斯图加特公爵签发并加盖大印。

读这封公函时,我不由得沉思地抬起头来,朝波希米亚人住的那间在山墙一面很容易看见的房间瞟了一眼,恰见他正立在窗前擦他的宝剑。我决定捉拿凶手,以伸正义,但同时却下意识地举起信来扬了扬。要是他当时正好向下张望,就能看见信上的大红官印,这算给他一个短暂的期限,让他凭运气自行逃命去吧。

我和舅舅随即合计好了逮捕与押解罪犯的办法,我们俩都毫不怀疑地认定凶手就是他。

接着,我们每人手里提一支枪,上他房里去。房里已是空空如也。只见窗子敞开着,从院里的树梢望过去,才发现在远处大路转向山丘背后的地方,有一个骑手纵马疾驰。我们赶下楼去,却碰见比尔城的信使叫苦不迭地迎面走来,他去厨房喝酒之前,把马拴在了后门口,这会儿怎么也找不着啦。

这段可悲的故事,在邻里中引起很大注意,经人一传更添了几分冒险色彩。此后不久,又出了一件事,使我在故乡再也待不下去了。

有人邀请我去比尔城里参加婚礼。我家离那不到一小时路程,所以在城里也有一些熟人,但都属泛泛之交。由于离群索居,我被看成是个傲慢的人。我当时心思完全集中于即将爆发的战事，它将把我的命运，与整个新教世界的伟大命运联系在一起，尽管我个人的地位也许十分卑微。而对小小比尔共和国①的内部纷扰，以及小市民的胡扯乱弹，我却丝毫不感兴趣。因此，上述邀请并不特别令我高兴。只是在同样懒于交游但却待人和蔼的舅舅催促下，我才前往赴约。

在妇女面前我很胆小。我生得高大魁梧，孔武有力，长相却不好看。即使无此自知之明吧，我也感到必须专心致志，事业才可望有成就。而这成功的机会，我隐隐觉得，只存在于我的英雄身边。我还坚信，美满幸福的人生，必须以生命为代价，全力以赴，才能取得。

在我青年时代崇拜的英雄中，除去伟大的海军大将，就数他的弟弟但德洛了。他那世人皆知的值得骄傲的迎亲之行，大大激发了我的遐想。在他的天主教死敌吉士兄弟们②的眼皮底下，他把自己的爱人，一位洛林女子，接出了南锡城，并且是在号角声中，排成壮丽的队伍，骑马经过公爵府前。

我渴望上帝赐我同样的壮举。

就这样，我带着无所谓的心情，兴趣索然地出发去比尔城。主人待我极为殷勤，入席时安排我坐在一位可爱的小姐身边。就像所有腼腆的人常常发生的那样，我为着避免席间谈话中断，就走到了另一个极端。我不断地奉承着身边的那位小姐，以示自己

---

① 比尔（Biel）是属于伯尔尼城邦的一个城市共和国。
② 指法国天主教的首领、洛林省的吉士（Guise）家族。

不是没有礼貌的人。在我们对面，坐着市议长的儿子，他父亲是个显赫的香料商，市议会的贵族党首领。要知道在咱们小小的比尔，也和那些大共和国一样，有着自己的贵族党和民主党哩。年轻人名叫弗朗茨·戈狄拉尔德，看来对我邻座的小姐有些意思，因此对我们的谈话怀着极大的关注，一直用敌意的目光盯着我，而我开始却没有发现。

这当儿，美丽的小姐问我准备何时前往法兰西。

"只等正式向阿尔发这条恶狗宣战！"我兴奋地答道。

"怎么好用如此无礼的语言，来谈论这位大人物！"戈狄拉尔德从对席冲着我说。

"您也许把那些受他折磨的尼德兰人给忘了吧！"我回敬道，"对尼德兰人的压迫者，没有什么尊敬可言，即使他是全世界最伟大的统帅也罢！"

"可他制服了那帮叛贼，对咱们瑞士也不无裨益啊。"戈狄拉尔德回答。

"那帮叛贼！"我喊道，举起一杯烈性的科泰拉德酒来一饮而尽，"像在卢特里①山上宣誓结盟那种不可多得的叛贼吧！"

戈狄拉尔德盛气凌人，眉毛往上一扬，狞笑道："让一位严格的学者调查一番，真相就会大白：那些啸聚奥地利边境山林的农民们，确系公开叛乱，犯下重罪。不过这儿不谈这个。我说的

---

① 卢特里是瑞士四林湖畔的山间牧场，1307年，瑞士爱国者在此聚义，发起反对奥地利哈布斯堡王朝残暴统治的斗争。

只是，一个身无微功的年轻人，且不论其政治见解如何，竟出言不逊，辱骂一位有名的统帅，这可就很不成体统喽！"

他是在暗示我迟迟未能去服兵役，使我感到深受侮辱，因而勃然大怒："无赖！"我大叫道，"谁袒护阿尔发这个无赖，谁也就是无赖！"接着便混战一场，临了戈狄拉尔德头破血流地被架走，我也让飞来的一只玻璃杯划破了脸颊，回家的路上还在滴血。

第二天早上醒来，我羞愧得无地自容。可以预料，我这新教真谛的捍卫者，说不定就要背上个酒徒的恶名啦。

没作多久考虑，我便收拾行囊，去向舅舅辞行。我对他简述了触霉头的经过，他再三慰留，最后才同意我去巴黎，等候战事爆发。他把父亲所遗薄产中的一卷金叶塞给我，授予我武器，为我那黄马备好鞍，才打发我上路，前往法兰西。

第三章

我行经自由伯爵领地和勃艮第①，没有任何值得一提的遭遇，随后就来到了塞纳河畔。一天傍晚，眼看离默伦②的塔楼不到一小时路程了，天空突然乌云密布。我穿过大路旁的一座村庄，看见一家名为"三株百合花"的旅舍门前的石凳上坐着个青年，瞧

---

① 法国古省名，即布哥涅。
② 巴黎东南的小城。

模样也是位旅途中的军人，只是装束与武器都很漂亮，相形之下，我这加尔文派的打扮就太朴素了。我计划在天黑前赶到默伦，对他的问候只淡淡敷衍了一句。从他面前驰过以后，我似乎还听见他在喊："路上走好，老乡！"

我固执地又跑了一刻钟，夹着暴雨的乌云已向我迎头压来，空气沉闷得叫人受不了，一股股热风把大路上的尘土卷得老高。我的马喘着气。蓦然间，一道雪亮的闪电，带着一声巨响躜进我面前几步的地里。我那黄马直立起来，掉转脑袋，发狂似的奔回去。一直到了旅舍门前，在倾盆大雨之中，我才使受惊的畜生安静下来。

那位年轻人微笑着，从屋檐下的石凳上站起来，一面呼唤马夫，一面帮我解下背囊。他说："您不会后悔在这儿过夜的，在这儿您会结识很好的旅伴。"

"这点我不怀疑！"我道，同时向他点头致意。

"这自然并非指我自己，"他继续说，"而是指一位被店主太太称作参议①老爷的老先生——一位地位高贵的人——以及他的女儿或者侄女，一位美貌绝伦的小姐。给这位先生开一间房间！"他吩咐走过来的店主道，"可您呢，老乡，得赶快换好衣服，别让我们久等，晚餐已经摆好啦。"

"您唤我作老乡？"我和他一样操着法语问，"您从哪儿看出

---

① 指法国等级会议中担任有顾问之职的议员，属第三等级上层，即中产阶级里的所谓"长袍贵族"。

来的呢？"

"从您的头和四肢，"他打趣道，"首先可看出您是个德意志人，然后再看您那结实健壮的体格，我就断定您是伯尔尼人。我是您忠实的弗里堡①盟友，管我就叫威廉·波卡尔吧。"

我跟着店主走进他指定的房间，换好衣服，走到下面的客厅里去。他们已经等在那儿了。波卡尔迎上来，拉着我的手，把我介绍给一位模样体面的白发老人和一个身着骑装的修长的姑娘，说："我的朋友和老乡……"一边用询问的目光望着我。

"沙道，从伯尔尼来。"我接上话头。

"鄙人深感荣幸，"老先生拘谨地答道，"能结识这座名城的一位年轻市民。对于伯尔尼，我那些日内瓦的教友真是感激不尽哩。鄙人夏狄翁议员，趁眼下颁布了和平敕令，正赶回巴黎老家去。"

"夏狄翁？"我满怀敬仰地重复道，"这可是伟大的海军大将的姓氏啊。"

"鄙人没有与他同宗的荣耀，"参议回道，"或者至少相隔很远吧。不过，我认识他，和他很要好，当然只在我们的不同等级和身份容许的范围内。请入席吧，先生们。汤快凉啦，晚上还有的是时间谈话。"

我们围着一张曲腿橡木桌坐下，一人占了一方：小姐居上首，左右分别为参议和波卡尔，我在她对面。大伙儿寒暄着，聊

---

① 瑞士城市。

着旅途见闻,进完晚餐。接着又用餐后甜品,喝邻省酿的冒着气泡的香槟酒。这时,谈话又变得连贯起来。

"我得称赞你们,你们这些瑞士先生,"参议开头说,"你们打了短短几次仗,就学会各教派和睦相处了。这表明你们明达理智,心地纯善。我不幸的祖国大可以你们为榜样啊。难道我们永远也认识不到:一个人的灵魂是不可征服的。新教教徒也和天主教教徒一样地热爱自己的祖国,一样勇敢地保卫它,一样地谨守它的法律!"

"您对我们太过奖了!"波卡尔接着说,"的确,我们天主教教徒和新教教徒在国内相安无事;但宗教的分歧,却把我们相互的友爱完全给破坏啦。过去我们弗里堡人与伯尔尼人攀亲的很多。如今却停止了,割断了多年来的联系。旅途中,"他打趣地转过脸来朝我说,"我们倒常常相互帮助。但在家里,就几乎谁也不理睬谁了。"

"请听我下面这个故事:我在塞纳河畔为笃信基督教的君王效力,隶属于他的瑞士近一军。在我回弗里堡度假期间,正赶上普拉费耶附近的阿尔卑斯山上庆祝挤奶节。在那儿我父亲置有地产,伯尔尼的基希伯格家也拥有一片农场。这次挤奶节过得很扫兴。老基希伯格把他的女儿,四个俏丽的伯尔尼姑娘全带来了。小时候,每年我都要和她们一起在阿尔卑斯山上跳舞。你们能相信吗?这一次,在跳过祭神舞后,在牛群叮叮咚咚的铃铛声中,姑娘们却挑起了一场宗教讨论,把我这个素来很少关心此类事的人斥为偶像的奴仆,基督徒的迫害者。而这仅仅因为我在惹纳克和蒙贡杜尔的战场上,与胡格诺军作战时尽了自己的职责!"

"宗教争论嘛,"参议劝慰道,"现在是无处不在进行着的。然而在争论中为什么不能相互尊重,相互谅解呢?我就相信,波卡尔先生,您绝不至于因为我信新教就送我上火刑堆。而且您和很多人一样,对长期来在我可怜的祖国的人们用以加害加尔文教徒的残酷行为,也会表示唾弃的。"

"这您可以放心!"波卡尔答道,"不过您别忘记,对于国家和教会的这些古老的传统,却不能称为残忍,因为它们得千方百计地维护自身的生存啊。要说残忍嘛,我就不知道有任何宗教比加尔文教更残忍了。"

"您想到塞尔维多①了吧?"参议压低了声音,脸色也阴沉下来。

"我没有想到人的惩罚,"波卡尔回答,"而是在想这种新的愚昧信仰,如何歪曲了神的公正。我已说过,对神学我一窍不通。但我的舅舅,弗里堡大教堂的神甫,却是位可信赖的博学的人。他让我相信,按照加尔文教义,一个婴孩尚在摇篮之中,虽然未做任何善事或恶事,却已注定将来是升天堂或下地狱啦。这太可怕了,老实说!"

"这却是真理,"我回忆起牧师给我讲的课,说,"可怕也罢,不可怕也罢,反正合乎逻辑!"

---

① 塞尔维多(1511—1553年),西班牙医生兼神学家,因批评基督教的三位一体说,被加尔文当作邪教徒烧死在日内瓦,从而中断了他即将获得成功的肺部血液循环研究。加尔文迫害科学家的类似行为,受到了恩格斯的严厉谴责。

"合乎逻辑？"波卡尔诘问道，"什么叫合乎逻辑？"

"不自相矛盾呗。"参议发话道，看来我的激动劲儿使他开心。

"主预知一切，无所不能。"我自鸣得意地说下去，"凡是他预见到了而又不加阻止的事，便是他的意志。所以说，你我的命运在摇篮里就已注定。"

"我现在多想驳倒你们啊，"波卡尔说，"要是我能想起我舅舅那条论据来就好啦！要知道他有一条有力的证据，足以……"

"要是您能回忆起这条有力论据，"参议表示，"那我将不胜感激。"

弗里堡人给自己斟满酒，慢慢呷着，闭上了眼睛。他想了一会儿以后，兴奋地说："如蒙二位惠允，不插话打断我的思路，我就可望讲得更有趣。假设吧，沙道先生，您在摇篮里已被加尔文先知判定下地狱去了，愿上帝恕我冒昧，假设，我也一样该入地狱，可我——谢天谢地——却不是加尔文教徒……"他从雪白的面包上扯下一块来，用指头捏成一个小人儿，一边放到碟子里，一边说："这里是一个生来注定下地狱的加尔文教徒。喏，注意，沙道！你相信十诫吗？"

"什么意思，先生？"我站起来。

"喏，喏，提问该可以吧。你们新教教徒把某些老的传统给废弃了！要是上帝训诫这个加尔文信徒：你可为此！不可为此！那这样的诫条不就成为毫无意义的玩意儿了吗？要知道这个人是注定不能行善而必须行恶的人啊！可你们偏把这种谬论，妄加于上帝的崇高智慧。就像我捏的这玩意儿，能算是真的人吗？"说着，就把面人抛到了空中。

"讲得不坏啊！"参议说。

波卡尔极力掩饰内心的得意。我匆匆搜索反驳的理由，但一下子却不知如何回答是好，不觉羞得面红耳赤，只是说："这是条神秘而高深的教义，随随便便讲不清楚的。再说要驳倒教皇神圣论，也并非除此教义不可。就看教皇的神权，是如何明显地被滥用了吧。您自己，波卡尔，对此也是不能否认的。只要想想神甫伤风败俗的丑行好了！"

"他们中的确有些坏蛋……"波卡尔点头道。

"还有迷信权威……"

"迷信权威是医治人类软弱的妙法，"他打断我的话，"在国家与教会中，也像打官司一样，需要有个做出最后决断之处，这样才能让人服帖！"

"还有那些显示奇迹的圣物咧！"

"既然圣彼得的影子和圣保罗的手巾①都治好患者，"波卡尔不慌不忙地道，"那他们的遗骸又何尝不能显灵呢？"

"再如愚蠢地崇拜玛利亚……"

话犹未了，弗里堡人突然脸色大变，霍地一下从椅子里跳起，火气十足地用手按着剑柄，冲我吼道："您想侮辱我本人吗？你如存心这样，那就请出去！"

那位小姐吓得从座位上站起来。参议向弗里堡人伸出双手，

---

① 事出《新约全书·使徒行传》第五章与第十九章。

进行劝慰。自己一句话引起如此轩然大波，令我非常吃惊，然而并不张皇失措。

"完全谈不上对您个人有侮辱之意，"我泰然地说，"我哪儿能料到，波卡尔，像您这么位举止谈吐都表现出明达而有修养的人，您自己就说对宗教的事想得很通，怎么会在这一点上变得这样激动。"

"这么说，沙道，您是不知道安西德尔恩的圣母玛利亚曾经在我卑微的身上显过圣迹啰？这在弗里堡及附近一带，可是尽人皆知的啊。"

"不，确实不知道，"我回答道，"坐下来，亲爱的波卡尔，给咱们讲一讲吧。"

"喏，此事已经广为流传，并且画在了安西德尔恩教堂里的一块还愿匾上哩。"

"我三岁那年，患了一场重病，后来变得全身瘫痪。一切方法都用尽了，医生们都束手无策。最后，我亲爱的母亲只好赤着脚去安西德尔恩朝圣。可瞧，真就出奇迹啦！自此我渐渐康复，越长越壮，长成了今天诸位看见的这个肢体挺直的汉子！我如今能享受青春的欢乐，没变成一个可悲的残废人以至最后郁郁而死，就全靠了仁慈的圣母。这下你们该理解了吧，亲爱的先生们。你们不会再感到奇怪，如果我对自己的救命恩人感激终生，一片至诚。"

说着，他扯着挂在脖子上的绸带，从紧身衣底下拉出一块圣牌来，热烈吻着。

带着既含讥讽又为之感动的感情，夏狄翁先生用他那拘谨的口吻说道："这么说，波卡尔先生，您是认为任何一位圣母，都可以这样地搭救您，使您幸免于难啰？"

"不！不！"波卡尔兴冲冲道，"我的双亲去不少圣地试过，最后才找对了地方。安西德尔恩圣母真乃举世无双啊。"

"喏，"法国老人含笑说下去，"这下您和您老乡就容易讲和了，如果您善良的心灵和爽朗的天性——这些您适才对我们大伙儿已有所表露——还觉得必要的话。沙道先生从今以后不会忘记，在抨击对玛利亚的崇拜时预先声明：安西德尔恩的圣母玛利亚不属此例。"

"鄙人乐意为此。"我模仿先生的口气。但对他的轻率的态度，心中不无感慨。

这当儿，善良的波卡尔拉住我的手，诚恳地握着。随后便转了话题。又过了一会儿，年轻的弗里堡人站起身来，向众人道罢晚安，回房去了。他打算明天早起赶路。

激动的争论过去了。这时候，我才注意地打量起那位年轻姑娘来。我们谈话时，她始终是静听着，没有插一句嘴。她和她父亲或叔父样貌上的差异，令我十分惊讶。老参议的脸线条细腻，样子几乎是怯生生的，一对聪慧的黑眸子，使他的面孔表情显得时而忧郁，时而讥诮，但总是充满着睿智。小姐呢，却是满头金发，脸上长着一双明若秋水的蓝眼睛，使她的模样儿显得既纯洁，又坚定。

"请允许我问您去巴黎贵干呀，年轻人？"参议又提起话头，

"咱们是同信仰的教友，如有需我效劳之处，就请随意吩咐好了。"

"先生，"我回答道，"刚才您一说姓夏狄翁，我的心顿时就激动了起来。我是军人的儿子，正要去继承先父的衣钵，学习打仗。我是一个热诚的新教教徒，愿为美好的事业竭尽绵薄。假如我有幸效命于海军大将麾下，您便算帮了我的大忙啦。"

这当儿姑娘开了口，问道："这么说，您十分仰慕海军大将大人喽。"

"他是全世界第一伟人！"我热烈地回答。

"喏，加斯芭特，"老人插话道，"这位青年抱负如此高尚，你倒真是可以在你教父跟前为他说说情哩。"

"有什么不可以？"加斯芭特娴静地回答，"既然他表里如一地是位好青年。不过，我的请求会不会有效，倒还是个问题。在弗兰德尔①的战事爆发前夜，海军大将大人从早到晚忙于军务，被晋见的人包围着，一刻也不得休息。再说还不知道，他是否已把手下的差事给人了。您带有比我的帮助更有力的引荐信么？"

"先父的名字，"我略带羞涩地说，"海军大将或许不会不知道。"此刻我才恍然大悟，一个没人引荐的无名小子，要想接近这位伟大统帅，该有多么困难啊！我于是垂头丧气继续道："您说得对，小姐，我现在感到我带给他的东西太少啦，仅只一颗心，一柄剑。而这样的心和剑，他手下指挥着成千上万啊。要是

---

① 弗兰德尔是欧洲濒临北海的地区，分属荷兰、比利时和法国。当时为尼德兰的南方省份。

他的弟弟但德洛还活着该多好！他我要熟些，我将大胆地去见他！须知他从年轻时起，就是我行事的楷模：他虽非统帅，却是个勇敢的战士；虽非政治家，却是个坚定的党人。也不是圣者，但有一颗温暖赤诚的心！"

在说这几句话时，令我诧异的是，加斯芭特小姐脸透红晕，变得更加拘谨，令我莫名其妙，到后来更是满面通红。老先生的情绪也陡然变了，尖刻地道："您从哪里知道，但德洛先生是或者不是一位圣者呢！好啦，好啦，我也困了，咱们散吧。您到了巴黎，沙道先生，请务必赏光舍下。我住在圣路易岛。明天咱们见不着了。我们将休整一天，留在默伦。现在请将尊姓大名写在我这信夹里。好！晚安，望多保重！"

第四章

这次邂逅后的第二天傍晚，我骑马从圣沃诺里门进了巴黎城，胡乱地投进了一家离城门不到百步的客栈。我太累啦。

头一礼拜，我用于观光这个大都会，并寻访父亲的一位战友。多方打听之下，才知此人已经死了。第八天，怀着忐忑不安的心情，我出发去海军大将府。人家告诉我它在离卢浮宫①不远的一条小街上。

那是一幢幽暗的古式建筑，门吏接待我的态度生硬，甚至

---

① 法国皇宫。

怀着疑心。我必须把姓名写在一张纸上由他呈上去，然后获准晋见。我走进一间前厅，里面挤满了人：武士和廷臣们。在他们的盯视下，我从屋中间穿过，进了海军大将小小的办公室。他正忙着写一封信，示意我等他写完。我借此机会观察他的脸，心中很是激动。随着一幅富于表现力的成功的木刻传到瑞士，这张脸早已深深印进我的脑海里了。

其时海军大将不过五十上下，但头发已经雪白，瘦削的双颊发热病似的绯红。饱满的前额和细瘦的手上青筋勃起，神情严峻吓人，看上去像个以色列法官。

他写完信，来到我跟前的窗户边，一双蓝色的大眼盯着我的眼睛，像要把我看透似的。

"我知道您来这儿干吗，"他说，"您想为美好的事业效力。一旦战争爆发，我就把德意志骑兵团里的一个差事给您。眼下——您笔头行吗？懂德文和法文吗？"

我点头应诺。

"那我让您暂时在我秘书处干事。您会对我有用的！我欢迎你。明晨八点，我等着你。得准时啊。"

他挥手示意我退出，我向他行礼告辞，他很友善地补充了一句："别忘了去看您途中结识的夏狄翁参议。"

到了街上，一边走回客栈，一边回想起刚才的情景，我才明白海军大将早已经知道我了。这多亏了谁，在我已无可怀疑。如此轻易地达到了渴望已久、在我原本很难达到的目标，使我喜出望外。这预示着我正在开始的美好前程。而在海军大将督导下工作的前景，更令我产生从未有过的自矜。然而这全部幸福的遐想，却被某种令我陶醉又令我痛苦、既诱惑着我又使我不安的心情，某种我全然无从解释的离奇感觉，给大大地冲淡了。我久久思索以后，才明白过来。原来大将的那双蓝色的眼睛，在追逐着我。而这双眼睛为什么又要追我不舍呢？因为这是她的眼睛！没有任何父亲，没有任何血亲，能把这面心灵的明镜遗传给自己的孩子，竟如此毫发不爽！我陷入了不可言喻的迷惘之中。她那双眼睛，难道是，能够是源出于他这双眼睛么？这可能么？不，我弄错了。我的想象力欺骗了我。为了找事实驳倒这个骗子，我决定赶回客栈，然后立即去圣路易岛拜访我在"三株百合花"旅舍的新交。

一小时后，到了参议那所狭长的高房子前。它紧靠圣米歇尔桥，一面可眺望塞纳河的银波，另一面穿过一条僻巷看见一间小教堂的哥特式窗户。我发现底楼的房门都锁着，便登上二楼，不期已到了加斯芭特面前，她似乎在一具打开的衣柜旁干着什么。

"可把您给盼来啦，"她欢迎着我，"我这就带您去见叔叔，他看到您会高兴的。"

老人舒适地坐在圈椅里，披阅着一部对开本大书，书靠在侧面专为此设计的扶手上。宽敞的房里到处是书，全存放在雕工精美的橡木书橱中。此外还有雕像、古钱、铜版画，也都各得其所，恰到好处，真是一个供人思索的宁静所在。老学究没有站起来，让我移一把椅子到他身边，像老朋友一样地欢迎我，喜形于色地听我报告从海军大将那里得到差事的经过。

"感谢上帝,您成功了!"他说,"对于我们新教教徒,可惜我们在国内居民中终究只是少数,而且又不愿以罪恶的内战来改变现状。对于我们,就剩下两条出路,仅仅两条出路:要么漂洋过海,到哥伦布发现的土地上去①。海军大将多年来就有此念头,倘使没有意想不到的重重障碍,谁知道这会儿怎样了!要么点燃民族感情之火,进行一场造福人类的大战,也许在战争中,天主教教徒和胡格诺教徒出于爱国之心,将并肩战斗,抛弃往日的宗教仇恨,真正成为兄弟。后一条就是海军大将眼下要走的路。连我这个主张和平的人现在也坐卧不宁,盼着早日宣战!为了从西班牙的奴役下解放尼德兰,我们的天主教教徒也会身不由己地卷进这自由的潮流。时间可紧迫啊!相信我,沙道,目前巴黎空气紧张。吉士兄弟力图破坏这场战争。这场战争将使年轻的皇上得以自立,而他们自己将变得无足轻重②,可太后态度暧昧,她绝不像咱们教派中的急性子们所描绘的是个女魔鬼,但却见风使舵,苟且偷安,自私狭隘,心里只想到皇宫的利益,对法兰西的荣誉则漠不关心。她善恶不辨,脚踏两只船,一个偶然事件就可决定她的取舍。怯懦而不可捉摸,她是什么卑鄙事儿都干得出来的啊!眼下重要的就是年轻的皇上对哥里尼垂青,而这位皇上……"说到此,夏狄翁叹口气,"喏,还是让您自行判断吧!皇上时常下访海军大将,您将目睹圣颜。"

---

① 指去美洲大陆殖民地。
② 1559年,弗朗索瓦二世即位,因年幼,由王后舅父吉士公爵与吉士红衣主教代理国政。弗朗索瓦殁,新立查理九世,由太后卡特琳摄政,吉士兄弟仍握重权。

老人茫然平视前方，后来突然改变话题，翻出那本对开大书的书名问："您知道我念的什么吗？瞧瞧吧！"

我用拉丁文念道："托勒密①著《地理学》，出版者米歇尔·塞尔维多。"

"该不是那个被烧死在日内瓦的异教徒吧？"

"正是他。他是位杰出学者，是的，据我看甚至是个天才，他对自然科学的见解，将来或许比他那神学的冥思苦想有更多的成功。要是您当日内瓦议员，也会赞成烧死他吗？"

"会的，先生！"我断然回答，"您只消想想：那些罗马教皇的教众们，他们用以对付咱们加尔文的最可怕的武器，究竟是什么？他们指责他的教义否定了上帝的存在。这时候，日内瓦却来了一个西班牙人，自称是加尔文的朋友，出版了一些书，在书里攻击三位一体之说，表面却装得若无其事。这可是在滥用咱们新教的自由啊，对于千千万万为着新教真谛受苦流血的人们，加尔文难道不负在世人面前将这个假兄弟逐出教门，交给世俗法官治罪的责任么？只有如此，才不致使我们混同于他，平白无故受他连累，也犯对上帝的大不敬之罪啊。"

夏狄翁苦笑了笑，说："好，您既然把您对塞尔维多的判决讲得头头是道，那只好难为您今晚留在我这里了。我领您去窗户跟前，从那儿能望见对面我荣幸地与之做邻居的劳伦迪乌斯特教堂，著名的弗朗西斯派教士帕尼果罗拉今晚要在那里讲道。到

---

① 托勒密（约90—168年），古希腊天文学家兼地理学家。

时候您会听见，他又怎样来判决您的。这位神甫是位精明的逻辑学者和激烈的演说家。您将听得一字不漏，并会听得很高兴。您还住在客栈里吗？我务必为您找个长住之地。你看呢，加斯芭特？"他转过脸去问刚走进来的姑娘。

加斯芭特爽朗地答道："裁缝师傅纪贝尔，咱们的教友，他要养活一大家人，想必乐于腾一间最好的屋子出来给沙道先生，并以此为荣的。再说还有一个好处：这个虔诚然而胆小的基督徒，有了一位勇敢的武士陪同，便会大胆来做新教弥撒啦。我这就到他那里去，报告这件事。"话未毕，苗条的姑娘已匆匆去了。

虽说她停留的时间很短，我仍细细地观察了她的眼睛，再次感到惊异。受着一种不可抗拒的力量的驱使，我想立即解开这个谜，但好不容易还是忍住了，没把那个可能是十分冒昧的问题提出来。可巧老人自己来帮助我，微带嘲弄地问："发现姑娘身上有什么特别吗？瞧您一个劲儿地盯着她。"

"特别，非常特别，"我果断地回答，"她的眼睛，与海军大将那双眼睛真是出奇地像啊。"

仿佛无意间碰到一条蛇，参议马上退缩回去，强笑道："难道不存在自然的捉弄么，沙道先生？难道您能禁止造化给人同样的眼睛么？"

"是您问起我发现小姐身上有什么特别没有，"我冷静地应道，"我只是回答了您的问题。请允许我也提个问题，因为我希望以后能常来看望您，您对我的美意与您卓越的精神都吸引着我。照您的意思，往后我该如何称呼这位美丽的小姐才是呢？我清楚，她姓着她教父加斯芭特这个姓氏。再说您还没告诉我，您是否允许我和您女儿或您亲戚单独交谈。"

"随您怎么叫她都成！"老人不耐烦地喃喃道，又翻起那部托勒密的《地理学》来。

老人的异常表现，更增加了我的疑窦；这里头一定有着难言之隐。我于是开始进行起最大胆的推测来。在海军大将回忆圣康坦保卫战的小册子里（这本小册子我自然读得烂熟），他于结尾处突兀地写了几句难解的话，暗示他皈依新教的经过。话意是：世界充满了罪孽，他认定自己也不是清白无辜的。加斯芭特的出生，难道不会与他皈依新教前的那段生活有关吗？尽管通常我对此类事情的想法很古板，这回心情却全然两样。我压根儿不想去谴责这一过失，因为正好是它，为我提供了难以置信的机会，去与那位盖世英雄的亲生骨肉亲近。谁知道，也许将来还要向她求婚哩。我一任想象驰骋，脸上不觉泛起微笑。不料，参议这时却用眼睛从书边上偷觑着我，冷不防地冲我发起火来："因为发现一位伟人的隐私而沾沾自喜了么？小伙子，听着吧：他是无可指责的！您想错了。您在自己欺骗自己！"

说到此，他生气地站起身，在房里踱来踱去，然后突然停在我跟前，抓住我的手，换了一种声调："年轻的朋友，"他说，"在此危难之秋，我们新教教徒同舟共济，亲密相处，彼此很快便产生了信任，在我们之间不应存在隔膜。您是位有为的青年，加斯芭特也是个好孩子。上帝保佑，别让丝毫嫌猜玷污了你们的友谊。您如能保持缄默，我就吐露真相给您。因为这已经是广有传闻，说不定哪张心怀恶意的嘴也会告诉您的,您听我慢慢讲吧。"

"加斯芭特不是我的女儿,也并非我的侄女,只是她从小在我身边长大,被我当成亲骨肉一样。她母亲生她后很快就去世了。她母亲是一位德意志骑兵军官的闺女,当年陪父亲来到法国。加斯芭特的生父,"参议压低了声音,"是但德洛,海军大将的弟弟,他的豪勇及早逝您不会不知道。这下您了解的够多了吧。您权当她是我的侄女吧,我爱她犹如亲生女儿啊。您可要守口如瓶,在她面前不必拘束。"

他默不作声了,我这方面也不打破沉默,我完全让老先生的话给怔住了。这当儿,使我们两人都不无高兴的是,招呼我们进餐的喊声打破了僵局。席间,妩媚的加斯芭特安排我坐在她身边。她递给我满满一杯酒。她的手触着我的手,使我不禁感到一阵战栗,在她年轻的血管里,正流着我的英雄的血液啊。加斯芭特也察觉,我现在是另眼看她了。她沉吟着,额头上泛起一片疑云。但是一讲到纪贝尔裁缝为能有我这个房客而深以为荣,她的额头很快又亮开了。

"可重要哩,"她说笑道,"您身边有位信奉基督的裁缝师傅。他一定会严格按照胡格诺的式样,给您缝一身新衣服。哥里尼教父深得皇上恩宠,他带您进宫去,太后的那些迷人的小姐将围着您转,您要是不穿得道貌岸然,使她们望而却步的话,那么您就完了。"

这么轻松愉快地聊着的当儿,我们听见从巷子对面断断续续地传来时而拖长时而高喊的声音,像是被风送来的某个人演说的只语片言。在我们偶尔静默下来的一瞬,一句完整的话便传到了耳际,夏狄翁先生立刻愤愤地站起身来。

"你们待着吧!"他道,"那可恶的丑角儿又在撺我啦!"说着便自行去了。

"怎么回事?"我问加斯芭特。

"唉,"她道,"帕尼果罗拉神甫在那边的劳伦迪乌斯特教堂开始布道啦。从我家窗口,可以看清楚教堂里边默祷的教友,也能瞧见那位古怪的神甫。他讲的一套使叔叔生气,也叫我感到无聊,所以根本不去听它。在我们的新教集会中,传播的却全是真理,我总是努力专心地、虔诚地一直听完。"

这时我们走到窗前,加斯芭特轻轻地推开了窗户。

那是一个温暖的夏夜,教堂的窗户也都大开着。在我们头顶上的狭窄天幕里,闪烁着点点星光。站在祭坛上的神甫,是位年纪尚轻的弗朗西斯派修士,有着两只南方人的火辣辣的眼睛,面部表情变幻无常,不停地打着手势,动作激烈得出奇,起初令我哑然失笑,但没过一会儿,他的话就吸引了我的全部注意,使我连一个字也未漏掉。

"基督徒们,"他吼道,"人家要求我们的是怎样一种忍耐啊?是基督的仁爱吗?我连说三遍:不,不,不!人家是要我们对自己兄弟的命运置之不顾!一个人看着另一个人在悬崖边上打盹,却不去唤醒他,拉他回来,对这个人你们会说些什么呢?况且这还仅仅只关系着肉体的生与死啊。而一旦事关灵魂的永久幸福或沉沦,我们就更不能袖手旁观,看他人遭到厄运!怎么样?

难道还能去与那些教徒勾勾搭搭，而全然不想他们的灵魂已经危在旦夕了吗？正是我们对他们的爱，命令我们去劝他们向善。如果他们不从，就强迫他们。如果死不悔悟，就消灭他们，使其不致成为害群之马，把他们的孩子、邻人和同胞们都一起拖入永劫的烈火之中！因为如圣书载，所有基督徒乃是一体：眼睛令你痛苦么，挖掉它！右手令你痛苦么，砍下来，甩掉它！瞧吧，与其让你整个身体被投进永不熄灭的狱火，倒不如损坏一肢为好！"

这就是神甫布道的要旨，只不过他语气激烈异常，举止放纵不羁，简直如演闹剧。不知是受他宗教狂热的感染呢，还是被穹顶射下来的强光照着的缘故，这时听众们的嘴脸都十分难看，似乎全带着一股子杀气，使我猛然醒悟，我们胡格诺教徒在巴黎正站在火山口上啊。

对这不祥的场面，加斯芭特无动于衷，眼睛只望着教堂顶上升起来的一颗美丽的星星。

最后，意大利人做了一个在我看来与其说是祝福，毋宁说是表示诅咒的手势，结束布道。教友们推挤着涌出大门。大门两侧的铁环里，插着两支熊熊燃烧的大火把。血红的火光照在人们脸上，偶尔也映红了加斯芭特的面庞。她好奇地观察着熙攘的人群，我却退到阴影里去。突然，我见她面色苍白，眼冒怒火。循着她的视线望去，我见一个衣饰豪华的高个子男人，一副谦卑而又色迷迷的样子，向她投着飞吻。加斯芭特气得发抖，抓住了我的手，把我拉到她身边，以激动得颤抖的声音对巷子里说道："胆小鬼，你欺负我，是以为我无人保护！你错了！这儿有一个人,他会使你放老实点儿,只要你敢再对我瞧一眼!"

下面那个骑士,即使未听清她的话,也一定明白她那神态和动作的含义。他发出一阵冷笑,把斗篷往肩上一搭,消失在了人流中间。

加斯芭特气得泪水直流,一边抽泣,一边向我讲述:那个坏蛋,是皇上的弟弟安茹公爵①的近侍。从回巴黎那天起,只要她一出门,就遭到他追逐。即使有叔叔陪伴,他也同样放肆,一次一次地向她挑逗调戏。

"亲爱的叔叔生来胆小,易于激动,我什么也不便告诉他。再说他也保护不了我,相反只会使他不安。可您却年轻,又会使剑,我就全靠您啦!无论如何也得制止这无耻的行径。好吧,再见,我的骑士!"她流着泪,含笑加了一句,"别忘记向叔叔道晚安!"

一个老仆人掌着灯,领我到老人房里,我向他告辞。

"布道完啦?"他问。"要是年纪还轻,这样的滑稽剧或许会使我开心。可眼下,特别是我在尼姆城②,前十年我领着加斯芭特居住在那里,目睹人们如何借上帝之名,制造杀戮与内战以后,我就不能看见一群人围着个狂热的教士而不提心吊胆,担心他们又要搞出什么疯事、坏事来啦。这种场面使我精神受不了。"

回到客栈里,我倒在那里一把古旧的靠椅上。除一张简单的

---

① 安茹公爵(1554—1584年),法王查理九世之弟,后即位为亨利三世。
② 尼姆,法国南方城市。

床铺，它便是唯一的奢侈家具。日间的经历还萦绕在脑子里，我心头火燎燎的，十分烦躁。邻近教堂的塔楼，送来了子夜的钟声。房里油尽灯灭，但我心中明如白昼。

我将赢得加斯芭特的爱情，看来已不是不可能。命运使然，我必须如此。而为了幸福，我连生命也在所不惜。

第五章

翌晨，我按时去见海军大将，发现他正在翻阅一本残破的小书。

"这是，"他提起话头，"这是1556年我保卫圣康坦以及随后被迫屈服于西班牙人的纪实。我在自己最忠勇的下属名字旁，画了个十字，其中便有沙道，我琢磨这是位德国人，莫不就是令尊吧？"

"正是先父的名字！他光荣地曾在您麾下战斗，并牺牲在您眼前！"

"那好，"海军大将继续道，"这我就更加信赖您。我曾被某些长期共同生活的人出卖，但您却在一见之下，便博得了我的信任，我暗想，此人不会骗我。"

说话间，他拿起一张写满字的纸，纸上是他字体很大的手迹，说道："给我誊清。要是您从中了解到某些情况，知道局势何等地危急，那您也不要感到不安。任何伟大的抉择，都是要冒险的。坐下来写吧！"

海军大将递给我的，乃是一份致奥兰治亲王①的备忘录。我越往下读，便越被吸引住。它以大将明晰酣畅的文风，综述了法兰西局势。大将写道：

"必须不惜一切代价，抓紧时机向西班牙人开战，这是我们唯一的生路。一旦阿尔发受到我们和您的两面夹攻，那他就完了。我的皇上渴望开战，但吉士兄弟极力作梗，妄图引起天主教舆论来钳制法兰西的主战派。而皇太后，她在皇上与安茹公爵之间奇怪地偏爱后者，不愿皇上在战场上显露身手，使她的宠子相形见绌。我的皇上却急欲为之，作为他的忠实臣下，愿竭力帮助他达到目的。

"我的计划是：在近几天内派一支胡格诺志愿军进袭弗兰德尔，如果能敌住阿尔发（这在很大程度取决于您是否从尼德兰面进攻这位西班牙统帅），这一战果就会打动皇上，使他克服一切障碍，果断地干下去。首战告捷的魔力您是了解的。"

我抄完了。这时进来一位侍从，悄声对海军大将报告什么。大将还没有来得及从座位上站起，一个身材瘦长而单薄的年轻人已急匆匆走了进来，情绪激动，一迭连声道："早安，老头子！有什么新闻？我要去枫丹白露住些日子。弗兰德尔方面有消息吗？"这当儿他才发现我，指着我威严地问："这是何人？"

"我的秘书，陛下，如果您要他出去，他可以马上走。"

---

① 指尼德兰大贵族威廉·德·奥兰治（1533—1584年）。他当时是反西班牙战争的贵族领导人，后成为联省共和国执政者。

"让他去吧！"年轻的皇上提高嗓门说，"我不愿在处理国事时有人偷听！您难道忘了我们处于间谍的包围之中？您的心眼儿真叫太好啦，亲爱的海军大将！"

这时他倒在一把圈椅里，两眼呆视前方。旋即又跳了起来，拍着哥里尼的肩，仿佛忘了按他命令应该离去的我还在眼前，冲口嚷道："凭魔鬼的五脏六腑起誓！咱们马上对天主教国王[①]宣战！"但忽地又像回到了刚才的思路上，面带惊恐地悄声说："还在最近，您记得吧？咱君臣二人在我的书房商谈军机，突然壁毯背后发出窸窸窣窣的声响。我拔出宝剑，您记得？过去刺了两下，三下！这时壁毯撩开了，您猜底下钻出谁来？我可爱的弟弟安茹公爵，他像猫一样弯着腰钻了出来。"皇上边讲边学，跟着便发出一阵惨笑。"可我呢，"皇上接着说，"就用眼睛瞪着他，使他受不了，只好溜了出去。"

他那苍白的面孔，此刻充满疯狂的仇恨，令我望而生畏。

哥里尼却见惯不惊，但有第三者在场使他感到难堪，便示意我离开。

"我看您的工作完了，"他说，"明天见吧。"

回客栈的路上，我心情抑郁。原来是这么个糊涂虫在决定大局啊。如此乳臭未干，多感善变，哪儿能有始终如一的思想和坚定果断的抉择呢？海军大将能代他行事吗？那谁又能担保，过一阵子不会有敌对的影响，控制住他那本已懵懵懂懂的心呢？我感

---

① 指西班牙国王费利佩二世。

到，只有哥里尼得着皇上自觉的支持，事情才算稳妥。设若他仅仅是哥里尼的工具，那么这个工具明天便会被夺走。

我疑虑重重地走着，突然觉得有谁拍我的肩。我转过身，看见我老乡波卡尔那张开朗的脸。他搂住我的脖子，兴致勃勃地对我表示欢迎。

"欢迎您来到巴黎，沙道！"他高声说，"我瞧您眼下和我一样没有事儿，正好皇上出去了，您一定得跟我走一趟，我领您逛逛卢浮宫去。我住在宫里，我们的中队担任内廷守卫。和一个瑞士侍卫手挽手地在街上走，您不会感到不便吧？"他加上这么一句，因为他从我表情里看不出对他的邀请有明显的高兴。"您的偶像哥里尼既然主张各教派和睦相处，他对自己秘书与一个皇上侍卫的友谊，也一定打心眼儿里感到高兴的。"他又说。

"谁告诉您……"我吃惊地打断他。

"您当上了海军大将的秘书，是吗？"波卡尔大笑起来，"好朋友，宫里的人什么不会唠叨出来呢！今天早上玩儿球那工夫，胡格诺派的内侍们就在谈一个德意志人，说他得到了海军大将的青睐。谈来谈去，我便猜出这准是我的朋友沙道无疑。那场雷雨把您赶回'三株百合花'旅舍，看来倒也不错，否则咱俩永远不会相识，因为您是很难自个儿去瞧那些住在卢浮宫里的老乡的！我得马上介绍您与侍卫长菲费尔认识才是。"

对此我却婉言拒绝。须知菲费尔不只是位杰出的武士，而且也是个出名狂热的天主教教徒。但对跟波卡尔一起去参观卢浮宫内廷，我欣然表示同意，因为在这以前，我还只能从外面观赏这一众口称道的建筑。

我们并肩走过一条条大街，快活的弗里堡人一路上谈笑风生，赶走了我的烦恼，令我颇为开心。

不久就到了法兰西皇宫，当时它一半还是中世纪的黑暗城堡，另一半才是那位美第奇女子①让人修建的豪华富丽的新宫。如此两个时代的混杂，加深了我一进巴黎便产生的印象，那种我始终未能摆脱的不平衡、不和谐、相互矛盾、相互排斥的印象。

我们穿过一条条游廊，一排排宫室。那些作装饰用的狂放的石刻以及淫荡的油画，很不合我新教教徒的口味，有时候致使我恼火。波卡尔却打心眼儿里喜欢。这当儿他打开一间静室，说道："这是皇上的书房。"

室内乱七八糟。遍地都是乐谱和翻开的书。壁上挂着各种兵器。名贵的大理石桌上摆着一把圆号。

我只从门口瞥了这乱糟糟的景象一眼，便边往前走边问波卡尔，皇上是否精通音律。

"他吹起号来使你揪心，"波卡尔回答说，"常常一吹便一个上午，更糟的是有时候整夜整夜地吹。不然就来到这里，"波卡尔指了指另一扇门，"站在铁砧前打铁，看火星飞溅玩儿。眼下可把圆号和榔头都扔啦。他和年轻的沙多古容打了赌，看谁能首先用嘴衔着一只脚，用另一只脚在屋里来回蹦跶。这就够他有的忙喽。"

---

① 指卡特琳皇后，她出生于意大利佛罗伦萨的美第奇家族。

波卡尔发现我神色不快，同时也可能感到不便对法兰西头戴王冠的至尊者继续议论下去，就邀我去附近一家他说是上好的馆子进午餐。

为抄近路，我们走进一条又长又窄的胡同。这时打另一头迎来了两个人。

"瞧，"波卡尔告诉我，"吉歇伯爵来啦，臭名昭著的色鬼，宫里的第一号酒徒。在他身边，没错儿，正是利涅罗尔！这家伙怎敢在光天化日之下露面，他可是个不折不扣的判了死罪的人啊！"

抬头望去，我认出两人中有气派的那个，正是昨晚在火把的亮光中放肆地调戏加斯芭特的无耻之徒。他渐渐走近，看样子也想起了我，两只眼一直盯在我身上。我和波卡尔占了胡同的一半，另一半让给来人。波卡尔和利涅罗尔都靠着墙，我和伯爵便冤家路窄了。

冷不防，我被猛撞了一下，同时听伯爵嚷道："给我闪开，该死的胡格诺！"

我一下转过身去，失去了自制。只听他笑着掉过头来喊道："怎么，在街上还想跟在窗口边一般大模大样吗？"

我想冲过去，波卡尔一把抱住我，劝道："在这儿可别胡闹！眼下是什么时候，弄不好全巴黎的暴民一眨眼都会来追赶咱们，他们从你的硬衣领上认出你是胡格诺，你就准完蛋！不用说，你一定要争回这口气。把事情交给我办好啦。如果那位高贵的先生同意进行正大光明的决斗，我就很高兴。瑞士人的声名不容玷污，哪怕我把自己的生命和你的生命一块儿赔上！

"现在可千万别告诉我,你认识吉歇吗?您惹恼了他?不,这怎么也不可能!这个废物心绪不佳,拿你的胡格诺打扮出气儿罢了。"

说话间已走进餐馆。我们心神不定地胡乱用了午餐。

"我必须头脑清醒,"波卡尔说,"看来和伯爵有的较量啦。"

分手后,我回到客栈,答应在客栈里等着波卡尔来回话。过了两小时,他走进我的房间,边走边喊:"成啦成啦!伯爵同意和你决斗。明儿拂晓在圣米歇尔门外。他不无礼貌地接待了我。我告诉他,你出身名门。他道,眼下不是考察家谱的时候,眼下他想领教的,只是你的宝剑。"

"你怎么样?"波卡尔接着说,"我确信你是位训练有素的剑术家,但我担心你动作太慢,太慢,特别是对付那么敏捷的魔鬼。"

波卡尔面露忧虑之色。正好在客栈隔壁有一间击剑馆,波卡尔叫人送来几柄练习剑,然后递一柄给我说:"试试你的身手吧!"

我按惯有速度使了几招,波卡尔一迭连声喊着"快!快!"为我鼓劲儿,但毫无效果。他于是丢下剑,走到窗前去偷偷抹泪,但被我看见了。

我踱过去,手抚着他的肩。

"波卡尔,"我说,"别难过。一切都已注定。如果我该明天死,那就用不着伯爵的剑来割断我的生命线。否则,他那可怕的武器也奈何我不得。"

"听我慢慢讲,"他答道,并很快转过身来,"到约定之前的每一分钟,对我们都是很宝贵的,必须加以利用。不必再练剑,因为从理论上讲你已无懈可击，可是你那慢性子，"他叹了口气，"那却无药可治。唯有一个办法能救你，皈依我们安西德尔恩的圣母吧。别打岔！你是新教教徒，但既往不咎！一个叛徒者幡然来归，把生命托付给她，她会倍加感动的！现在还有时间，为了救你自己，多念几遍'阿维-玛利亚'①吧！相信我，仁慈的圣母不会丢下你不管！下决心吧，亲爱的朋友，听我劝告。"

"别烦啦，波卡尔！"我答道，一方面对他的异想天开生气，一方面却为他的友爱所感动。

他还苦苦劝了一阵，但我仍不动心。随后，我们打点好明天必需的东西，他便告辞去了。

走到门边，他又一次转过身来嘱咐说："入睡前简单祈祷一下吧，沙道！"

第六章

第二天早上，我被人从梦中搅醒，一睁眼看见波卡尔站在床前。

"起来，起来！"他嚷道，"赶快起来，要不咱们就迟到了！昨天忘了告诉你伯爵的助手是谁。德·利涅罗尔。该死的东西！不过也有一个好处：如果你，"他叹口气，"把对手戳翻了，这位高贵的副手就会守口如瓶，因为他太有理由不引起公众对他自己

---

① 天主教的祷文。

的注意啦。"

穿衣服的时候，我发现朋友心里有一个请求，强忍着没有说出来。

最后，我罩上那件在伯尔尼按瑞士样式缝制的两中有一个大口袋的旅行外套，把阔边帽压得低低的。这当儿，波卡尔突然十分激动地搂住我的脖子，吻我，把他那卷发的头贴在我胸前。如此感情冲动，在我看来是不够男子气的，便双手轻轻把他那香喷喷的头推开。我觉得，在我把他推开的一瞬间，波卡尔似乎在外套上做了什么手脚。但由于时间紧迫，便未加深究。

我们无言地走在清晨宁静的街道上，天开始下起雨来。我们穿过刚开的城门，找到了城门外不远处的一座花园。花园四周的围墙已经倒塌。这个僻静的所在，便是我们的约会地。

走进园子，一眼就看见吉歇和利涅罗尔，两人在正在园内干道上的山毛榉间来回踱着，已经等着我们。伯爵带着讥讽的神气，彬彬有礼地招呼我。波卡尔和利涅罗尔在一旁商量如何选择场地和武器。

"早上挺凉的，"伯爵说，"咱们穿着外套较量您看怎样？"

"这位不会戴着胸甲吧？"利涅罗尔插进来，做出要摸我胸前的架势。

吉歇拿眼色止住了他。然后递给我和伯爵一人一柄长剑。决斗开始。我立刻发现，对手比我敏捷，而且冷酷无情。像在练剑室里一样，他先颇为随便地刺了几下，试探我的力量，随后便认起真来。认真得直欲致人死命。他频频冲击，一剑一剑地飞快刺来。我勉强地招架着，只要他再略快一点，不要几下我就毁啦。瞥见他正满意地微笑，我心中做好了死的准备。

冷不防，他闪电般地一剑刺中我。谁知这时锋利的宝剑却向上弯去，像是戳在了什么硬东西上一样。我拨开他的剑，顺手一记反刺。本来伯爵满有把握要结果我，身子已完全扑过来，就被我一剑刺穿胸部。他顿时面无人色，满脸死灰，丢下剑，倒在了地上。

利涅罗尔向垂死的伯爵俯下身，波卡尔赶紧从背后把我拖走。

我们绕着城墙，急急忙忙来到另一道城门口，走进一家波卡尔熟悉的酒店。穿过店堂，我们到店后一间树叶繁密的凉亭下了座。清晨的空气充满水分，四下一片死寂。我的朋友叫拿酒来。一会儿，一个睡眼惺忪的女侍送来了酒。波卡尔惬意地一口一口呷着，我却连杯子也未碰一碰。我把双臂交叉抱在胸前，低着头。心里放不下那个死者。

波卡尔催我喝酒，为了不扫他的兴，我端起酒杯一饮而尽，他开口道："这会儿某些人该改一改对咱们亲爱的安西德尔恩圣母的想法了吧？"

"别烦我！"我没好气道，"我杀了一个人，这又与她何干？"

"关系才大哩！"波卡尔回答，眼里露出责备的神气，"您如今能坐在这儿，完全多亏了她！你要好好谢恩才是！"

我耸耸肩。

"你这没信仰的人啊！"他大叫，同时把手伸进我的左胸的口袋，洋洋得意地，掏出那块总是挂在脖子上的圣牌来。必定是今天早上，他热烈拥抱我的那会儿，把圣牌偷偷塞进了我的外套。

我这时才恍然大悟。

是这块银制圣牌,挡住了那必将刺穿我心脏的一剑!我始则羞愤交加,觉得自己似乎偷奸取巧,违反了决斗规矩,给胸前加了保护。继而感到恼怒:竟让一个偶像搭救了自己的命。

"我宁可去死,"我嘟囔道,"也不愿对异教欠下救命之恩!"

然而渐渐地,我头脑清醒过来。加斯芭特出现在我心中,随她而来的是全部的生趣。对于这重新赐予我的阳光,我内心满怀感激。抬头再看见波卡尔那双快活的眼睛,我不忍再与他争论下去,尽管我很想这样做。他的迷信偶像确不足取,但他对朋友的忠诚却救了我。

我诚挚地与他告别,赶在他的前面进城去,穿过市街,到了海军大将府里,这时他已等着我了。

整个上午,我都待在办公桌前,奉命审阅派往弗兰德尔的胡格诺志愿军的军需费用清单。一次,海军大将抽暇来到我身边,我便大胆求他派我去弗兰德尔,以便亲自参加袭击战,从战地向他发回快速准确的报告。

"不,沙道,"他摇头回答,"我不能让您去冒被别人当成强盗一般绞死的危险。至于宣战以后您在我身边倒下,则又是另外一回事。我对您父亲负责,绝不让您冒任何危险,除非您光荣战死!"

时间已近中午,但奇怪的是前厅里人却越来越多,谈话更激烈,令我十分纳闷。

海军大将传他女婿泰里格尼进来。泰里格尼报告,吉歇伯爵今晨决斗而身死;他的副手,恶名昭著的利涅罗尔,已叫伯爵的仆人去圣米歇尔门外收尸,并在潜逃前告诉他们,老爷死在一个不认识的胡格诺手里,其他便什么也没有说。

哥里尼双眉紧锁,勃然大怒:"我不是严加禁止——我不是劝说,恳求,警告,叫我们的人在此命运攸关之际,谁也别挑起决斗,或者接受决斗吗?因为那是会酿成大流血的!再就决斗本身而言,也是非不得已时任何基督徒的良心所不容许的行为。这种行为,在一枚火星跳进火药桶就会毁掉我们大家的今天,乃是对我们的教友和祖国的犯罪!"

我眼睛一直没有离开账目,工作终于完了,松了一口气。随后我回到旅馆,叫人把我的行李送到裁缝纪贝尔家里。

他是个病弱的人,生着一张怯懦的小脸,礼貌十足地陪我走进安排我住的房间。它在这栋房子的最高一层,宽敞而空气流通,可以俯瞰整个市区,只见一片屋顶的海洋,其间耸立着直指云霄的教堂钟楼的塔尖。

"在这儿您尽可放心!"纪贝尔说。我只得勉强笑笑。

"我很高兴,"我应承道,"能住在一位教友府上。"

"教友?"裁缝压低嗓门,"别这么大声嚷嚷,上尉先生。不错,我是新教教徒,而且——在必要时候——我也愿为主献身。但要是像狄布尔①似的被烧死在格莱弗广场——我当年目睹这一幕时还是个小孩——呵,那我可是害怕得很!"

---

① 狄布尔(1521—1559年),巴黎等级会议议员,为要求信奉新教自由,被当作异教徒烧死在巴黎。

"别怕！"我安慰他，"那样的日子一去不复返啦。和平敕令保证我们所有的人信仰自由。"

"愿主保佑永远如此！"裁缝抽了口气，"不过您不了解咱们巴黎的暴民。他们又野蛮又嫉妒，把我们胡格诺派恨之入骨。我们足不出户，安分守己地过日子，他们却责怪我们想要显得突出和优越于他们。只有老天知道我们怎么能谨守十诫，而又不显得优越于他们呢！"

我的房东走了。黄昏，我到对面参议家去，发现他情绪极度沮丧。

"事情凶多吉少，"他开始说，"您听见了吗，沙道？吉歇伯爵，宫中的一位显赫人物，今早上在决斗中被一个胡格诺杀了。现已闹得满城风雨，我想帕尼果罗拉神甫绝不至于放过机会，把我们统统骂成杀人凶手，并在他那富于动力的晚间布道中，把他这位可敬的施主——吉歇是个热心的教友——捧为天主教的殉道者了……我头疼，沙道，想安静安静。让加斯芭特陪您吃晚餐吧。"

谈话时，加斯芭特站在老人旁边，沉思着把身子靠在椅背上。今天她脸色特别苍白，一双蓝色的大眼睛深沉严肃。

老人走后，我们相对无言地站了好一会儿。这时，我心中陡起怀疑：是她自己求我保护她的，难道如今又被我这杀人犯吓得后退了么？我得救的奇异经历，要是讲给她听，不免要深深刺痛她新教教徒的感情。这比起在我们男人眼里无足轻重的杀人罪来，更使我良心不安。加斯芭特发现我心情沉重，料定原因必定是伯爵的死，以及由此产生的对我们教派的危险。

又过了片刻，她压低声音说道："是你结果了伯爵？"

"是我。"我回答。

她又沉默下来。然后突然坚决地走向我，搂住我的脖子，热烈地吻我。

"不管你犯了什么罪，"她毅然道，"我都与你一起承担。你为我铤而走险。是我把你推进了犯罪的深渊。你把生命献给我了。我乐于报答，可是如何报答呢？"

我握住她的双手，喊道："加斯芭特，让我像今天一样，永远永远做你的保护者吧！和我共患难，同甘苦吧！让我们相依为命，永不分离，至死不渝吧！"

"相依为命，至死不渝！"她说。

第七章

自我杀死吉歇并赢得加斯芭特的爱情那决定命运的一天以后，一个月过去了。我每日在海军大将的办公室中抄抄写写，看来他对我的工作相当满意，也越来越信赖我。我感到，他对我和加斯芭特的亲密关系，并非一无所知，只是绝口不提罢了。

这段时间，巴黎新教教徒的处境明显恶化。进袭弗兰德尔失败，在宫里和市民的情绪中业已显出不利影响。那伐尔国王[①]与

[①] 那伐尔国王亨利（1553—1610年）即日后统治法兰西帝国的亨利四世，与其母雅妮·达尔布勒都是胡格诺派首领。

卡尔①美貌而轻佻的妹子联姻，不但未能弥合两个教派间的鸿沟，反而使其加深了。不久前，那伐尔国王的母后，人品深受胡格诺教徒敬重的雅妮·达尔布勒猝然死亡，据传是被人下了毒。

举行婚礼的那天，海军大将没有去参加弥撒，却在圣母院广场悠闲地散步。他本是个谨言慎行的人，谁知这时却冒出一句遭到敌意歪曲的话，被人家用来对他本人进行恶毒攻击。他说："圣母院广场挂着人家在内战中缴获我们的旗帜，必须把它们摘掉，换成更光彩一些的战利品才是！"他是说该挂西班牙军旗，别人却有意曲解他的意思。

哥里尼派我去德国骑兵团驻防的奥尔良②，完成一项使命。从那儿回来，一踏进住宅就迎面碰见纪贝尔，模样完全变了。"您知道了吧，上尉先生，"他悲哀地说，"昨天海军大将从卢浮宫回府去的时候，在路上遇刺受伤了？人家说生命没有危险，可他这么一大把年纪，又要操那么多的心，谁知到头来会怎样啊！他要一死，我们又怎么活哟？"

我火速赶到海军大将府，结果遭到挡驾。门房告诉我里面有贵客——皇上和皇太后。我放了心。我存心良善，竟得出结论：卡特琳皇后既然亲自来探望遇害者，就绝不可能参与阴谋。至于皇上，门房要我相信，对他这位父亲般的朋友之遭到暗算，更是生气得很啊。

---

① 即当时的法王查理九世。
② 法国重要城市，在巴黎以南。

于是我便转身走回夏狄翁参议家，碰见他正和一位中年男子热烈交谈。此人样子奇特，说话时激动得老打手势，一看便是知法国南方的人。他戴着一枚圣米歇尔勋章。我从未见过谁有比他更聪敏的眼睛。它们闪烁着智慧的光芒。他那两眼和嘴唇周围有无数皱纹与线条，在不停地牵动，一看便是个狡猾而有心计的人。

"您来得正好，沙道！"参议冲我叫着，我呢，却情不自禁地把加斯芭特那反映出心地单纯而意志坚强的无邪的面庞，和客人老于世故的脸做比较。"您来得正好！蒙泰里尼先生正想用暴力绑架我到他在贝里哥尔①的府邸去。"

"我们打算一块儿读读贺拉斯②，"陌生人插话道，"从前在艾克斯温泉疗养地，我有幸结识了参议先生，我们就一块儿读过贺拉斯来着。"

"您认为，蒙泰里尼，"参议接过话头，"我能丢下孩子们吗？加斯芭特不愿离开她教父，这位年轻的伯尔尼人又离不开加斯芭特。"

"哎，真的，"蒙泰里尼朝我一鞠躬，讥讽道，"他俩可以一块儿念念那卷《托比耶书》③，以提高德行啊！"他见我满脸严肃神气，就改换口味说："一句话吧，您还是跟我走，亲爱的参议！"

---

① 法国西南古省名。
② 贺拉斯（公元前65—公元8年），罗马大诗人。
③ 《托比耶书》系《旧约全书》中的所谓"伪经"，记载犹太父子托比耶的言行。

"难道有一个反对我们胡格诺教徒的阴谋正在进行中么？"我警觉起来便问道。

"阴谋？"加斯科涅①人重复道，"不，我不知道有什么阴谋！不过山雨欲来风满楼罢啦。试想一想，一个民族的五分之四，被余下的五分之一所迫，去干自己违心的事——就是说去弗兰德尔打仗——这就足以酿成一场风暴啊。恕我直言，年轻人，你们胡格诺违反了处世的头一条准则：生活在哪个民族中，就必须尊重哪个民族的风俗习惯。"

"您把宗教信仰也看作一个民族的风俗习惯吗？"我愤愤地问道。

"在一定意义上讲是的，"他说，"不过此地我讲的只是日常生活的习俗：你们胡格诺穿着寒碜，老板着面孔，毫无风趣，态度生硬得如同你们那衣领。一句话，离群索居。而这在大都会和穷乡僻壤一样地没好下场！吉士兄弟们却更会生活！适才我从亨利公爵府前经过，正碰见他从车上下来。他与周围的市民一一握手，像个法国人似的风趣，像个德国人似的快活！这才对嘛！咱们大家可都是女人生的，再说肥皂并不贵，干吗秋风黑脸的啊！"

我感觉出，加斯科涅人用俏皮的语调掩饰着严重的忧虑，便很想让他再说下去。这时老仆人却进来报告，海军大将派使者来召我和加斯芭特马上去见他。

---

① 法国南部地名，其居民以喜自夸著称。

加斯芭特戴了一块厚厚的面纱，我俩急忙赶去。

途中她告诉我，我外出期间她多么难受。"有你在身边，我可以穿过枪林弹雨而满不在乎！"她要我相信，"如今我们那条街的暴民变得凶恶极了，我没有一次出门不遭他们谩骂。我按自己的等级穿戴，他们就在背后叫：瞧那傲慢婆娘！我穿朴素的衣服，又骂：瞧那虚伪的女人！如果仅仅是一天或一个礼拜，倒也可以忍耐；可要是望不到头呢？咱们在巴黎的处境使我想起那个意大利人，敌人把他关进一间只有四个小窗的牢房里，他第二天早上醒来，小窗还剩下三个；下一天早上，还剩下两个；再下一天，还剩一个，简单说，他明白了：狠毒的敌人把他关进了一架机器里，这机器正渐渐变成一具使人窒息的棺材。"

这么谈着便进了海军大将府，他传我们立即去见他。

他端坐床头，受伤的右臂吊在绷带套里，脸色苍白而疲惫。他身旁立着位胡须斑白的教士。没让我们开口他就说："我的时间不多了，好好听着，照我的话去做！你，加斯芭特，是我爱弟给我留下的至亲骨肉。现在不是保密的时候，你知道什么，也不能瞒着他，你母亲受了一个法兰西人的欺侮，我不愿你又为法兰西民族的罪孽跟着受苦。从前我们父辈欠的债，如今由我们来偿还。而你呢，我希望你能到德意志的土地上去，过虔诚而宁静的生活。"

接着，他转向我继续说："沙道，您不能在我手下成为一个真正的军人。此地前景暗淡。我的生命危在旦夕，我的死就意味着内战。不要卷到里面去，我禁止你们卷入。把手伸给加斯芭特，我把她许配给您。快带她回故乡去吧。一听到我的死讯，你们务必马上离开这个不吉利的法兰西。先在瑞士置一块地，然后投奔奥兰治亲王，为美好的事业作战！"

这时他向老教士做了个手势，让他为我们举行婚配。

"简单点，"大将低声说，"我累啦，需要休息。"

我们双双跪在他的床前，教士开始履行职责，把我俩的手握在一起，一边背诵着祈祷经文。

接着，大将伸过同样受了伤的右手，为我们祝福。

"祝你们幸福！"他最后说，说完便躺下去，把脸转向墙壁。

我们迟疑着没有马上离开房间，不一会儿便听见他熟睡后发出的均匀的呼吸。

默然地，怀着一种异样的心情，我们回到夏狄翁参议家，发现他还在与蒙泰里尼先生热烈地交谈。

"成啦，成啦！"蒙泰里尼兴高采烈地喊，"老爷子同意去了，让我亲自来为他整理行装吧，我于此道是很在行的。"

"去吧，叔叔，"加斯芭特劝道，"别为我操心。从现在起，这是我丈夫的任务了。"说着，她把我的手按在她胸口上。我也催着参议和蒙泰里尼一块儿动身。

大伙儿苦苦劝着，以为他已被说服，谁知他却突然问道："海军大将离开巴黎了么？"当他听说，哥里尼尚在巴黎，而且不顾家人恳求，将一直留下来，即使日后健康状况允许了也不离开，夏狄翁参议便两眼炯炯发光，用我从未听见过的坚定语气说："那我也留下。我一生胆小自私，过去从未如我应该的那样与自己的教友们站在一起。眼下在这最后关头,我可是不愿再抛弃他们了。"

蒙泰里尼紧咬着嘴唇。我们大伙儿再怎么劝也无济于事,老人毫不动摇。

这当儿,蒙泰里尼拍着他的肩膀,微带讥讽地说:"老伙计,你以为这样做是逞英雄么?你在欺骗自己哪。你这样做是贪图安逸。你太懒散啦,离不开你这个舒适的窝,即使冒着它明天就被风暴卷走的危险也在所不顾。这也算一种处世态度吧。就你来讲,可能是对的。"

他脸上的表情由讥讽而沉痛。他拥抱夏狄翁,吻他,然后匆匆离去。

参议也异常激动,希望独自待着。

"去吧,沙道!"他握着我的手说,"今晚睡觉前再来一下。"

加斯芭特送我出来,在门廊底下,她突然拔走了我插在腰带上的火铳。

"别动!"我警告她,"小心走火!"

"不行!"她头一扬,笑道,"我留下作抵押,免得你今晚不过来看我们!"说着就跑进房里去了。

第八章

卧室里放着一封舅舅来信,普通规格的信封上是我熟悉的老古董字体,唯独这次印记用了红色,显得特别大,上面刻着他那

句格言：Pèleerin et Voyageur!^①

我把信拿在手里还未及拆开，波卡尔就撞了进来，连门也没有敲。

"沙道，您忘记自己的诺言了么？"他冲我嚷着。

"什么诺言？"我不悦地问。

"好哇！"他说，同时发出一声强笑，"再这样下去，你多会儿连自己的名字也要忘掉喽！在你去奥尔良的头天晚上，在'摩尔人'酒店里，你郑重其事地答应我，要兑现你那早就许下的诺言，去拜望一下咱们的同乡菲费尔侍卫长。以后我又受他委托，邀请你去卢浮宫参加他的命名日。

"今天正是巴托罗缪节。尽管侍卫长名字很多，说不定有十个八个吧。但这中间，他把受难的巴托罗缪看成最伟大的圣人和殉道者。他作为虔诚的基督徒，可得特别庆祝庆祝这个日子。你如不去，他就会认为你是在闹胡格诺的倔脾气啦。"

我虽然忆起，波卡尔的确常常拿这类邀请来烦我，我也曾一礼拜一个礼拜地敷衍他。但自己是否已答应过他今天就去，却想不起了，不过这也有可能。

"波卡尔，"我说，"今天我不能去。代我向菲费尔表示歉意，让我留在家里吧。"

可他硬是死乞白赖，一会儿耍孩子脾气，像闹着玩儿似的；一会儿又苦劝苦求；最后甚至发起火来："怎么？你就这样守信

---

① 法语：香客即旅客！这句所谓格言，反映了老人对教派之争的态度。

用的么?"

跟往常一样,我对自己是否做过这样的许诺没有把握,但又不甘心受他的指责,最后不得已便同意陪他去。不过仍与他讲好条件,使他答应了一小时后就让我脱身。随后我们就前往卢浮宫。

巴黎静悄悄的。在街上只偶尔碰见三五成群的市民,在低声谈论着海军大将的处境。

菲费尔的房间在宽大的卢浮宫的低层。我惊异的是,他的窗户里灯光暗淡,死气沉沉,毫无节日的热闹气氛。走进房间,只见侍卫长独自站在房间中央,从头到脚全副武装,正埋头读着一份公文,似乎是在一个字一个字地拼着,左手的食指在纸上一行行移动。他看见我,朝我走来,突然大喝一声:"交出您的剑,年轻人!您被捕啦!"冷不防从黑暗处冲出两个瑞士兵来。我赶紧往后一闪。

"谁给您的权力逮捕我,侍卫长先生?"我脱口喊道,"我可是海军大将的秘书!"

他不屑搭理,伸手就向我的剑,把剑夺了过去。如此猝不及防,我完全摸不着头脑,根本未想到抵抗。

"带走!"菲费尔命令。两个瑞士兵把我架住,我顺从地跟着他们,只是临走狠狠地瞪了波卡尔一眼。我想不出任何原因,只认定是菲费尔奉着御旨,为我与吉歇决斗的事逮捕了我。

但使我奇怪的是,我只被押到几步以外的那间我很熟悉的波卡尔的卧室。一个瑞士兵掏出钥匙开门,门打不开。看来是忙乱中钥匙给拿错了,他只好打发同伴回去,找还站在菲费尔房里的波卡尔要本来的钥匙。

就在这很短的时间里,我侧耳偷听,正听见侍卫长粗暴的声音说:"您这么胡来,没准儿就把咱的差事也给毁啦!但愿在这魔鬼之夜不会有谁来找咱们的碴儿。可明儿又如何把这个异教徒打发出宫呢?祈求圣者恕我拯救了一个胡格诺的性命。当然,我们绝不能坐视一位伯尔尼公民,咱们的同胞,被那些该诅咒的法国佬宰掉。就这点讲,您没有错,波卡尔……"

这时门开了,我走进黑暗的房间里,门又被反锁上,并闩了一根很沉的杠子。

月亮升起来,慢慢照亮了装着铁栏杆的高高的窗户。我打量着这间来过几次因而十分熟悉的房间,心里痛苦得不断地绕室狂走。我被抓起来的唯一可能的原因,不管怎么想来想去,都只能是那次。菲费尔最后那几句牢骚自然是难解的。但我也可能听错,或者是这位勇敢的侍卫长喝醉了酒吧。更叫我想不通,甚至令我毛骨悚然的,是波卡尔的举动,我永远也不会想到他会如此卑鄙地出卖我哟。

我越想越狐疑不安,越想越矛盾重重,难道有一个反对胡格诺的血腥阴谋么?这怎么能想象?皇上如果不是精神失常,他如何能同意消灭胡格诺派?要知道胡格诺派的衰落,势必把他变成他那些野心勃勃的洛林表兄们唯命是从的奴隶呀。

要不又在阴谋暗害海军大将本人吧,所以才把他忠实手下之一的我与他分开。然而我觉得自己太不足道,他们何以会首先想到我呢？对海军大将遇刺受伤一事，皇上刚才还大为震怒。人若没有发疯，怎么可能在短短几小时内，从热烈关怀一变而为冷酷无情以至疯狂仇恨了呢？

我绞尽脑汁，忧心如焚。我的妻子此刻正期待着我，说不定一分钟一分钟地计算着时间啊。但我被绑在这里，连传个消息都办不到。

我继续在房里来回踱着，宫里钟楼上的钟响了，我数到了十二下。时已午夜。忽然，我脑子里闪过一个念头，便搬一把椅子到窗前，爬到高高的窗台上去，推开窗，手攀铁栏，往黑夜里探望。眼前是塞纳河。万籁无声。这时我已准备跳下窗台，回到屋子中间。不料无意间抬头一望，我一下子吓得呆住了。

在我右方，二楼的一个阳台上，离我近得几乎可以伸手摸到，我瞧见在皎洁的月色映照下，阳台的栏杆上伏着三个人，屏息倾听着远方。我最先看清皇上的脸。他那本来还算高贵的相貌，这时被恐惧、愤怒、癫狂给变得魔鬼一般的丑恶了。没有任何噩梦比眼前的现实更可怕。而今，我追忆这段早已过去的往事，眼前似乎还看见这三个险恶的人，我不寒而栗！

皇上身旁，倚着他的兄弟安茹公爵，长了一张凶残而萎靡的妇人脸，紧张得身子都颤抖不已。他们背后，立着卡特琳皇后，脸色苍白，眯缝着眼，面无表情，一动不动，是三个人中最冷静的一个。

这当儿，可能是良心受着内疚，皇上的手痉挛地伸了一伸，像是想收回已经发出的敕令。但在这一瞬间，发出一声枪响，听来就在宫里。

"到底动手啦!"皇后松了一口气,悄声道。三个黑影倏然从阳台上消失了。

邻近一个钟楼发出了攻击信号,跟着第二个钟楼、第三个钟楼也狂敲起来。一下子四处燃起耀眼的火把,顿时枪声大作。我的神经极度紧张,似乎已经听见一声声垂死者的呻吟。

海军大将已遭到惨杀,对此我不可能再怀疑了。但那楼的攻击信号,那开始还稀稀疏疏,而后竟越来越密集的枪声,以及这时从远方传来我倾听的耳际的呐喊,这一切又意味着什么呢?难道要把巴黎的全体胡格诺教徒斩尽杀绝吗?最可怕的事情真的发生了吗?

还有我的加斯芭特,海军大将托付给我的加斯芭特,还有那位全无自卫能力的老人,他们也正在经受着这可怕的一切啊!我不禁毛发倒竖,热血沸腾。我使出全身的力气去摇撼房门,但那铁锁和厚重的橡门却结实如故。我摸索着寻找武器和工具,想把门砸开,结果什么也没有找到。我用拳头捶门,用脚踢,大喊大叫要人放我出去。外面的走廊里却一片死寂。

我又跳到窗台上,发疯似的摇那铁栏杆,铁栏杆纹丝不动。

我身上骤冷骤热,上下牙磕打起来。我近乎癫狂,一头栽到波卡尔床上,身子翻来覆去,陷入极度恐怖之中。终于,东方开始发白,我才昏昏沉沉进入一种无法描述的似睡非睡状态。我好像还抱着铁窗栏,俯视着无尽地流去的塞纳河。蓦地,从河心的水波里,冒出一个半裸女子,月光照得她皮肤发亮,宛如一位身子依着水瓮的女河神，就跟枫丹白露宫中喷泉边上坐着的女神一个模样。这当儿，女神开口说起话来，不过不是对我，而是对我身边那具肩膀上扛着阳台的女石像。刚才，那三个身为至尊的阴谋家就站在这阳台上边。

"姊姊，"她在河中问道，"你也许知道，他们干吗这样互相残杀？他们把一具又一具尸体抛进我的河床，用鲜血玷污了我的身体。呸，呸！难道是那些在傍晚在我水中洗破衣服的叫花子，在要富人们的命了么？"

"不是的，"那石女人低语道，"他们自相残杀，是因为各人对上天堂应该走哪条路的想法不一致。"她冰冷的脸上，现出鄙夷的神气，好似在嘲笑最最愚蠢的事……

这当儿，门嘎啦响了一声，我从似睡非睡中跳起，一眼看到波卡尔，脸色是我从未见的苍白、严峻。他背后立着两个士兵，一个端着面包，一个捧着一壶酒。

"看在上帝分上，波卡尔，"我叫着冲向他，"昨天夜里怎么回事……告诉我！"

他抓住我的手，想拉我一起坐在床边。我挣脱了，只顾催他快讲。

"静一静！"他说，"这是个可怕的夜晚。我们瑞士人毫无责任，是皇上本人降的旨意。"

"海军大将死啦？"我两眼直瞪瞪地望着他，问。

他点了点头。

"其他胡格诺首领①呢？"

"也死啦。只有获得皇上特别恩典的个别人，如那位那伐尔王，才幸免于难。"

"屠杀结束了么？"

"没有，正在巴黎的大街小巷里蔓延着，只要是胡格诺就休想活下去。"

对于加斯芭特的牵挂，蓦然如一道明亮的闪电，从我脑海里掠过，其余的一切都在黑暗中了。

"放我走！"我大叫一声，"我的妻子！我可怜的妻子！"

波卡尔惊疑地瞪着我："您的妻子？你结婚啦？"

"滚开，该死的东西！"我吼着向他扑去，想夺路逃走，我俩扭在一起，如果不是他的一个瑞士兵上来帮忙，我就把他打倒在地了。这时另一个瑞士兵守住了门。

我被按着一只腿跪在地上。

"波卡尔！"我哀告道，"看在仁慈的上帝分上，凭着你珍贵的一切，凭着你父亲的头颅，凭着你母亲在天之灵，我求你，可怜可怜我，放我走吧！听我说，朋友，我的妻子在宫外，说不定这会儿正要被杀死，说不定这会儿正在受凌辱！啊——，啊——！"我用拳头捶打自己的前额。

波卡尔却劝慰着，就像对一个病人讲话似的："你神志不清

---

① 为庆贺那伐尔国王与查理九世之妹结婚，全国有数千名信奉加尔文教的头面人物来到了巴黎。

了，可怜的朋友！你出去走不上五步，就会射来一颗子弹把你打倒。谁都认识你这位海军大将的秘书。冷静点吧！你要求的事绝对办不到！"

这时，我跪在地上孩子似的抽泣起来。

像一个快要淹死已失去知觉的人，我再次抬起头来求救，看见波卡尔正在接那条在刚才的扭打中被扯断了的绸带，绸带上垂着有圣母像的银圣牌。

"看在安西德尔恩的圣母分上吧！"我合掌祈求道。

这下波卡尔给怔住了，只见他两眼仰望空中，嘴里喃喃地像在祈祷。然后，他吻了一下圣牌，小心翼翼地塞进紧身衣去。

我俩仍沉默着，这时一位传令官捧着敕令走进房来。

"侍卫长传皇上御旨，"他道，"着波卡尔阁下，您火速带两个人把这道敕令亲手送交巴士底要塞的司令。"传令官退出去了。

波卡尔手里拿着敕令，稍一沉吟便向我急急走来："快换上御侍制服！"他悄声说，"我豁出去了。她住在哪儿？"

"圣路易岛。"

"好。先吃喝一点，你需要力气。"

我赶紧脱掉自己的衣服，穿上一位瑞士近卫军的服装，束上剑，抓过一柄戟来，同波卡尔以及另一位瑞士兵一起冲出房去。

第九章

卢浮宫的景象已够触目惊心。那伐尔国王扈从里的胡格诺教徒刚被杀死，有的还在喘息，尸体一堆一堆地摆着。我们沿着塞纳河奔去，几乎每前进一步都看见一幕幕惨景。这里一个贫苦老人的头被劈成了两半，倒卧在血泊之中，那里一个脸色惨白的妇女在凶暴的大兵怀里挣扎。这一条胡同沉寂有如墓穴，另一条胡同却传来呼救声和人临死时的惨叫。

我呢，对这可怖的一切失去了知觉，只一个劲儿往前狂奔，使波卡尔和那个瑞士兵差点跟不上。终于到达桥头，过了桥，我飞快向参议的邸宅跑去，眼睛一直盯着那高高的窗户。可恰好看见一扇窗前，有几条胳膊在扭扯着，正要把一位白发苍苍的人推出窗来，这不幸的人啊，正是夏狄翁参议，他用无力的手攀着窗台边缘，坚持了那么一会儿工夫，然后手一松，摔下楼下。我从摔得粉身碎骨的参议身边冲过，几步跳上楼梯，撞进屋去。屋里挤满武装人员，通过藏书室洞开的门，传来阵阵喧闹声。我用战戟开道，冲进去一眼就看见加斯芭特，正被一群狂呼乱叫的兽兵包围着，手里握着我的火铳，一会儿瞄准这个，一会儿对着那个，且抵抗且后退，已经被逼到了墙角里。她面色蜡黄，瞪大的眼睛里射出怕人的光芒。

我砍翻面前所有的人，一径奔到她身边。"感谢上帝，你来啦！"她叫了一声，倒在我的怀里，失去了知觉。

接着波卡尔和瑞士兵也赶到了。"士兵们！"他吼道，"皇上有旨，任何人也不许动这位夫人一根毫毛！要活命的退开，我奉旨带她进宫去！"

他走到我身边，我把晕过去了的加斯芭特放到参议的靠椅里。

谁知冷不防,从人群中闪出一个恶徒来,面目狰狞,满手鲜血,脸上也溅着血污,正是那个死囚利涅罗尔!

"全是撒谎!"他叫道,"他们,瑞士人!伪装了的胡格诺,胡格诺中顶坏顶坏的!这儿这个,咱认识你啊,大块头畜生!他杀死了咱们虔诚的吉歇伯爵!另外一个当时也在场。快干掉他们!干掉这两个异教流氓有赏!可谁也不准碰那姑娘,她是咱的!"

这家伙发了狂,气势汹汹地向我扑来。

"恶棍!"波卡尔喝道,"你的死期到了!杀呀,沙道!"他敏捷地用剑一架,利涅罗尔猛刺过来的宝剑便飞到了空中,我趁势一剑刺进这个坏蛋胸口,一直刺到了剑柄。他倒下了。

暴徒中发出一片狂叫。

"快走!"波卡尔用手向我一招,"抱起你的妻子,跟我来!"

说着,波卡尔和那个瑞士兵又劈又刺,向那群堵在我们与房门之间的暴徒发起攻击,杀出一条血路,我抱着加斯芭特迅速跟上。

我们侥幸地下了楼梯,奔到街上。在街上走了大约十步,忽然听见背后窗口一声枪响。波卡尔身体摇晃着,伸出颤抖的手去摸圣牌,把它拉来,按在渐渐苍白下去的嘴唇上,然后倒下了。

他被击中太阳穴。我看了一眼便断定,他与我永别啦。我再向那个窗口望去,就知道夺走他性命的,正是我那支从加斯芭特手里掉下去的火铳。这时凶手正举着它在那里洋洋得意哩。暴徒接踵而至,我被迫丢下自己的朋友,心如刀绞。那个忠实的瑞士兵还蹲在他身旁。我转过弯,钻进旁边的小巷,在无人瞧见的情况下到了我寓所门口，匆匆走进这所死气沉沉的房子，把加斯芭特抱进我在楼上的寝室。

二楼走廊里遍地血水。裁缝被杀死在地，他的女人和四个小孩也倒作一堆，长睡不起。就连那条小哈巴狗，全家的宠物，也被结果了躺在旁边。房里充满着血腥味。登上了最后一层楼梯，我看见自己的卧室开着，被砸破了的房门在风中摇来摆去。

凶手们发现床上没人，只在室内待了一会儿。我卧室的寒碜景象，使他们觉得没啥油水。我很少的几本书被撕碎了乱扔一地。先前波卡尔突然到来时，我把舅舅的信夹在其中一本书里，这时掉在了地上，我拾起来揣在怀中。我那个小小的积蓄，却是从到巴黎那天起就一直束在腰带里随身带着的。

我把加斯芭特安顿在床上。她脸色苍白，像是睡着了。我站在她旁边，考虑着下一步怎么办。她打扮得像个普通女仆，看来正准备随参议一块儿逃走。我则穿着瑞士近卫军制服。

想起那些白白流掉的宝贵而无辜的鲜血，我心痛难熬。"离开这座地狱！"我低声自言自语。

"对，离开这座地狱！"加斯芭特重复着，睁开眼睛从床上坐起来，"这儿不是咱们待的地方！找最近的城门逃出去吧！"

"别激动！"我回答，"等天晚了，夜色中或许更容易走脱。"

"不，不，"她坚决地说，"一分钟也别待在这罪恶的渊薮里！只要咱们能死在一块儿，生命又何足惜！咱们干脆向最近的城门走去吧！如果遭到袭击，人家要侮辱我，你就先把我刺死，然后再杀他两三个，这样咱们死也算报了仇。答应我吧！"

我思索片刻，便同意了，觉得不惜一切代价地结束这苦难也许更好。再说明天可能重新开始屠杀，夜里城门将比白天守得更严。

我们立即动身，肩并肩地慢慢穿过一条条血流遍地的胡同，而头顶上却是一片万里无云的湛蓝色的八月晴空。

我们顺利地到了城门口。

城门里边，警卫室前的路当中，站着一个洛林军人，双臂抱在胸前，一只胳膊上缠着吉士派的标记，正以犀利的目光打量着我们。

"好一对有趣的人儿！"他笑道，"带您那小妹子上哪儿去呀，瑞士老爷？"

我松开剑套，一步一步走过去，决定刺穿他的胸部。我对生命和撒谎都厌倦了。

"真见鬼！这不是您吗，沙道先生？"洛林军官说。他在说最后一句时压低了嗓门。"快进来，里边没谁打扰咱们。"

我盯住他的脸，努力回忆着。当年我那波希米亚剑术师的形象终于出现在我的眼前。

"是的，是的，正是我，"他从我眼里看出我在想什么，就接着说，"而且我看，我的出现对您正是时候。"

说话间，他拉我进警卫室，加斯芭特跟在后边。

室内发着霉臭，一条长凳上躺着两个喝醉了酒的士兵，旁边的地上甩着骰子和酒杯。

"起来，起来，你们这些狗！"军官冲他们吼道。其中一个吃力地站起身,被他一把抓住胳膊,推出门去,嘴里还骂道:"站岗去,混蛋!要是放掉一个人,老子就要你的命!"另一个只顾呼噜呼噜打鼾,被他推到地上,一脚踢到凳子底下,那家伙在下面仍旧酣睡着。

"现在请两位赏光坐下吧!"他摆出骑士架势,指了指那条肮脏的长凳。

我们坐下来,他又拖过一张破椅子,反着骑在上面,胳膊支在靠背上,开始用随随便便的语气说:"咱们聊聊吧!你们的处境我清楚,您甭给我解释。你们想要一张去瑞士的护照,对吗?想当初,您让我看见了维尔腾堡的标记,因为您知道咱是个行家。咱现在感到荣幸,能报答您那次的好意。彼此彼此,以印换印。这回嘛,我要用另一种印帮助您。"

他在自己的信夹里翻着,抽出几张证件来。

"瞧,咱这个人多细心,昨天夜里被派去向海军大将请安,"说这话时他做了个杀人手势,令我不寒而栗,"为了应付万一,就求亨利公爵殿下给了咱和咱手下的人这些旅行证件。事情也可能失败啊。好啦,圣徒们总算照顾巴黎这个美丽的城市。有一张护照——这儿,这儿——开的是一个去休假的瑞士近卫军,一个叫柯赫的传令兵。收下吧!它将保证您通行无阻,穿过洛林直至瑞士边境。这就妥啦。还有您这位宝贝儿,"说着他朝加斯芭特鞠了一躬,"为她我要真心诚意地祝福您。这样一位美丽的太太要步行是会很困难的。我这还可以让两匹马给您,一匹还配着太太们用的偏鞍,须知在下并非无人青睐,常常也是与人并辔而行啊。为此您得付我四十个金币。有，就一手交清。没有，说句话也行。马是跑乏了的，因为咱们没命地从洛林赶到了巴黎，不过到瑞士边境总还成吧。"他去小窗口招呼城门旁闲立着的马夫，命令他即刻备鞍。

我几乎倾己所有地把钱给波希米亚人数在了长凳上。这当儿他道："咱很高兴，听说您给您师父争了光。咱的朋友利涅罗尔把全部经过都告诉了我。他不知道您的名字，可照他说的模样我一猜准是您。杀死了吉歇！真不简单，真了不起！这对于您我是万万想不到的。尽管利涅罗尔讲，您在胸前戴着保护。咱看您不像会这么干。不过，话说回来，为了救自己的命，谁都可以各显其能嘛。"

加斯芭特呆坐在一旁，脸色苍白，听着这令人毛骨悚然的谈话。马牵来了，波希米亚人殷勤地上前扶她。在触着他的手时，她全身不由一震。我纵身骑上另一匹马。波希米亚人挥手送别，我们便穿过发出回声的城门洞，驰过隆隆作响的吊桥，逃出了巴黎城。

第十章

两礼拜后一个爽朗的早晨，我与年轻的妻子并辔走近了汝拉山脉①的最后一道山梁。山这边为自由伯爵领地，山那边便是诺

---

① 法国与瑞士交界的山脉。

恩堡①了。爬上山顶，我们放开缰绳让马吃青草，自己则坐在一块岩石上。

晨光中，眼前展现出一片广阔的原野，和平而且宁静。我们脚下，是诺恩堡·穆尔顿与比尔附近的一面湖泊，波光粼粼。更远处，延伸着弗里堡葱绿的丘陵地带，丘形秀丽，树影森森，树给山犹如镶上了一道道花边。而构成这一切背景的，则是那刚刚揭去轻纱的巍峨群峰。

"这美好的地方就是你的故乡，而我们也终于踏上新教的土地了么？"加斯芭特问。

我指她看左边，那儿是朔蒙特庄园的尖塔，在阳光中熠熠闪亮。

"在那儿，住着我善良的舅舅。再过几小时，他就会像欢迎自己的亲生女儿一样来欢迎你啦！这脚下的湖滨地带，是新教属地。而对面，那看得见弗里堡塔尖的地方，便是天主教区域了。"

提到弗里堡，加斯芭特陷入了沉思。"波卡尔的故乡啊！"她随后说，"你还记得吗，那天黄昏，我们在默伦第一次碰见他，他是何等快活哟！而今，他父亲还在盼着他归去，他可是为了我才死的啊。"

大颗大颗的泪珠从她的睫毛上滚下来。

我无言以对，但我的命运与这位快活的同胞的命运可怕地交织在一起的往事，却一桩桩一件件从我心中飞闪而过。我谴责自

---

① 瑞士边境城市，法语名叫纳沙泰尔。

己,又宽恕自己。

下意识地,我伸手到胸前,去摸波卡尔的护身符,那个银制圣牌曾为我挡住致命一剑的地方。

紧身衣底下发出纸的切嚓声。我把那封遗忘了还不曾读的舅舅来信扯了出来。拆开奇怪的火漆封印,我念着,一下子难过得怔住了,信上写道:

亲爱的汉斯:

当你接读此信,舅舅我已不在人世,抑或说,已经获得永生了吧。

近日来尤感虚弱,虽说并未真正生病。我暗自收捡了朝圣履和游杖。趁尚能提笔,亲自把我行将归去的讯息告诉你,手书此信,免得你见着他人的笔迹心里难过。我如去矣,即由老约翰于我名字旁边画个十字,并在信封上加盖一红色火漆封印,不像通常那样是黑色的。你无须为我服丧,因为我很是高兴。尘世的财富我给你留下了,但切莫忘了天国的财富。

你忠心的舅舅 雷纳特

签名旁边笨拙地画着个大十字。我背转身,一任眼泪簌簌往下掉。过后,我抬起头来,转脸向着合掌站在一旁的加斯芭特,准备领她回到我度过了少年时光的凄凉的宅子里去。

普劳图斯在修女院中

康拉德·费迪南德·迈耶（Conrad Ferdinand Meyer，1825—1898年），与凯勒齐名的瑞士历史小说家。以写诗开始其创作；作为诗人，他也卓有建树，成功地写出了叙事长诗《胡滕的末日》以及《罗马喷泉》《双帆》《息桨》等大量抒情诗，在1848年革命失败后趋于沉寂的德语诗坛上独树一帜。但是，尽管这样，迈耶尔为世人公认的更加重要的成就，却仍然在小说的创作上。尤其在历史小说这一特定的题材和体裁范围内，他更取得了整个德语文学史上无人堪与比肩的成绩，为后世留下了一批脍炙人口的佳作，丰富了世界文学的宝库。

《普劳图斯①在修女院中》这篇历史小说的时代背景为意大利文艺复兴时期，讲的是一位人文主义作家探寻抢救古罗马喜剧大师的手稿的传奇故事，同时塑造了一个敢于争取自身幸福的女性形象。

---

① 普劳图斯（Titus Maccius Plautus，约公元前254—前184年），古罗马著名喜剧作家。

炎热的一天过去了。傍晚，在美第奇大花园①的一座游艺厅前，围绕着那位大家称作"祖国之父"的科西莫·美第奇②，聚集了一群高雅的佛罗伦萨人，一边浅斟慢饮，一边享受那晚来的凉风。在他们头上，是明净澄碧的蓝天，随着灿烂美丽而色调柔和的晚霞的消散，慢慢地没入了黄昏。在这群人中间，有一个轮廓清晰的白发的头，特别引人注目，在座人们的注意力全系在他那两片娓娓讲述的嘴唇上了。然而，这位一看就富于睿智的老人，他脸上的表情却是奇怪而混杂的：在那愉快舒展的额头和微笑的嘴角上，投下了某种不幸遭遇的阴影。

"亲爱的波吉约③，"那位丑脸上闪着一对聪慧眼睛的科西莫·美第奇在片刻的沉默后说，"最近我又翻了翻你那本幽默故事集④。里面的故事我自然已经背得烂熟啦；而遗憾也就遗憾在这里，因为我再得不到任何新鲜奇特的感觉，只能去欣赏这种体裁本身的灵活巧妙了。像你这么喜欢挑剔的人，不可能在编选这本小书时无所取舍，一定有好些美妙动人的故事——有的可能你认

---

① 佛罗伦萨望族美第奇家族所建，故名。
② 科西莫·美第奇（Cosimo Medici，1389—1464年），大银行家，美第奇家族的创业人，为佛罗伦萨共和国之实际掌权者达三十年之久。门下收纳了许多名作家、艺术家，被恭维为"祖国之父"。从他开始，美第奇家族统治佛罗伦萨一直到十八世纪。
③ 波吉约·布拉契沃利尼（Poggio Bracciolini，1380—1459年），意大利著名人文主义学者兼政治家，著有短篇小说集 *Liber Facetiarum*，曾发掘出大量古典作家手稿，普劳图斯的喜剧便是其中之一。
④ 原文为意大利文"Facezia"，指一种短小的滑稽幽默故事。

为还不够味,有的又可能味道太浓——就被你从现在这公认的版本中剔除出去了。想想看!然后给大伙儿讲一个facezia inedita①,在座都是熟朋友啦,既能了解你最细微的暗示,也不会为你最冒失的玩笑生气。这么一边聊一边喝,"他指了指酒杯,"你就会把自己的不幸忘了的!"

白发苍苍的波吉约,这位从前的教士,先后做过五位教皇的秘书,后来还俗结了婚,现任佛罗伦萨共和国大臣之职。他如今已经有了几个儿子,全都聪敏过人,可没有一个有出息:适才科西莫提起的那个似乎全城尽人皆知的不幸,就是他的一位公子给他造成的。这个不成材的纨绔子弟,以自己近乎盗窃和抢劫的行为,不只玷辱了父亲的白发,并且给作为法律保护人的波吉约,这素来节俭的人,在经济上带来了一笔为数可观的损失。

在片刻的沉吟之后,老波吉约回答说:"那种幽默故事或者类似的合你口味的东西,亲爱的科西莫,如今已不适合我这张没了牙的嘴啦。"他微笑着,指了指自己那口仍然雪白漂亮牙齿的部位。"再说嘛,"他叹了口气,"我现在也不愿再提自己年轻时的那些荒唐玩意儿,虽然从根本上看,它们都是绝无危害的,因为我在自己的儿子身上,看见我那立身行事的洒脱不羁和玩世不恭的人生观——谁知遵循的是哪条神秘的进化法则——已经蜕变成不能容忍的放肆甚至邪恶堕落了。"

"波吉约,你这是在说教哩!"一个年轻人插进来说,"你可

---

① 意大利语和拉丁语:一个未发表的故事。

是那个把普劳图斯的喜剧交还给世界的人哪!"

"谢谢你的提醒,罗慕洛!"不幸的父亲提高声音说,同时打起了精神,因为他认为作为一个好的与会者,这样以自己个人的苦闷去影响在座的人,是有失礼貌的。"谢谢你的提醒!《普劳图斯寻访记》这个故事,就是今天我要给各位宽容大度的听众讲的。"

"还是干脆叫《普劳图斯窃夺记》吧!"一个讥刺的声音叫道。

波吉约对说这话的人却瞅都不瞅,继续说道:"但愿这个故事能带给各位快乐,同时使各位看清楚,我的那些觊觎者加在我身上的指责是多么不公平,好像我发掘出来的那些古典作家的手稿,是我用某种不高尚甚至犯罪的手段弄到的——说得粗鲁些——就是我偷来的。这真是天大的谎话呀!"

周围起了一阵轻轻的笑声;起初,波吉约对此不以为然,一本正经的样子,但末了也忍不住跟着笑起来,要知道,像他这么个老于世故的人当然明白:哪怕最荒谬的成见,要想连根拔除也并不容易啊。

"我这故事,"波吉约模仿着意大利短篇小说开篇惯用的那种冗长的故事梗概介绍,"讲的是两个十字架——一个重的,一个轻的;和两个蛮女子①——一个试修女,一个修女院院长。"

---

① 意大利人和希腊人惯称日耳曼人为"野蛮人"。

"好极啦，波吉约，"一个邻座的人打断他，"又是薇斯塔①忠心的日耳曼女祭师那样的吧！你在那篇令人赞叹的《旅行书简》里，写她们如何跟水泽女神一般守护着利玛河畔的矿泉——我敢当着众位缪斯起誓，这是你写得最成功的作品！它如今正成千上万地在整个意大利传抄着呢……"

"我那不过是故作夸大之词，迎合各位的口味罢了。"波吉约打趣地说，"不过，伊波利托，作为忠贞美德的崇奉者，你仍然会喜欢我这个蛮修女的。我就开始吧。

"高贵的科西莫，在那些我们着手斩去由旧教会变成的九头怪蛇②多余的头的日子里，我正好在康斯坦茨③，参加在那里举行的最高教皇会议的伟大工作。闲暇的时间，我一部分用在上剧院消遣，看咱们时代的信仰、科学和政治连同教皇、异教徒、骗子手跟妓女，如何拥挤在这座德意志帝国城市小小的舞台上；另一部分时间则用来访求散佚在附近一带修道院里的古典作家手稿。

"经过了四处奔走追踪以后，我得着了一个近乎肯定的推断：有一批普劳图斯手稿，不知是作为遗物呢，还是当抵押品，从一个破了产的圣贝来狄会修道院，流落到了附近一个修女院的女住持手里，一批普劳图斯手稿！你试想想，我高贵的恩人，在当

---

① 薇斯塔（Vesta），古罗马神话里的女灶神。
② 古希腊神话里被大力士赫拉克勒斯斩杀在勒拿沼泽中的九头怪蛇。
③ 康斯坦茨，地中海边的德国城市，靠瑞士边境。1414—1418年，这里举行了第十六届最高教皇会议，会上结束了天主教的分裂局面，选举出了一位教皇代替以前相互争斗的三位教皇。

时，在那位伟大的罗马喜剧家现存的很少一点儿手稿已经挑起了极大好奇心的时候，这意味着什么！我为此夜不成寐，你不会不信。要知道你，科西莫，也跟我一样，对那个已经沉沦的世界遗留下来的废墟瓦砾怀着极大的热诚，因而经常给我帮助。我恨不得丢下一切马上赶去，因为在那个修女院里，不朽的普劳图斯不是给世人带来欢娱，而是在一个卑劣而黑暗的角落里发霉腐烂哪！然而不巧，那正是一切人的心全关注着教皇选举这件大事的时候，与会主教们的注意力刚开始被圣灵集中到奥托·科隆纳的功绩和德行上。在这当儿，随从人员的奔走张罗是一刻也缺少不得的，作为这些人中的一员，我自然也就无法脱身了。

"就在这当口儿上，我由于一时兴奋，竟在我的一个助手面前失言道出了这一伟大发现的可能，正好这又是个不诚实的家伙——遗憾的是还是咱们的同胞——他于是想赶前一步，来个捷足先登，结果呢——这个笨蛋！——不论合法①或是不合法②，都没有把手稿弄到，反而引起了尘封着普劳图斯手稿的那个修女院院长的疑心，使她对自己过去一无所知地占有着的宝藏注意起来了。

"终于，我腾出手来，不顾面临着的教皇选举，只叫人到时候把这一世界大事的结果给我送个信儿，就匆匆骑上一头快骡去了。给我赶骡子的是驻库尔的主教带到康斯坦茨来的随从，雷迪亚人③，名叫昂塞利诺·特·斯比亚加。他没有迟疑就接受了我的

---

① 原文为拉丁语。
② 原文为拉丁语。
③ 阿尔卑斯山区中部雷迪亚地方的居民。这人的德文名字叫汉斯。

雇用，我们谈妥给他的报酬其实是很少很少的。

"一路上，我脑子里想的净是些开心的事情：蔚蓝色的天空，从北方吹来的清凉宜人的夏风，花钱不多的旅行，教皇选举中已经克服的重重困难，以及发现古典作家手稿即将带来的最高的享受，等等；这些上天施加于我的恩惠，使我说不出有多么畅快，我仿佛听见缪斯女神正和着天使们一起歌唱。可是，我的那位随从昂塞利诺·特·斯比亚加，他的情形却跟我刚好相反，我觉得他好像一直沉湎在闷闷不乐的思索中。

"我自己是很幸福的，出于对人的爱，就想使他也幸福起来，或者至少让他开心一些，于是想出各式各样的谜语给他猜。大部分无非是从老百姓熟悉的《圣经》故事里挑出来的。比如，我问他：'你知道那位大使徒从希律王的监狱中得救的经过吗？'

"他答道，他在托萨那使徒教堂看见过描绘这段故事的壁画。

"'听好了，汉斯老弟！'我继续令他猜，'上帝的使者对彼得说：穿上你的鞋跟我来①！彼得就跟着他，经过第一道岗哨，又经过一道岗哨，出了大门，再穿过一条巷子，但彼得却没有认出他是上帝的使者。后来，这个带路的人和他分手了，他才恍然大悟，说道：这下我明白啦，是主的使者在引导我呀！汉斯老弟，圣彼得他怎么会一下子明白过来，确信给他带路的那个人就是上帝的使者呢？你要是猜得着，就告诉我。'

"昂塞利诺想了好一会儿，然后摇摇他那固执的卷发的头。

---

① 见《新约·使徒行传》第十二章。

"'听着吧,汉斯老弟,'我说,'我自个儿来解开这个谜。彼得认出上帝的使者,因为他给人带了路,没有向人讨酒钱!这可不是凡人做得出来的。只有天神们才会这样!'

"老百姓你就别打算跟他们开玩笑。在我刚才那句杜撰的打趣话里,我的小汉斯竭力寻找着我是不是有什么意图或者暗示。

"'可不是,老爷,'他说,'我差不多是白给你赶路,而且也不会向你要酒钱,尽管我并不是上帝的使者。你知道,我自己也急着要去摩纳斯特林根,'他说出了我要去的那个修女院的名字,'在那儿,明天,盖特露苔就要让人家给她束上腰带,用剪子剪去她那金黄的头发了。'

"这个强壮的小伙子,血管里可能流着几滴罗曼人[①]的血液,本来言谈举止都给人一种天然的端庄持重的感觉,现在却眼泪汪汪,大颗的泪珠滚过他那晒得黝黑的脸膛。

"'原来是个叫丘比特的情箭[②]射中了不幸的情郎啊!'我失声叫了出来,接着,就让他给我讲了这个简单但是并不容易明白的故事:

"他跟主教大人来到康斯坦茨,一时没有事做,就想在附近找点儿木匠活儿干干。他在修女院里找到了工作,后来就认识了住在近旁的盖特露苔。两人要好起来,彼此都很喜欢,常常待在一块儿。

---

① 指操罗曼语系的意大利或法兰西等民族的人。
② 古罗马神话里的爱神丘比特手执弓箭,被射中的男女即坠入情网。

"'但完全是规规矩矩的,'他说,'要晓得盖特露苔她可是个好姑娘啊!'

"可是后来,她突然躲开了他,并不是爱情有了裂痕,而像是有个什么必须谨守的誓约到了期。随后,他打听确实,原来她要进修女院了。明天正式入院。他就是赶去参加她的入院落发仪式的,他要亲眼看看,这样好使自己相信,一个诚实而绝无怪癖的女孩子,真的会无缘无故地抛弃她真心爱着的男人,仅仅为了去做修女;再说,盖特露苔那么活泼天真,充满了生命力,做修女也绝不适合;同时,根据她平素的言谈——这就更加奇怪了——她对做修女不但毫无好感,是呀,甚至是讨厌和害怕的。

"'叫人简直想不通!'悲伤的雷迪亚人最后下结论说,并且告诉我,靠着上帝的慈悲,他的恶后娘不久前死了,把占去的他父亲的房子为他空了出来,正如他老父亲的怀抱现在也为他张开了一样。这么一来,他的小鸽子就可以有个温暖的窝了,可是谁知她为什么却宁愿进那笼子里去。

"讲完,汉斯又陷入了忧郁的沉思,固执地一言不发,直到我问他,那个修女院院长是何等样人,他才回答:她是个矮小丑陋的女人,不过做女住持倒是挺能干的,她恢复和整顿了修女院废弛已久的秩序,使其兴旺起来。她出身阿巴迪·克拉家族,但一般老百姓只叫她'小布里基特·封·特罗根'。

"终于,修女院在一色的葡萄林中出现了。这时候,昂塞利诺请求我让他留在道旁的一家酒店里,他说他只想再见盖特露苔一面——在她穿修女衣的时候。我点头同意,并让他把我从骡背上扶下来，以便不慌不忙地朝前面的修女院信步走去。

"那地方，眼下正熙熙攘攘的。在院前空旷的草地上，横搁着一个大家伙，像拍卖或是展览，但看不清到底是什么。一个头戴铁盔的丘八，时不时地吹两声发出噪声的喇叭，这只破喇叭，可能是从战场上拾回来的，也可能就是院里的圣器。那位女院长被修女们簇拥着，围绕着她和那个四不像的传令官——他裤子稀烂，尽身上补丁摞补丁，光脚丫露在破靴子外面——随随便便地站着世俗老百姓和其他修道院的出家人，形成五颜六色的一圈。这儿那儿，农民中也夹着个把贵族——在这个叫特罗根的德国地方，这样的小爵爷真是多不胜数——此外还有行乞歌者、吉卜赛人、流浪汉、妓女，以及被教皇会议吸引来的其他三教九流人等，也混在这群少见的观众中间。只见他们一个接着一个从人堆里挤出来，到场子中间去举那个横在地上的大家伙；走近了，我才看出这是一具古老硕大得叫人害怕的十字架，看样子沉得很，要知道，就连最有力的汉子举在手里不大一会儿也摇摇晃晃，要不是旁边的人赶快七手八脚上前托住扛住，就准会一下子重重地摔在地上。随着每次失败而来的，是一阵又一阵的喝彩和讪笑。而那个女住持更是得意忘形，一则为了她那圣物的巨大重量——我这才开始明白人们聚在这里干什么——同时也可能是多喝了院里酿的葡萄酒的缘故，眼下她们就那么毫不拘礼地捧着盛酒的大罐子你一口我一口地喝着哩。这当儿，女住持着了魔似的在新剪过的草地上来回蹦着跳着，为了使那个鄙俗的场面更加俗不可耐。

"'凭着圣母玛利亚的小腿肚起誓，'那放肆的婆娘高声叫着，

'俺们故世的阿玛拉斯薇塔公爵夫人的这个十字架,任何人也别想给俺举起来或者扛走,就连最壮实的小伙子也不行,可是瞧明儿,小盖特露苔却要像拈鹅毛球儿似的把它扛起来。只要那小妮子不惹我生气!我主你显灵吧!我小布里基特就说。诸位,俺们这个圣迹已经有上千年历史啦,可是却跟刚出现一样新鲜!真是百灵百验;所以明儿个,俺敢起誓,也一定不会出岔儿。'——显而易见,这位能干的女住持是大白天多喝了两杯在说瞎话。

"我把这可笑的情形跟我在亲爱的祖国类似的经历联系起来,开始明白这是个什么把戏——一小时后,我进一步弄清了情况,所得出的结论就正好不出我所料;可是蓦地我的思路被一声尖厉刺耳的叫喊打断了——那个身穿白色修女衣的小丑,面孔通红,闪着一双愚蠢而狡黠的细眼睛,向上翻起的鼻孔小得几乎找不着,还生着一张和鼻子隔得很开的大嘴,她冲着我喊:'喂,那边那个耍笔杆的威尔斯人[①]!'我那天穿着旅行便服,但从相貌仍可看出是干哪行的。

"'上前来,给俺举举已故阿玛拉斯薇塔公爵夫人的十字架!'

"周围的人忍住一肚子笑,一齐把目光射到我身上,为我闪开道,并按照阿雷曼尼人[②]的风俗三推两拥把我推了上去。可我呢,朋友们,就只好让他们看我两条你们知道的短小瘦弱的胳膊,请他们原谅。"讲到这里,波吉约伸出自己的胳膊来晃了晃。

---

① "威尔斯人"为日耳曼人对意大利人或法国人的称呼,亦即异族人的意思。

② 这里指德国人。

"那无耻的婆娘就仔细地瞧了瞧我,喝道:'可你手指头儿倒是挺长的呀,你这无赖!'

"的确,由于成天地抄抄写写,我把手指锻炼得又长又灵活。可是周围的人却发出一阵狂笑,我不明白他们笑什么①,但总感到受了侮辱,就把它记在女住持的账上。我愤愤地扭转身,转过近旁的修女院,发现院门洞开着,就径直走了进去。院里的门窗屋顶不是时兴的尖拱形,也没有愚蠢的法国式雕饰,而是高贵的圆拱形,这使我心里重又充满了宁静。慢慢地,被面前的塑像吸引着,我顺着圣堂的正殿向前走去:在一个很大的壁龛里,由龛顶射下来的光线照着,从神秘的朦胧中显现出一组有着特殊魅力的形象。走近了,仍是那样动人。像上一共两个人,由一具十字架连着;这十字架,跟外面草地上让人参观的那架,不论大小或是形状,都一模一样,其中定有一架是仿造的了。一个魁梧的女子,头上顶着刺冠,几乎是趴在地上,用两条粗大的胳膊把十字架扛在自己宽厚的肩上,但仍是支撑不住的样子,这从她那打衣服里突显出来的膝头就可看出。在这个摇摇欲坠的女巨人旁边,另外有个矮小一些的女子,可爱的头上戴着小花冠,满怀怜悯地把自己窄窄的肩膀凑到那无法承受的重负下边。塑这像的那位大师,也许是有意,但更可能由于艺术手段贫乏,把塑像的躯干和衣着处理得如此粗率,仅在那流露着绝望与怜悯的头颅上,用出了自己的才能和心力。

---

① "手指头儿长"为德国民间俚语,意即做小偷。波吉约为意大利人,故不解。

"我这么着迷地欣赏着,向后退了一步,想找一个光线好一些的角度。可是瞧,在那边,正对着我,靠塑像的另一面,跪着一个年轻女子,看模样是本地人,一个附近地方的村女,身材几乎与像上的公爵夫人一样魁梧,白修女衣的头巾披向脑后,盖着沉甸甸的一条金黄色发辫和那结实而苍白的颈项。

"她一直潜心地祈祷着,在我看见她以后才发现我,赶忙站起身来,抹去眼里痛苦的泪水,准备离去。可能是个试修女。

"我唤住她,求她把雕像向我说明一下。我是一位到康斯坦茨来参加教皇会议的神父,我用结结巴巴的日耳曼语对她说。可是我这个申明,对她似乎并没有留下多少印象。

"她告诉我,像上塑的是位娘娘,或者说公爵夫人,这座修女院就是她创建的,她起了誓要来出家做修女:头顶刺冠,肩上扛着十字架。

"'人家说,'姑娘沉思着继续往下讲,'她是个大罪人,犯了药死亲夫的重罪,可她出身又那么高贵,世俗的公理一点儿动她不得。这时,是主感动了她的良心,但她却对自己的灵魂得救完全失去了信心,陷在极度的痛苦中!'

"然而经过了长时间的苦苦忏悔,她得到了神的启示,她可以得救了!就让人造了这么具硕大无比的十字架,重得连时下最有力的汉子也休想一人扛动;她自己呢,当然也会给压倒的,要不是圣母玛利亚发了慈悲,现身用自己那有神力的肩头代她扛住的话。

"金发的日耳曼女郎讲的自然不是我这些词儿,而是一些更简单甚至粗俗的字眼,要想从日耳曼语译成咱们文雅的多斯加那语就定会显得粗俗怪诞,同时也和她那倔强的蓝眼睛里流露的崇高表情以及当时我眼前那粗壮而俊美的面庞极不相称。

"'这故事倒也可信!'我自语说,因为在十与十一世纪之交那个黑暗的转折时期,一个蛮贵妇人这样的举动应该说是合情合理、不足为怪的。

"'也可能是真的呢!'

"'就是真的!'女郎断然地肯定说,同时用阴沉而虔信的目光望了望那尊塑像,又准备离去;我再一次唤住她,问她是否就是我今天的向导汉斯给我讲的那个盖特露苔。她毫不忸怩甚至神态自若地回答说:是的。与此同时,一丝微笑,跟一脉游动的光一般,慢慢地从她粗犷的嘴角扩展到了整个面庞——在这幽闭的修女院中,她那黝黑的面庞已经开始变得苍白了。

"她沉吟了片刻,然后说:'我知道他会来,来看我穿上修女衣;我觉得这样很好。他亲眼看着我剪去头发,就可以快一些把我忘记,您既然正好在这儿,大人,那我就求求您。等他跟您回到康斯坦茨,请您对他提一提,让他知道我为什么在跟他——'她的脸几乎察觉不到地唰地一下红了,'跟他正大光明地按照本地的习惯相好以后,又突然拒绝了他。我曾经不止一次想对他讲清楚,但最后还是咬了咬嘴唇,忍住没讲,要知道这是我和圣母玛利亚私下约好的事,随便就唠叨出来可不成。可是对您,一位本来就掌管圣事的教会中人,我就可以讲出来,不算泄密。请您到时候讲给他听,您觉得怎么讲好就怎么讲。只要他不把我当成个轻佻女孩子,当成个忘恩负义的人,并且这样记住我一辈子就行了。

"'我自己的事可已是无法挽回。在我还是个不懂事的孩子的时候——当初我才十岁,已经死了父亲——母亲突然得了重病,眼看治不好了。我一下吓住了,要是这世界上留下我一个人怎么办?出于恐惧和对母亲的爱,我把自己许给了童贞的圣玛利亚①,条件是她使我母亲活到我满二十岁或差不多的年纪。圣玛利亚真这么做了,我母亲直到上个圣体降临节才过世,那会儿汉斯正好在修女院干活儿,母亲的棺木就是他帮忙做的。我这时候一个人孤孤单单,爱上他又有什么奇怪呢!他人好,又不乱花钱,威尔斯人多数是这样,所以山那边②的人都夸他们又谦逊③又知理④。并且,我们还可以用两种不同的语言谈心,因为我爸爸,一个强壮勇敢的汉子,曾经送一个胆小体弱的商人到山那边去过好多次,这差事他可不吃亏,他从那边学回来了这么一句半句威尔斯话。汉斯唤我"可爱的姑娘"⑤,我就管他叫"小可怜的"⑥,而且听起来都一样美,虽然我并不因此就说咱们本地对心上人的称呼不好,只要它们是打心眼儿里叫出来的。

---

① 意即许愿做修女。
② 指瑞士境内的意大利语区。
③ 原文为拉丁语。
④ 原文为拉丁语。
⑤ 原文为意大利语。
⑥ 原文为意大利语。

"'然而，就在这个时候，我许的愿到期了，每次晚祷的钟声都提醒着我。

"'常常，我脑子里像有个声音在悄悄说，比如：一个纯洁无罪的女孩子未成年时许的愿决不容你反悔！或者：难道你想叫如此仁慈的圣母白白地救活你母亲吗？我自己也觉得：诺言总归是诺言！守信用才能使买卖做得久长！圣母她既然说到做到，我也不好失信。没有信用跟信任，还成个什么世界呢！我死去的父亲怎么说来着？咱们对魔鬼也要说话算数，他说，更何况对上帝。

"'您听明白了，大人，这就是我的想法！自从为那位娘娘背了十字架后，很久以来，圣玛利亚就同样帮助所有试修女，因而进她修女院的人越来越多。代试修女扛十字架已成了她习以为常的事，她想都不用想就会这样做。我九岁上，就亲眼看见小莉丝·封·魏菲尔顿———一个病弱的小人儿，也因为许了愿——怎么把这几百斤重的大十字架扛在她那溜肩膀上，一边还欢蹦乱跳呢。

"'我于是对圣母说：你若要我，那就把我收去！虽然我，如果我是位圣母而你是盖特露苔的话，也许不会把一个小孩子的话当真。然而尽管如此，诺言还是诺言！不同的只是：那位娘娘本来重罪在身，进了修女院自然轻松舒畅；可我在这里却苦极啦！圣母啊，既然你肯为我背十字架，那么也减轻一下我内心的痛苦吧，不然我会不幸的呀！可话又说回来，如果你不能使我的心得到宽慰，那就不如让我在众人面前现眼出丑，叫十字架压死在地上的好！'

"眼见着这些憨直的念头慢慢地在盖特露苔年轻的额头上刻

下一道道深深的皱纹，我不觉狡猾地笑了：'一个聪明点儿的女孩子只消这么跟跄一下就可以万事大吉啦！'

"顿时，我看见盖特露苔那双蓝眼睛里怒火直冒：'您是说我会作假吗，大人？好吧，要是我不老老实实地使出两条胳膊的全部力气扛十字架，那就让圣父、圣子、圣灵在我临终时给我报应好啦！'说着，她举起两条胳膊，激动得仿佛十字架已经扛在肩上，使得她那修女衣和衬衫的长袖管滑到了肩膀上。这当儿，我像一个佛罗伦萨人会做的那样，细细地瞧了她那两条俊美的少女的手臂，领略着欣赏艺术时所有的快乐。她发觉了，眉头一皱就背转了身子。

"她走以后，我在忏悔椅上坐下来，手捧着额头想呀想呀——确实不是想那蛮女孩子，而是想我们那位罗马古典作家。骤然，我的心欢腾雀跃了，我纵声高呼：'感谢你们，在天不朽的神道们！喜剧缪斯的骄子这下总算赐给了世界！普劳图斯到手了！'

"朋友们，造化之神力保证了我获得成功。

"我不知道，亲爱的科西莫，你对圣迹之说有何看法？我自己呢，倒是挺随和的：既不盲目相信其有，也不粗暴断言其无，要知道我自己就讨厌那种专断的人，他们对于一个被迷信的浓雾围绕着的无法解释的现象，不加考察，不加分辨，要么一股脑儿统统相信下来，要么同样地一股脑儿全部否定掉。

"在眼下这一事件里，不可理解的事实与欺骗，我相信是兼而有之的。

"那具重十字架是真的；一个非凡的犯罪女子，一个蛮婆娘，也可能凭着绝望与虔诚的巨大力量，确实扛动过它。然而这样的事情不会一再重演，而是几百年来就被虚伪地、猴子学人似的模仿着。谁承担这一欺骗的罪责呢？盲目的信仰吗？谋利的打算吗？一切的一切，都让久远的年代给湮没了。不过，有一点可以肯定，那就是，如今摆出去叫人参观的这具古旧发黑的可怕的十字架，跟过去许许多多单纯无知或者参与共谋的试修女，以及那个病弱顽皮的小莉丝在她们入院时扛过的那具十字架，乃是用不同的木料做的；当重的这架在外面的草地上给人看、给人举的时候，骗人的那架却严严地锁在院里不知哪个角落里，等着明天调换真的一架，蒙混群众的眼睛。对于这具骗人的假十字架的存在，我深信不疑，诚如我对自身的存在毫无怀疑一样，这给了我一张王牌。至于我的另一张王牌，那就是当时正在发生的事件给我的。

"革除三位教皇，烧死两个异教徒，并不足以使教会得到改革；因此，康斯坦茨教皇会议组成了两个委员会，一个负责继续进行改革工作，另一个则负责清除教会里存在的各种流弊。就是这么一个委员会，由克利斯提安西姆斯·甘森博士与皮尔·德·艾黎阁下主持，我偶尔也参加动动笔头，着手做修道院的整顿工作。那些不可靠的婆娘一手搞下的这类危险的骗人圣迹，以及修女们的阅读情况不良，等等，就是该委员会所要过问的。不过，顺便提一下，在那两位法国人手里，工作进行得拖沓而又死板，叫我们意大利人简直没法理解。总之，用当时的形势做经线，用对假圣迹的揭发做纬线，我那张在女住持不知不觉中撒向她头上的网就算织成了。

"我慢慢地走上唱诗台的台阶,再从唱诗台转进右边同样高高的有圆顶的圣器室;在圣器室的一堵高墙上边,我看见一些用夸张的词句写成的字条儿,指明那就是平时存放重十字架的地方。那地方眼下空着,但过不多时它的占有者就会从院前的草地上搬回来了。圣器室里,有两道小门通向两间侧室。一道上了锁。推开另一道,我走进了一间圆窗上布满蛛网的阴暗的小斗室。你瞧,就在那么几块蛀满虫眼的楄板上,乱糟糟地挤着修女院所有的书籍。

"我的整个身心激动起来,和一个热恋着的年轻人走进了他的莉蒂亚或者格莉茜的闺房时的情形没有两样。两手颤抖,膝盖哆嗦着,我一步一步挨近那些羊皮古书;假若我当时能够在里面找到那位阿姆布利阿人①的喜剧手稿,我一定狠狠地在它上面吻个遍。

"可是,啊,我翻来翻去,净是些天主教教规讲解和弥撒程序说明之类的圣书,我失望得心都冷了。没有普劳图斯!人们告诉我的消息是确实的。就因为那个笨蛋这一插手,宝藏不但没有能捞上来,反而沉进了无从达到的深渊。我在这尘封的乱书堆里的唯一收获,是一本《圣奥古斯丁忏悔录》,我一直就喜爱这部机智风趣的小书,就不假思索地把它塞进衣兜里,像我习惯做的那样,算是为每天的夜读准备了材料。你瞧——就在这当口儿,

---

① 普劳图斯出生在意大利阿姆布利阿地方。

那个矮小的女住持闪电似的冲到了我面前：在把十字架搬回圣器室后，她就盯上了我，从敞开着的门溜进了藏书的小房；我呢，由于渴望得到手稿心切，加之随着来的失望，竟迷迷糊糊地没有发现——我说了，她像闪电似的朝我冲来，又喊又骂，甚至毛手毛脚地在我袍子下面乱搜乱摸，立刻就把我藏在怀里的那一本小书掏了出来。

"'好小子！好小子！'她叫嚷着，'俺一瞧你那长鼻子，就知道你准是个威尔斯偷书贼；你们那一伙子早就在俺们修女院周围嗅来嗅去啦。可是你得学学乖，别把机灵的阿本采勒会修女当成了圣伽鲁斯喝得醉醺醺的修道士。我晓得，'她冷笑着继续说，'猫儿们围着转的是哪块肉。还不是因为俺们院里保存了那本丑角儿写的书？就在不久以前，一个威尔斯骗子来俺们院里把俺们的圣书夸了一番，后来却想在他的长道袍底下'——她指了指我的袍子——'偷偷弄走那本小丑的书，俺们还谁都不知道这是本什么玩意儿呢。这下俺就自个儿在心里叨咕：小布里基特·封·特罗根，你可别上当啊！这些猪皮[①]准可以换回金子，要不威尔斯人怎么肯拼着性命来弄它。要知道在俺们这地方，你听着，即使小偷小摸也得上绞架！小布里基特不是傻瓜，于是请来一位信得过的朋友帮忙瞧瞧，俺们请的就是狄森霍芬的神父，他很赏识俺们院里的葡萄酒，偶尔也喜欢跟修女们逗逗乐儿。他细细地瞧了那些发黄的猪皮上的愚蠢的花体字，我的乖乖，他说

[①] 普劳图斯的喜剧手稿是用猪皮裹着的。

道：圣母啊，这可是件货色啊！用它可以给你们小小的修女院建起一座大仓库和一间酒糟房！好嬷嬷，快把这古手稿——现在总算知道叫个什么名儿啦——拿去藏在你的坐垫底下，蹲在上面死活别下来，一直等到有个公平的买主找上门来！俺小布里基特就真这么做了，虽然坐在上面硬邦邦的不大舒服。'

"对于阿姆布利阿人眼下的这个栖身之所——也许是冥府里的三位审判官为他生前的罪孽给予他的惩罚吧——我好容易才忍住了没笑；同时，为了使自己具有在当时的情况下应有的尊严，我摆出了一副既庄重又严厉的面孔。

"'院长，'我以庄严的口气说道，'你认错人了。在你面前站着的是最高教皇会议的使者，一位在康斯坦茨出席会议的神父，负有整顿修女院的神圣使命的要人。'说着，我展开了一张写得规规矩矩的旅馆账单；要知道普劳图斯近在我身边，我一点儿也不心慌。

"'兹以第十六届最高教皇会议之名义，'我念道，'并作为其全权代表宣布：凡我基督之修女，均不得接触伤风败俗之污秽书籍文字，无论其使用的是拉丁语或是别的任何俗语；那些因杜撰这类书籍而戕害自己灵魂的作者，诸如……虔诚的院长，我不能用这些罪人的名字辱没你贞洁的耳朵……

"'此外，一切旨在骗人的所谓圣迹，无论其由来已久或初次出现，均应严加追究。凡证据确凿，确实有意骗人者，其主犯——即使身为院长——均应以亵渎圣灵罪用火刑处死，决不宽宥！'

"女住持变得面无人色。但立刻，这诳骗成性的婆娘又镇静下来，其神态的镇定自若着实令人惊讶。

"'赞美我主！赞美我主！'她嚷着，'他到底还是来整顿他神圣的教会了！'说着，就赔着笑脸从那圣物柜的一个角落里掏出来一本装订得十分精巧的小书。'这东西，'她说，'是俺们的客人，一位威尔斯大主教，在午睡时读了忘记带走的。狄森霍芬的神父看过以后说，这是本发明字母以来最最污秽、最最邪恶的书，并且还是个教士想出来的。虔诚的神父，我这就完全信赖地把这肮脏玩意儿托付给您。求您让我摆脱掉这祸患吧！'

"于是，我接过手来——我自己那本幽默故事集。

"尽管这次突然袭击偶然的成分多于那婆娘的有意作弄，我仍然感到受了莫大侮辱，心里很不好受。我开始痛恨那矮小的女住持。要知道，我们的著作就是我们的心血，再说，我的那些东西，仔细品评起来，我可以这样自诩，既不会让品行端正的众缪斯蒙羞，也绝无有损教会尊严之处。

"'好，'我说，'院长，但愿你在第二点，也即更重要的一点上，也是无可怪罪的！你近在教皇会议身边，可以说就在它鼻子底下，聚众宣布了你的圣迹，'——我用的完全是指责的语气——'而且是像市集上的女贩子那么大喊大嚷，因此再也没有收回的可能。我不知道这样做是否聪明。我只希望你不要惊慌，院长，我将要检查你的所谓圣迹！你的惩罚完全是咎由自取！'

"那婆娘膝盖直打战，眼神也顿时游移起来。

"'跟着我，'我厉声说，'让咱们就瞧瞧你那圣迹的机关去！'

"她垂头丧气地尾随着我，我们走进了圣器室，那重十字架已经放回原来的地方。在宽大的圣器室半明不暗的光线里，它赫然倚在墙壁上，布满坑凹和裂痕，拖着巨灵般的阴影，仿佛那位绝望的魁梧的女罪人今天才扛过它，被它压得跪倒在地上，额头已经碰着石板，就在这一刹那，圣母娘娘现身了，为她解了围。我想试试它有多重，但一点儿提不起来。因而越发觉得用那纸扎的玩意儿和它调包是多么可笑。我毅然朝那扇高而窄的门转过身去，断定那假十字架就在里面。

"'钥匙，院长！'我命令道。

"那婆娘神色慌乱地用两只眼睛死盯着我，但又放肆地答道：'丢了，主教大人！快十多年啦！'

"'婆子！'我以严厉得怕人的口气喝道，'你还想要命不要！就在对面，住着我朋友封·多卡布戈伯爵的仆人。要不要我派人或者亲自去叫他来帮忙把门打开。这么一来，要是里面有一架仿照真的用轻木料做的假十字架，那么你这个罪人，你就得跟异教徒胡斯①一样，死于火刑堆熊熊的烈火之中，身上冒烟冒火，而且罪过并不比他轻！'

"片刻的沉默。随后——我不知道她是吓得牙齿打战呢还是咬牙切齿——那婆娘掏出了一把带着穗子的老古董钥匙，启开了门。幸运得很——我的理智没有骗我。在那高高的壁炉似的小斗

---

① 扬·胡斯（Jan Hus，约1369—1415年），捷克学者兼宗教改革家，领导反对德国封建主在波希米亚享有特权的民族解放运动和国内宗教及社会改革运动。1414年，胡斯应邀赴康斯坦茨教皇会议以"异教徒"身份进行辩论，结果被教会保守势力背信弃义地用火刑处死。

室的墙边上，倚着一具满是坑凹裂痕的黑色十字架，我一伸手，就毫不吃力地用我两条瘦弱无力的胳膊把它举到了空中。它上面每一处凸起的地方、凹下的地方，以及所有的细枝末节，都是照着真的那架做的，像得即使最敏锐的眼睛也难辨真假，所不同的就是要轻好多倍罢了。至于它到底是里面挖空了呢，还是用软木或别种轻木料做的，当时由于事件发生得太快、太突然，我就没能再去弄个清楚。

"我惊叹那仿造品的毫发不爽，不由想道：只有一位大艺术家，只有威尔斯人，才能创造出这样的奇迹；又由于我为自己祖国的光荣感到鼓舞，就忘情地说了：'太妙啦！太了不起啦！'——当然，不是称许其欺骗得法，而是赞美那高超的艺术。

"'恶棍！恶棍！'那无耻的婆娘仔细地观察了我的神态，然后举起一个指头来冷笑了笑说，'我算是上你的当了，不过我知道你要我付的代价是什么。我这就去把那个小丑的书给您取来，您夹着它，不声不响地见你的鬼去吧！'

"从前，两个古罗马的鸟卜师①碰见时，总是先说那么句行话，然后就相视一笑；然而，这比起眼下那把女住持的脸孔扭歪了的一笑来，可能还算文雅得多；她那一笑，如果用言语表达出来就是：'咱俩都是明白人，一样的流氓无赖，犯不着这么装腔作势。'

"可是我当时却在琢磨用个什么法儿治治这愚蠢的婆娘。

---

① 古罗马帝国从鸟的飞鸣饲食观察预卜未来的卜算师。

"这当儿,在骤然而来的静寂中,我们听见从近旁的唱诗台一边传来一阵轻轻的脚步声、絮语声和嗤笑声,便想一定是那些闲得无聊的好奇的修女们在外面偷听。

"'看在我可贵的童贞分上,'女住持恳求说,'让咱们现在分开吧,主教大人!就算给我世界上的一切,我也不愿意让咱们在这儿被我的修女们碰见;要知道您是位有见识、有修养的人,可我那些丫头们的舌头却跟刀子一般厉害啊!'

"我觉得她这考虑不是没有道理,就让她带着修女们去了。

"过了一会儿,我也离开了圣器室。但那放假十字架的小斗室的门我只轻轻地推回去虚掩着,没有转动里面的钥匙。我把钥匙拔出来,藏在衣服底下,然后把它丢在唱诗台两排椅子间的一个地缝里,没准儿它今天还在那儿躺着呢。这么做,我并没有什么既定的目的,也许是受了某位神或女神的指引吧!

"当我和女院长坐在她那低矮的院长室里,面前放着一小杯院里酿的葡萄酒的时候,我是如此渴望立刻得到缪斯女神那天真无邪的创造,同时对这已经揭露无余的骗局也没有心思再反复纠缠下去,就决定长话短说,尽快把事情了掉。我逼着那婆娘向我坦白,这个由来已久的骗人把戏是怎么传到她手里的,然后就官样文章地训了她一通。她供认:她的前任临死时把她和院里的忏悔师一起关在自己的房间里,然后两人就把这个一代一代遗传下来的圣迹的秘密,像移交能带给修女院幸福的院宝一样,托付给了她。那位忏悔师——女住持这么唠唠叨叨地叙述着——向她吹嘘这骗局的年代如何久远,含义如何深,感化力如何大,简直就没个完。他说，它能够比任何讲经传道更好、更有说服力地叫老百姓意识到，皈依上帝的道路是先难后易、先苦后甜的。那可怜的婆娘也确实让这象征法的奇效搞昏了脑袋，她一口咬定，她并没有干什么不正当的事，要知道她自小儿就是个挺诚实的人哪。

"'看在圣母玛利亚的修女院分上，我饶了你，不然在火刑堆的烈焰下，人们会连它也怀疑了的。'我打断她那愚蠢的推理，直截了当地命令她，在这牛皮已经吹出去的圣迹最后一次表演过以后——这我可不敢禁止，否则就大为失算了——立刻把那假十字架烧掉，但普劳图斯却应马上交出。

"女住持愤愤地听着，嘴里暗暗咒骂。她不得不顺从我那随口编造的康斯坦茨教皇会议决议；这个所谓决议，虽然与会的主教神父们连知都不知道，但可以肯定仍是符合其精神实质的。

"我把自己关进靠修女院院墙的一间舒适的客房里；小布里基特悻悻地把手稿交给我，我立刻就把这下贱的婆娘推出门去，好独自跟阿姆布利阿人喜剧里的面具①待在一起。在这里没有任何声音打扰我，仅只在窗前的草地上，有一群农村少女在反复地唱着一支儿歌，而这却使我的一人独处显得更为惬意。

"自然，没过一会儿，那个女住持就气急败坏地吵嚷起来，她用拳头死命地捶那顶住了的厚实的橡木门，要我给她放假十字架那间没有上锁的小房的钥匙。我只简单而诚恳地告诉她，抱歉得很，钥匙不在我手里，然后就再也不理睬她，任那倒霉的婆娘

---

① 古代希腊、罗马戏剧表演演员都戴面具，这里的面具即指喜剧里的人物。

像炼狱里的灵魂一般哭呀喊呀，我自己却得到了天堂里最高的享受，沉醉于新婚一样的快乐幸福里。

"一位慢慢地显现出身形来的古典作家，一位卓越的诗人，而不是某个晦涩难解的思想家，不，应该说是那永远亲近、永远诱人的东西，广阔的世界，激荡的生活，罗马和雅典市场上的笑声，谐谑的交谈和文字游戏，人的种种热情，以及那在喜剧的哈哈镜里略为夸大了的人性的放纵不羁——我一出一出狼吞虎咽地读着，这出还没完，贪婪的眼睛就已经望着另一出。

"我读完了机智风趣的《安菲特里奥》，《奥鲁拉利亚》①和它那无与伦比的吝啬鬼的面具就已展开在我面前——我停下来，靠在椅背上，我的眼睛已经发痛。天色渐渐昏暗下来。外面的草地上，姑娘们把那简单可笑的歌子不知疲倦地反复唱了大约一刻钟：

'亚当有七个儿子……'

"这当儿，她们开始反复吟唱一支新的谣曲，但听她们以一种既调皮又坚决的口气讥讽地唱道：

'我不愿进修道院，
不！做小修女我可不乐意……'

---

① 均为普劳图斯的喜剧，后者又名《泥炭喜剧》。

"我把身子探出窗外,想看看这群天主教独身主张的小反对者,同时也欣赏欣赏她们那天真稚气的劲儿。然而,她们的游戏绝不是天真无邪的。她们唱着,用胳膊肘相互挤撞,使着眼色,脸仰起来冲着她们认为盖特露苔就在里面的那扇有铁杆护着的窗户,脸上不无恶意与幸灾乐祸的表情。此刻,盖特露苔也许已经跪在圣器室里,在那长明灯的荧荧微光下,以通宵的祷告来迎接明天与天国的结合吧——修女们入院时都是这么做的。然而,这又与我有什么关系呢?我点着了吊灯,开始读《泥炭喜剧》。

"直到灯油尽了,疲倦的眼前字母模糊一片,我才倒在床上昏昏沉沉睡去。不一会儿,那些滑稽可笑的面具又绕着我转起圈来:这儿一个士兵在大吹牛皮;那儿一个喝得醉醺醺的年轻人想跟他的小爱人亲嘴,可她呢,机灵地脖子一扭就躲过了。猛然——意想不到地——在这群古代的快活的人中间,出现了一个赤脚宽肩的蛮女子,腰上束着修女带,就要被人带往奴隶市场出卖,似乎她正以充满责备和威胁的目光,从那两道阴沉的眉毛底下直瞪着我。

"我吓得一下从床上爬起来。天已经发白。天气闷热,房内的小窗有半扇敞开着,可以听见近旁唱诗台上有谁在做祷告,先是恳求,随后极凄惨地变作一声压抑的叹息,最后竟成了绝望的呼唤。"

"我博学而享盛誉的朋友啊,"讲故事的波吉约打断自己,脸转向对面那位大热天还穿多皱襞古式斗篷的不任公职的人,"我伟大的哲学家,我恳求你,请你告诉我,良心到底是什么?

"我想不是人皆有之的吧？绝不。我们谁都知道一些没心肝的人。我只想以一人为例，就说我们在康斯坦茨革除的那位教皇约翰二十三世。他就是个没良心的家伙，然而却很有福，心情永远那么开朗，简直可以说就跟小孩一样无所忧虑。他做尽了坏事，却没有鬼魂去惊扰他的安眠，而且每天清晨起来都比昨晚睡下时愉快幸福。他被囚在哥特里本堡，我到那里去参加他的审判，对他提起控诉。我列举了他大量罪行，比他教皇封号的数码还要多十倍的弥天大罪①，连我都羞得脸绯红，声音颤抖。可他呢，却没事人似的抓起一支鹅毛管，给祈祷书里的圣女巴尔巴拉添上了两撇小黑胡……

"不，良心这东西不是人皆有之的，就说咱们吧，咱们诚然都有一个良心，但在各人那里又有所不同，就跟那变化多端的普罗丢斯②一样。而在我身上，它每每就会因为一个景象或一点儿声音而觉醒起来。就在前不久，我谒见了一位小国王——这样的小暴君在咱们幸福的意大利真是成群成堆——在一个迷人的黄昏，由美人儿陪着，我们坐在从宫堡的塔顶远远突出在涧水冰凉的幽谷之上的阳台上，一边弹琴，一边饮着名贵的琪尔酒。可是突然，我听见从我脚下传来一声呻吟。原来有人被关在下面的地牢里。顿时我兴致全无，再也待不下去。我的良心感到沉重，这么饮着、笑着、吻着，享受着生活，在一个受苦的人身边。

---

① 原文为拉丁语。
② 古希腊神话里能变各种形态的海怪。

"同样地，那绝望的少女近在耳边的一声呼唤，也叫我受不了。我披上衣服，穿过曚昽中的十字形回廊，轻脚轻手地向唱诗台摸去，心里想，在我读普劳图斯的这一段时间里，盖特露苔该已经拿定了主意吧：在这决定性的关头，她应该不可动摇地确信，她将在修女院里，在它那空虚甚而至于腐败的生活中遭到毁灭。她将不得不跟这里的庸俗卑劣挤在一块儿，她鄙视它，因而也遭到它的痛恨。

"我在圣器室的门边上停下来，凝神听着，只见盖特露苔在那沉重的真十字架前直绞手指。真的，她的手在流血，还有那膝盖，整整跪了一宵，看样子也流血了；她的声音喑哑；她已经耗尽了心力，费尽了唇舌，她现在跟神的谈话，因此就变得粗鲁而蛮横，仿佛是在做最后的努力：'玛利亚，圣母，你可怜可怜我啊！让我倒在你的十字架下吧，它对我太沉重啦！我真害怕进那小笼子啊！'一边说，一边猛烈地挥动胳膊，仿佛要把一条缠在身上的毒蛇扯下来甩掉一样。接着，又在极度的内心痛苦中，甚至不顾羞惭地喊道：'适合我的只是太阳和云彩、镰刀和锄头、丈夫和儿子……'

"在这痛苦的一幕中，对于这个处女①所做的人性的自白，我忍不住好笑；然而，我的笑容刚到唇边就僵住了……盖特露苔蓦地跳起，苍白的脸上两只睁大得怕人的眼睛死死地盯着墙上的一个地方，不知什么红色的东西把那儿染污了好大一片。

---

① 原文为拉丁语。

"'玛利亚,圣母,可怜可怜我吧!'她又一次喊道,'这小笼子哪容得下我这手跟脚呢,我的头都碰着天花板了。让我在你的十字架前倒下吧,它对我太沉重啦。要是你,减轻我肩上的十字架,而不能减轻我心头的痛苦,那么瞧着吧'——于是又盯着那可怕的红色的一团——'看我明天会不会脑浆迸裂地倒在你面前!'

"这时候,我对她感到了无限的同情,不,不只是同情,甚至是一种叫人窒息的恐怖。

"盖特露苔精疲力竭地坐在一具装着圣器的木柜上,重新编好她在和神的搏斗中松开了的金黄色的辫子。与此同时,她嘴里还轻声地唱着,又像哀伤又像嘲谑地,但不再用那粗而有力的嗓门儿,而是用一种异样的小女孩的高音:

'如今我进了修道院,

不得不做个可怜的小修女……'

"她是在模仿那些农村女孩们唱来讽刺她的小调呢。

"这已是一种神经错乱的表现,如果她非进修女院不可,就一定会精神失常了。幸而这时那位伟大的圣者[①]指引了我,假我之手不顾一切地去拯救盖特露苔。

"于是,我也怀着一种出自内心的虔敬转向那位童贞的女神,

[①] 原文为拉丁语。

古代人称她作帕拉斯·雅典娜，我们叫她玛利亚。我合起掌来祈祷：'圣母啊，一些人说你是智慧的化身，一些人说你就是仁慈——但反正一样，智慧女神不会听信一个不谙世事的小女孩起的誓，仁慈圣女也决不强迫一个成年女子去实现她未成年时许下的愚蠢诺言。你会含笑把这无效的誓约解除的。让我替你行事吧，女神。愿你对我仁慈宽大！'

"因为我已答应过女住持——这婆娘生怕我揭她的底儿——不再跟盖特露苔讲话，就决定像古代人那样，用三个象征性的动作，把事情的真相摊开在试修女面前，而且要那么一清二楚，即令她是个头脑迂直的村妇，也能明白其中的意思。

"我走到十字架跟前，装作没看见盖特露苔的样子。

"'我要想认出某样东西，那么我就给它做上记号。'我一字一句地说，同时抽出我们那位著名的同胞——打刀匠庞塔利奥纳·乌布里科为我打的那柄锋利的旅行小刀，在十字架横竖两根木头相交处，即相当于人腋窝的地方，割下来不小的一块。

"接着，我跨了整整齐齐的五大步，然后纵声大笑，同时开始表演起来：'那个在康斯坦茨的旅馆里接我行李的搬运夫，他那模样可真好笑！他在我行李里看准了最重的一件，一个再大没有的柜子，就把衣袖捋得老高，往手里——这个粗汉子——呸地吐一口唾沫，然后鼓起全身的筋肉把柜子往肩上一扛，没想到却是什么都没装的空玩意儿。哈哈哈哈！'

"最后，也是第三步，我傻不愣登地站到真十字架和那没锁严的假十字架中间，手指不住地向两边指点，嘴里打哑谜似的念

叨着：'真的摆露天，假的屋里关！'——然后又忽地一下冲过去，拍几下手：'假的摆露天，真的屋里关！'

"我朝坐在半明半暗中的试修女溜了一眼，想从她脸上的表情看出我这三个咒语的效果如何。只见她不安而紧张地思索着，脸上掠过了最初的怒火的闪电。

"于是我又跟来时一样轻手轻脚地摸回自己的小房，和衣往床上一倒，享受起一个良心清白的人才能有的甜睡来，直到人们涌向修女院的杂沓的脚步声和节日礼拜震耳的钟声把我从梦中吵醒。

"我走进圣器室，盖特露苔正好脸色苍白得像个即将上断头台的人一样，被人从旁边的小堂领回来，明说是去各小堂做巡回祷告，实际却是为了偷偷把十字架换掉。接着，上帝的新娘子开始梳妆穿戴了，由一群口唱赞美诗的修女围着，试修女在腰间束上那条打了三道结的带子，然后慢慢地赤了她那粗大而模样高贵的双脚。这时人家把刺冠递给她。这刺冠与那象征性的假十字架不同，老老实实是用粗硬带刺的树枝编成的，这儿那儿全突着锋利的针尖。盖特露苔却一把夺过去，带着一种酷虐的喜悦，狠命往自己头上一按，顿时一股青春的热血从她头上迸射出来，大颗大颗地滚下她那单纯的额头。一种崇高的愤怒，一种神圣的谴责，火焰一般地在这农村少女的蓝眼睛里燃烧起来，旁边的修女们不禁为之胆寒。接着，六名修女，看来全是女住持的参与共谋的心腹，抬来了那具假十字架，放在盖特露苔真诚的肩膀上；她们那么装模作态，好像六个人还险些抬不动的样子。看着她们那愚蠢的嘴脸，我更加清楚地理会到，那以玫瑰刺冠为象征的神的真诚，如何在公开的场合被人的虚伪崇奉着、景仰着，而背地里呢，却遭到了它的嘲讽和愚弄。

"以下的一切来得就像夏天的阵雨一样迅速。盖特露苔猛地把目光朝我用小刀深深刻了一道记号的地方一扫，发现假十字架上没有记号，就鄙夷地让它从肩上滑下来，碰都没有用手去碰，但马上又从地上抓起那轻十字架来，发出一声尖厉的冷笑，就欢呼着把它在石板地上砸个粉碎。一个大步，她已经站在藏那真十字架的小斗室门前，推门进去，找着了真十字架，试了试多重，然后就像发现了宝藏似的进出一声野人般的欢叫，没等人帮助就把那重十字架扛到了右肩上，用她那两条勇敢的臂膀牢牢抱着，慢慢地，得胜地，一步一步朝着唱诗台走去。那儿高且宽敞，好让下面头挨头挤满整个正殿的目瞪口呆的群众——有贵族，有教士，还有乡村里各式各样的人们——全看得见她。女住持和她的修女们哭着，骂着，威胁着，哀求着，一拥而上，想拦住盖特露苔。

"可她呢，炯炯的两眼向上望着：'嘿，圣母娘娘，这回该你来公断公断啦！'她脱口喊出，像一个扛着木料硬从人堆中穿过的手工匠人一样，用她那粗大的嗓门儿吆喝着：'靠边！靠边！'

"所有的人全为她闪开道，她登上唱诗台，以一位代理主教为首的本地教士团全体都在台上。人们的目光全集中在她那重压下的肩膀和鲜血淋漓的面孔上。然而，那真十字架对于盖特露苔毕竟太重，再说又没有女神帮助。她的胸脯呼哧呼哧喘着，一步，再一步，越跨越低，越跨越慢，仿佛那赤着的脚粘在地上，在地上生了根。她稍稍踉跄了一下，再稳住；又一个踉跄，左脚软了下去，右脚跟着也跪倒了。她想以最大的努力挣扎起来。白费劲儿。只得从十字架上把左手松开，撑在地上，暂时支持住全身的重量。但马上左胳膊也弯曲了，折起了。戴着刺冠的头猛地倒向前去，砰的一声撞在石板上。那重十字架——她的右手直到昏厥时才从上面松开——滚到了她身上，发出轰隆一声巨响。

"这是血淋淋的真实，不是那假惺惺的欺骗。从在场的千百个人胸中，同时发出一声叹息。

"盖特露苔被那班吓昏头的修女从十字架下拖出来，扶着站稳。她在跌倒时失去了知觉，但不一会儿这强壮的女孩子又清醒过来。她用手揉揉额头，目光落在适才把她压倒了的十字架上。一丝对没有前来帮助她的女神的感激的微笑，慢慢地扩展到了整个面庞。然后，她兴高采烈地说了这么一句十分调皮的话：'你不要我吗，童贞的玛利亚，那么另外有人会要我的！'

"血淋淋的刺冠还戴在头上，仿佛并不感到刺痛似的；她一边跨上从唱诗台通向正殿的台阶，一边目光在人群中四处搜寻，找到了她要找的那个人。全场一片深沉的寂静。

"'汉斯·封·斯普吕根①，'盖特露苔大声地让在场的人全能

---

① 德国人姓名里的"封"一般表示贵族，这里却只说明出生地，意即"斯普吕根地方的汉斯"；斯普吕根（Splügen）就是斯比亚加（Spiaga）。

听到,'你要我做你老婆吗?'

"'怎么不,当然要!一万个乐意呢!你只管下来吧!'正殿尽后面,一个诚挚的男人的声音欣喜地回答。

"这样,她就不慌不忙、容光焕发地一级一级跨下台阶,重又是个普普通通的农村姑娘。此刻,她大概已经万分情愿地把自己刚才在绝望中表演那惊心动魄的一幕忘记了吧,因为她那作为一个人的起码愿望,现在已经得到了满足,她又可以回到普通人的日常生活里去了。你笑我吧,科西莫!为此我却感到失望了。有一刻,当她欢呼着捣毁那骗局的时候,这个农村少女,在我激动的感官面前乃是一个更高存在的化身,某种超人的生物,或者简直就是真理本身。可是真理,真理又究竟为何物呢?彼拉多[①]这样问过。

"这么迷迷糊糊地想着,我也走下了唱诗台;蓦地有人扯我衣袖,原来是给我送信的人到了。他向我报告奥托·科隆纳在突然爆发的欢呼声中当选为教皇,还有其他一些值得注意的事。

"等我抬起头来再瞧正殿,盖特露苔已经不知去向了。而激动的群众还在大吵大嚷,坚持各自不同的意见。从这儿的男人堆里传来:'臭娘儿们!骗子手!'——骂的是女住持。那儿又有一些女人的尖嗓子在喊:'罪过啊!不要脸的小骚货!'——这是指盖特露苔。但不管男人们是否就识破了那圣迹的骗局,女人们是否以为圣迹的失灵是因为盖特露苔起了邪念的缘故——反正一

[①] 处死耶稣的罗马驻巴勒斯坦总督,他当时说过这样一句蔑视真理的话。

样，女住持的圣物是不灵验了，骗人把戏只好从此收场。

"在群众粗野的斥骂下，勇敢的女住持也开始破口回骂起来；在场的教士们一个个瞠目结舌，脸上的表情从幸灾乐祸的赞许，到真诚得无以复加的痴愚都应有尽有。

"我开始意识到了作为教士的职责，决定结束这一罪恶的局面。我登上宣讲坛，庄严地向在场的基督的儿女们宣布：'我们已选出奥托·科隆纳大人做我们的教皇！'[①]同时带头高唱赞美诗[②]。首先应和着的是修女们的合唱，立刻全体教友也跟着唱开了，声音震天价响。赞美诗刚唱完，贵族和农民们赶紧上马的上马，步行的步行，一齐涌向康斯坦茨；要知道，在结束了所谓全世界的三巨头统治[③]以后，新教皇在康斯坦茨施给的祝福会有三倍的神力哩。

"在下却溜进了十字回廊，想趁此回房悄悄取走普劳图斯。从房里出来，胳膊下夹着手稿，不期又遇上了女住持，这时她已恢复了那管家婆的神态，正小心翼翼地用一只大提篮把假十字架的碎片送到厨房里去。我祝她顺利解开这个乱结，可她却自以为上了当，就怒气冲冲地朝着我喊：'都见鬼去吧！你们两个意大利恶棍！'——看样子指的是阿姆布利阿人泰特斯·马契亚斯·普劳图斯，和他的同胞图斯加人波吉约·布拉契沃利尼。

---

① 原文为拉丁语。科隆纳的封号为马丁五世，1417—1431年在位。
② 原文为拉丁语。
③ 原文为拉丁语。指一位教皇代替三个教皇。

"一个美丽的金发男孩,还是个小卷毛,汉斯·封·斯普吕根和盖特露苔临走时代我雇好的,为我赶着骡子回到了康斯坦茨。

"鼓掌吧,朋友们!①我讲完啦。等到比这个故事拖得长一些的康斯坦茨教皇会议同样结束后,我跟随我那位仁慈的主人圣马丁五世殿下一道回山那边去;在山隘以北的斯比亚加地方的一家旅店里,我们遇见的店主夫妇正是昂塞利诺和盖特露苔,两人都精力旺盛,女的没进修道院那阴暗的小笼子,而是在山谷里任山风吹刮,肩上负着婚姻给予的十字架,怀里已抱了个胖娃娃。

"高贵的科西莫,但愿这个未发表的小故事配得上做那我将要送给你的普劳图斯手稿的附赠物。我把普劳图斯手稿献给你,或者更正确地说,献给祖国——因为你是祖国之父——献给你那收藏馆与里面的宝藏都为之敞开的科学事业。

"不过,我想在死后再把这珍贵的手稿遗赠给你,免得我生前从你那儿取回十倍的报酬,要知道你从来都那么仁厚大方,决不肯收受任何馈赠而不加偿报。只是"——波吉约感伤地叹了一口气——"谁知我的那些不肖子会不会尊重我最后的意志啊?"

科西莫和蔼可亲地回答说:"谢谢你,波吉约,谢谢你的普劳图斯,谢谢你的这个故事。你在自己年轻的时候这么勇敢无畏地生活过来了;现在,当你白发苍苍的时候,又以你老年的睿智把你的经历讲给我们听。好,朋友们,"他举起了那只一个狂笑

---

① 原文为拉丁语。古罗马喜剧结束时,演员们照例要对观众讲这么一句话。

的山怪搂抱着的酒杯,"让我们为真诚的波吉约和他那位金发的蛮女子,干了吧!"

人们饮着,笑着,从普劳图斯谈到已经挽救出来的成千珍宝,谈到重新翻开了的羊皮古书,谈到他们生活的那个世纪的伟大。

圣　　者

第一章

　　雪慢慢下着，盖住了广阔的田野，盖住了零零落落地散布在大道两旁的农舍。这条大道起自利马特河畔的温泉疗养地，通向帝国城市苏黎世。雪花越飞越大，越飞越密，仿佛决心要把那本已愁惨暗淡的晨光扑灭，用白被将大大小小的路径以及路上移动着的寥寥无几的人畜包裹起来，使世界重归于沉寂。

　　这时候，从横跨在离苏黎世不远的兹尔河上的木板桥头，却传来了一阵沉重的马蹄声。紧接着，在朝向城市一边的桥口，从黑洞的木缘顶棚底下，驰出一名孤独的骑手来。结实的身躯裹在粗呢斗篷里，头上的风帽压得低低的，除去一部分灰白的大胡子以外，整个面孔都被遮住了。紧跟在高大强壮的本地种马后面，急跑着一头大狼狗。狗的脊背上积满了雪，蓬松的大尾巴耷拉在屁股后面，一副没精打采的模样。马蹄声在木头顶棚下发出隆隆的回响，使三个旅伴从严寒和雪引起的半睡眠状态中清醒过来，告诉他们，城门和旅舍都已经在望。一阵疾驰，便到了城门口。

在低矮的门洞底下，骑士掀掉头上的风帽，抖落斗篷上的雪花，把压在坚毅的额际的皮帽子向上推了推，雄赳赳地策马走过了皇帝行宫脚下的驿道，尽管他看上去已有一大把年纪。

时间是公元1191年除夕前的两天。适才说的那位旅行者，他也总喜欢在圣诞节后，除夕之前，来苏黎世这座帝国城市做客。

城里的大道右边，面包店正在供应新鲜面包。在左边那一家老铁匠铺前熏黑了的天棚底下，铁砧叮咚响着，火星四处飞溅。跟往年进城时一样，骑手今天无论走到哪里，哪里都有人高声招呼他，对他表示欢迎，这个叫他制弩匠汉斯，那个叫他英国人汉斯。可他用来回答人们问候的阿雷曼尼语①，却又如此地道，如此流利，使人断断不会把他获得第二个绰号的原因归结为他真正出生在遥远的苏格兰，而只会想到他是一位曾经勇敢地到国外游历过的旅行爱好者。

"雄狮"客栈的老板听见马蹄声，好奇地踱到门外，认出正要走过的人以后，便脱掉头上的软帽，向他打听今年沙弗豪森②的地窖是否充实。旅行者给了老板一个十分内行的回答，叫人一听就不难明白，英国人汉斯如今在何处春风得意。

至此为止所发生的一切，都与制弩匠汉斯几十年来在这座女侯爵兼修女院院长的城市③中所经历的没有两样。可接着，他却

---

① 古代德语方言，流行于南德和瑞士。
② 瑞士城市，以盛产葡萄酒著名。
③ 公元853年，德皇路德维希（843—876年）为纪念圣费利克斯和圣雷古尔，在苏黎世建立了一所修女院，并派他的女儿当修女院院长。

发现了一个不寻常的情况，开始慢慢感到诧异。须知，今天并非节日，往常在这样的大冷天，妇女们是极少在一清早就出门的。可今天她们都穿戴打扮整齐了，急匆匆地赶着到什么地方去。制弩匠汉斯骑马穿过城中央一条倾斜的小街，来到江水湍急的利马特河边，越过河上的大桥，到了市政厅面前。这时候，他才看见沿河两岸有像蚂蚁搬家似的一长溜一长溜的人群，向着上游移动。其中，有手拿珍本祷书的高傲的贵妇人，有品貌端庄的手工匠人家的闺女，有道貌岸然的修女院嬷嬷，有模样俏丽、步履轻捷的大姑娘，有满脸皱纹、咳咳呛呛、把衣襟扯起来盖在头上挡住大雪的穷老婆子，一群接着一群，全都急急忙忙向着利马特河汇入苏黎世湖的地方赶去。在那儿，像两名顶盔披甲的武士似的，矗立着两座教堂。

而且，不知为什么，两座教堂中只有一座，也就是我们亲爱的圣母的教堂，才飞快地敲着钟，对信徒发出急切的召唤。对面那座大教堂却固执地沉默着，表示对此事不满意。制弩匠汉斯骑着马跟在人流后边，一边思索一边穿过一道道拱门，向着利马特河上游一家叫"圣迈因拉德的黑马"的客栈走去。他每年来苏黎世都下榻在这里。此刻他勒住自己的棕色坐骑，站在当年圣费利克斯和圣雷古尔流血牺牲①的小丘旁，向那条从大教堂倾斜而下的胡同里张望。正巧，这时有一个人在融雪后泥泞不堪的路上小心翼翼地选好下脚的地方，一步一停地从上面走下来。来人是一

---

① 费利克斯和雷古尔是罗马人统治时期的两个基督教殉道者，后被尊为圣者和苏黎世城的守护神。

位穿着黄鼬皮袍的教士,身材纤弱,气宇不凡,黑色便帽下的面孔显得苍白,微微流露出对弄湿了的鞋子感到痛惜的神色。他因专心走路而没有立刻发现制弩匠,人家可是一认出他就腾地一下从马上跳了下来,在仍然纷纷扬扬飘着的大雪中光着脑袋,恭恭敬敬地站在路边上候着他。

"托上帝和圣母玛利亚的福,您老人家近来可好?"英国人汉斯向已走到他跟前的老教士表示敬意。

老教士抬头望见问候他的人,不禁微微一怔,但随即脸上突然一亮,闪过一丝恍然醒悟的欣喜的光辉,不过他却狡猾地力图掩饰自己的喜悦心情。

这一来制弩匠只得先开口,向他说了下面的话:

"请允许我向您打听一下,您可尊敬的师兄,高贵的库诺大人眼下可在教堂中?他欠我一笔小款。三年前,他老人家向我定做一张英国式的弩。按照惯例,我总希望在年关时把钱全部收回去。可前年和去年圣诞节,我都碰上他手头很紧,因为他掷骰子老是没有好运气。就不知道他老人家今年情况又怎样啊?"

"这个你自己问他去。不过,在这之前,你可以到我那儿用点儿点心。"老教士回答,"傍晚他便回来。这会儿上上下下全骑马到郊外打猎去了,堂里留下的只我这个你看见的糟老头子。我出来原本打算去朝拜一下那位新圣者,眼下那边,"他指了指圣母教堂高高耸立着的细长的钟楼,"正由一位聪慧的卢采恩[①]神

[①] 瑞士城市。

父，向虔诚的教友们宣讲他所受的苦难和显示的圣迹。我那些过分敏感的兄弟们正是嫉妒这位新圣者的荣誉，今天才出城去了的。我这会儿之所以上他那儿去，也是好奇多于崇敬。加之天下着雪，路这么难走，我满可以往回转而无所内疚啊。

"喏，把你的棕色马驹交到'圣迈因拉德'客栈里去！它的马夫正像根木头似的站在江边望着圣母教堂出神哩！还有你那条呆坐在雪地里挨冻的狗儿也可以在我厨房中暖和暖和。凭着圣费利克斯血淋淋的脑袋起誓，咱可不能在这潮湿地里站下去了。这一洼洼雪水里蹲着个手执铁钳的老妖婆——我指的是可恶的风湿性关节炎，今年她把我夹得真够呛，直到前不久才算松开了她的钳子。马上跟我走吧，英国人！"

匆匆说完这一席话，布克哈特修士就冷得裹紧身上的皮袍子，像来时那么小心翼翼地，沿着泥泞的胡同一步一步往回走去。

汉斯把无所事事地站在河边的店伙计叫过来，递给他缰绳，交代了几句需要向客店老板以及他的老主顾们转达的话。因为这儿也常有贵人们进进出出，他们中不少都是制弩匠的买主和债户。

随后，汉斯从马上卸下革囊，往胳肢窝里一夹，便领着始终与主人的财物寸步不离的塔卜①，沿着倾斜的胡同向上边的教堂去了。

老修士们的邀请正合他的心意，因为制弩匠汉斯素来是很节俭的。

---

① 犬名。

第二章

冬日的阳光依旧十分暗淡。使老修士招待客人的小小起居室变得明亮，与其说是那扇开得很高的、唯一的小窗，不如说是在壁炉里一闪一闪的黄色火苗。

布克哈特修士体质羸弱，生活很有节制。当他的客人还在进餐的时候，他自己已先在铺着软羊皮的扶手椅里躺了好一会儿，并把毛皮裹着的双脚伸到火炉边去了。一个同样头发花白的老用人进来收拾了餐具，把一壶本地产的烈酒和两只银酒杯放在大理石的壁炉台上。

老修士看上去兴致很好。在这么个阴沉沉的大冷天，他能把一位深通人情世故、游遍五湖四海的精明汉子引诱到自己家里来，满足满足他那久已有之的好奇心，使他感到非常得意。他把仅剩下稀稀疏疏几绺白发、轮廓秀气的脑袋靠在红色椅背上，眯着眼睛，老脸上漾起一股子志得意满的喜气。

突然，他睁大了眼睛，目光灼灼地说道：

"怎么样，还好吃吧！现在把椅子转过来，坐近一些，刚才你问我，那新圣者，那位让圣母教堂的人捧上了天，但却为我们这些修士所不齿的人，他是谁？在饭桌上谈教会的事，或者天国的事，我认为都是不妥当的，可现在我就可以回答你啦。这位新近由教皇加封的上帝的代言人，他和我是在同一年出世的。单单这一点，就于他不利。要知道，圣者也犹如葡萄酒一样，越陈越吃香,越陈越能创造奇迹。比如这儿这种,"他从自己杯中呷了一口,"它是从我们土地里流出来的鲜血,与我们身上的血液有着亲缘关系。自古以来就调养着我们的精神,强健着我们的身体。我们的圣者费利克斯和雷古尔的作用也差不多,我们这所修道院和这座城市,就是在他俩的遗骸上建立起来的啊。他们扶危济困,保佑着我们一代又一代人。我们对他们充满亲切和感激之情,他们对我们也如此。按照先辈的榜样,我们用他们的形象和印章来赋予自己和所作所为以法律效力。根据文献记载,他们在殉难后还提着自己被砍掉的头颅足足走了四十步远,从利马特河边的刑场一直爬到了这儿的山上。尽管后来那些打了折扣的新圣者谁都肯定不能再这么做了,我却不想以此夸耀。对于我来说重要的是:圣费利克斯和圣雷古尔用自己的鲜血向一个异教皇帝证实了自己的信仰。这位与我同年的新圣者呢,却仅仅是与一位基督教国王和封君争短长罢了。

"话虽如此,咱们女侯爵那座修道院里的嬷嬷们却不这么考虑!这些个傻脑袋瓜,人家除去一些珍贵的典籍外,必定还把一本描写和美化我那位同龄人苦难生平的羊皮书塞给了她们。每次进餐,人家都要给她们念这种有启迪作用的神圣文献。打现在起,这些高贵的女士们的思想就休想再安静下来。她们将明里暗里都致力于一件事,即让那位新殉道者的祭日在我们这儿也得到隆重的纪念。

"妇人家喜欢的就是新鲜和带有异国色彩的东西。

"我们的市议会鉴于种种原因不赞成她们的搞法,若非嬷嬷们后来得到了上天的赞助,这事肯定已给压下去啦。

"事情是这样的:在去年秋天的久旱以后,修女院在维迪孔的一个大农场突然失了火。南风一刮,草料棚中的烈火就直向管事人的住房扑去。房顶已开始冒烟,眼看就要完蛋。这当儿,极端虔诚的贝尔塔嬷嬷正好在场,她灵机一动,叫管事人和他的儿子们把一张沉重的大石桌拖到房前,自己则从口袋里掏出粉笔,在桌上写了几个斗大的字:

圣托玛斯,快帮助我们吧!

不知怎么搞的,也许是那位圣者俯视尘寰,瞅见这几行字了吧!反正,风向马上转了,那间草料棚被烧成了一堆灰,而管事人的住房却完好无损。此刻,救火的人们也从城里赶来了。只见这边立着张石桌子,那边躺着一堆灰烬——奇迹和圣者都不容人再怀疑啦。

"因此,我们今天才会纪念他的祭日,纪念——我不应忘记告诉你——坎特伯雷的圣托玛斯[①]的祭日。"

讲完这一长篇话,老修士端起酒杯,一连喝了好几口。随后,他提起酒壶,瞅了瞅他的客人,想为他斟满酒。坐在壁炉旁边矮凳上的汉斯却闷声不响,神情颇为异样。起初,他胳膊肘支在膝盖上,脑袋托在手里,专心一意地听着修士讲故事。布克哈

[①] 指托玛斯·白凯特(1118—1170年)。

特修士故意把圣者的名字一直留到最后才点出来，可制弩匠看来早就猜到了。眼下他颓然坐在那儿，一动不动，四肢仿佛还在打着哆嗦。老修士替他斟满酒，盯着他，眼睛里流露出同情，又闪耀着一点儿幸灾乐祸的光。

"怎么样，我终于把你给逮住了吧，你这狡猾的人！"老修士又开口说，"以圣雷古尔鲜血淋漓的发辫起誓，制弩匠，今天你若不把自己了解的圣托玛斯的故事讲给我听，你就休想从这道门槛跨出去。事实上，你所了解的坎特伯雷的圣托玛斯，跟那位卢采恩神父在对面圣母教堂中讲的，以及高贵的女侯爵为拯救我们的灵魂而借给我们的羊皮书里的记载，根本是两码事啊。你在这位圣者生前常见到他，你不会不承认吧！大约在一年前，我亲耳听见你对我院里的兄弟们讲，你和亨利王的关系亲近得就像是他紧身衣上的扣子一样。你当时讲得粗声大气，比手画脚，因为他们把你给灌醉了，因为他们怀疑你的话，不信亨利二世在不幸地为他的大儿子加冕①时高兴得流出了眼泪，使你发了急。'我亲眼瞅见泪水簌簌往下掉来着！'你嚷道，并以自己灵魂的幸福起誓说，你讲的都是真话。我当时也正准备进来喝杯酒凑凑热闹，听你讲自己的故事。我相信你，因为你是个好吹牛的人。你既然一直待在亨利王身边，给他递衣斟酒，了解他的喜怒哀乐，那么，对那个毁掉了他的肉体和灵魂的人，你也一定很清楚。此人

---

① 公元1170年，英王亨利二世让约克郡主教为自己的长子加冕，企图借此剥夺坎特伯雷大主教历来享有的加冕英王的特权，结果反而造成了自己的不幸。

先是当他的首相,为他效力;后来又当大主教,成了他的仇敌和受害者,同时却把他驱赶进了绝望与毁灭的境地。早先也罢,后来也罢,你反正都是了解他的。而且,不幸的人啊,你最后还是那些杀死他、成全他当上殉教者的凶手之一啊!在女侯爵的羊皮书里写着,杀死圣者的凶手们也犯了弥天大罪,天地万物对他们无不深感厌恶。甚至他们养的狗也鄙弃他们,不肯再从他们手中吃食物。可你的塔卜,我看它倒是你给什么就吃什么的。"

"仁慈的上帝免了我犯那么大的罪,"制弩匠汉斯喃喃道,"是的,那位圣者我了解,非常非常了解,就像我了解你布克哈特大人一样。是的,当威廉·特雷西在圣坛前砸碎他脑袋那会儿,我可以告诉你,我也确实在场。而且,我此刻还清楚地看见他死去时的微笑,那么一种圣洁而略带讥讽的微笑——上帝宽恕我——仿佛那些刽子手倒是给他帮了大忙似的,呵,神父,那真是一些难于说清的、神秘莫测的故事啊!"

"讲吧,汉斯。"老修士紧张得声音都颤抖了,用虚弱无力的手掌撑着椅子扶手,好奇地坐直了身躯。

制弩匠默默无声地抚弄着壁炉中的火堆,整理着思绪。他坚毅粗犷的面孔阴沉下来,两眼射出沉思的光芒。他显然觉得理当满足主人的愿望,但自己又不乐意这样做。要知道,那一桩桩事件,不只在局外人看来是可惊异和难于理解的,连当事者也觉得如此。而且,它们偏偏又构成了汉斯生命史中最重要的部分。他本是个沉默寡言的人,要回顾这段将触及他灵魂深处的往事是困难的。他的感情充满着矛盾,思想进退维谷,踟蹰不前。

终于，他措辞谨慎小心地开始讲道：

"我那位陛下如何处理国政和世事，布克哈特大人，这你很容易了解清楚。然而，关于他的德行和个性，以及托玛斯·白凯特的为人，"汉斯胆怯地轻声补充说，"我在一年前喝醉了酒的那个晚上自称很了解，的的确确也不是吹牛。虽然为我本人着想，保持缄默会更好一些。时至今日，神父，我只要一合上眼，就看见亨利陛下和托玛斯主教活生生地站在我面前。看着他们，恰如看着贵城这两位圣者手中提的拉长了并失去了生气的面孔一样，是令人不愉快的！"说着，汉斯指了指挂在墙上的一块彩色壁毯中央的画像，"从英国回来以后，有好多年日思夜梦的都是那两位不幸的大人物。白天，我不得不回味他俩中一位的温和而富于睿智的话语，想起另一位的轻佻的玩笑、粗暴的威胁和绝望的吼叫。不得不冥思苦索，想弄明白从这一切中，怎么会不可避免地产生出两人的毁灭。夜里，我梦见他俩身上冒着烟和火，疯狂地扑向对方，就跟使徒汉斯在他的启示录中写的那样，害得我的那些娘儿们——我一个个娶了她们，葬了她们——全都又惊又怕，把我从噩梦中摇醒。您得知道，神父，国君和圣者相斗起来可是另一回事，绝非咱们施瓦本酒馆中的吵吵嚷嚷、捅捅刀子之类可与之相比的。好吧，我这就对您讲讲他们的故事，虽然讲起来很不痛快，而且很难很难。有什么办法呢，我不能让我好客的主人失望呀！"制弩匠打住话头，脸上露出苦笑。

"那就请吧！"老修士满怀期待而兴奋地说，同时把身子舒服地靠在椅背上。

第三章

"我很不乐意谈自己的青年时代,"英国人汉斯开始讲他的故事,"而且,如果不是为了向主耶稣和圣母玛利亚表示谦卑,在每逢神圣的节日到来时便从黑暗的深渊中唤起对它的回忆,或者,如果不是有一个我的嫉妒者和敌人居心险恶,在我晚年还提起它来令我难堪的话,我连想也不愿想它哩。"

"您知道,神父,"制弩匠深深地叹了一口气,"我早年的生活可不是清清白白,没有污点的啊。可尽管如此,我这会儿不得不让它来烦扰您和我自己,因为我这可怜的一生跟那位圣者和那位国王的一生,结下了不解之缘,至少在我这衰老的脑袋里是再也分不开了。您得知道,我的出身原本也很高贵。当你们提到霍亨什么什么①的时候,你们所指的虽然并不正好是我那业已衰落的家族,不过它的姓氏念起来也差不多,而且也跟那些高门望族一样,住在离波顿湖和莱茵河不远的地方。还在我父亲手上我家便负了重债,而且——上帝晓得为什么——族里的人都讨厌他,对他敬而远之。后来,他为了躲避他那些债主,拯救自己的灵魂,便背着十字架到圣地去了,一去再没回来。可怜的母亲自生下我就弱不禁风。我的哥哥又在与人家的一次你死我活的斗殴中丧了命,而不是像个骑士似的光荣战死,母亲一哭便哭瞎了双

---

① 指当时的德国王室霍亨斯陶芬及其他望族。

眼。要知道，我们当时走投无路，只好埋伏在大路边干那见不得人的勾当。我没有去找族中的人给我想办法和帮助我，就算去找了，也什么都不会得到。我唯一的朋友就是我那张弩，以及我带到森林中去打猎的那几条狗。可是，我自己却像头野兽似的被一个敌人追逐着。他就是那个蹲在沙弗豪森放高利贷的犹太人马纳瑟，我恨透了他，简直跟恨魔鬼似的。父亲曾经将自己的马厩和仅有的一点地抵押给他。眼下母亲就只派我去找这个犹太人，求他宽限一下，可这个放高利贷的家伙毫无心肝。这当儿，我不由得想起了我那病弱的母亲，想起了在犹太人残酷折磨下受苦流血的救世主。一阵忧虑和怜悯的感情便在胸中翻腾开来，我忍不住给了马纳瑟一顿老拳，他于是一命呜呼。但愿上帝别认为我这是犯了杀人罪！因为我在闯下这祸的时候，尽管已身高力大得像个男子汉，但到底还是个心软性急的孩子啊。

"再说那个被我打死的犹太人，他在城里和附近的贵族中有很多朋友。要不是万圣堂修道院敞开着大门，我早就完了。我不能不对有这个可靠的藏身之所感到庆幸，好歹都只有待在里边，一年后便当上了修士。这一切我都是诚心诚意地干着，内心不存在半点虚假。只不过，我很不适合当修士，而在决定当修士之前，对自己天性的发展以及适合它发展的是尘世这一点又不曾认识到。请别误解我的意思，神父！我所指的不仅仅是我的生身父母遗传给我的罪恶的血液，也包括从造物主手中喷溅到捏制我的黏土里来的那些火星，诸如：力量，智慧，事业心，能工巧匠的天赋和漫游四方的兴致。然而，在万圣堂里，却学不到任何人世间的技艺和科学，能读到的仅只有维吉尔①的诗，直到今天，他的诗我还大部分背得出哩。

"修道院院长很赞美这位诗人，说他是一个虔诚的异教徒，上帝为了报答他的德行，便赐给了他预言者的本领，在他的诗句中清晰可见地反映着圣母与圣子的光辉。正因此，我学的那一卷诗便满是小刀戳的窟窿。我在约翰尼斯之夜②时虔诚地呼唤着三位圣者的名字，结果戳中了下面几个词：Sagittas, calamo, arcui③。维吉尔的预言也真应验了，我的确一辈子都在与箭和弓打交道。

"这样，我便又高高兴兴地迈动着我的一双快腿，越岭翻山，横渡莱茵河，直奔阿尔萨斯。时近正午，我来到一座城市前的草坪上，看见那儿正聚着熙熙攘攘的一大群人，在比赛射箭。一路上呼吸着清新的空气，我早已精神抖擞，巴不得有机会活动一下手脚。所以，我马上就挤到那群快乐的射手中间去，要求参加比赛。放纵不羁的小伙子们觉得我这个流浪的修士很好玩，便真给了我一张弓。我于是一腿跨前，站好架势，一箭接一箭地射向靶心。我的眼力，您知道，是天生又准又保险，从小便不曾有过差失。

"我想，他们后来是把早已戒酒的我给灌醉了，我热得卷起衣袖，修士袍的下摆也扎在腰间，赤裸出了手脚。临了，我只觉得眼前发黑，头昏脑涨，在人们嘲弄和哄笑声中，赤手裸脚地被

---

① 维吉尔（公元前70—公元前19年），古罗马诗人。

② 即夏至节的前夜。

③ 拉丁语：箭，芦管制的箭，弓。

抬出来，游行了一圈，活像个愚人皇帝。

"第二天早上，我穿上一位好心人给我的仆佣服装，准备继续赶路。在我身后的大路右边，扔着已弄脏了的万圣堂院徽，左手边扔着撕破了的修士袍，我看着它们目前的这个样子心中不无羞愧。眼下我除去学做手艺之外已别无他路。于是，便准备选择一种既能在战时和平时都养活我，又不致使我离勇武豪迈的人和事太远的行当来学习。这当口，维吉尔的预言突然出现在我心头，我于是就决心当一名制造弓和弩的手艺人。万事开头难啊，神父。除了过去当剪径蟊贼和修士的种种懒散习气外，还有一颗软弱的心中的许多傻念头需要我抛弃。我必须使自己坚定起来。要知道，我尽管已经杀死过一个犹太人，又破了一次在修道院里立下的誓愿，以后我这颗虔诚的心，险些儿又让我犯下第三次罪行。这件事我还想给您听听——其他的我将尽量略去。

"在快到斯特拉斯堡时，我碰上了一伙漫游的修道院里的学生，和他们一块儿在一家酒店中喝酒。面对着这座名城的城垣和雄伟的教堂塔满面春风，我猛然想起可怜的母亲经常向我讲过的一位虔诚的姨妈。这位姨妈就在斯特拉斯堡的一所修女院里度过了自己圣洁的一生。母亲每逢困苦不堪之际，总要祈求她的在天之灵，而且总是有求必应。如今，在茫茫歧路上的我，也就打算来这样做一下。于是，我便走到一个模样爽直诚恳，且自称早已非常熟悉这座城市的学生跟前，和和气气地问他，能不能告诉我，我的姨妈维莉比尔格仙逝的那所修女院在什么地方。

"'亲爱的，'他答道，'那边那座塔顶是彩色的八角形钟楼。

你瞧见了吗？在它旁边那幢贴着城墙的长条形建筑，你姨妈生前就在里边当主持。'

"一听这话，我扑通一声跪倒在地，脸朝着那所房子，满怀诚意地呼唤起那位圣女的名字来，求她保佑我万事如意。可谁知我背后却传来一些奇怪的声音：先是咪咪的窃笑，随即变成疯狂的哄笑，我猛一回头，瞅见回答我问话的学生正把自己的袍角叠成了两只长长的耳朵的样子，靠在我的耳朵旁边摇来摆去。与此同时，其他人更肆无忌惮地笑道：'瞧这头蠢驴，真朝着那班漂亮娘儿们祷告！……'可话音未落，那个坏蛋已被打翻在地。我一边为世道人心的刁恶败坏而大滴大滴地掉着眼泪，一边狠狠地掐着他的脖子，要不是其他人来解救他，我肯定叫他断了气。

"在斯特拉斯堡我开始投在一位制弓匠门下学手艺。师父待我很诚恳，把他所会的技术全都认认真真地教给了我。可惜他是个因循守旧的人，对于在弓弩的性能与外形方面所可能制作的种种改进都固执地摇头。就在当时，从英格兰和弗兰德斯①，特别是从信奉异教的格拉那达②，正有许多改良弓弩的新技术传进德国来。我可是年轻而又好奇，事情有一开头就再也丢不下。要知道，神父，在任何一种哪怕是最微不足道的技艺里，都隐藏着一个精益求精的目标，它在召唤着我们，吸引着我们，使我们日日夜夜地去热心追求。

---

① 荷兰、比利时和法国交界的一个地区。
② 西班牙的一座城市。

"那时候,我常常梦见自己造出了一张弩和一支箭,射程甚至超过了萨拉森人①的那种弓。可翌日一觉醒来,我的发明又成了泡影,因为那只是我的瞎撞乱摸,异想天开。当初,我虽说已学到某些技术,但对我这门手艺的真正奥妙和规律却并未掌握。

"于是,我决心继续漫游,访求名师。我途经法兰西和揆泰尼亚②,翻越比利牛斯山,每天傍晚都在火红的夕照中,看见那座我一心向往的奇妙的城市格拉那达,直到终于有一天黄昏,它真的矗立在我面前。我非常幸运地观赏了人们在那儿创建的世俗的豪华,观赏了他们那些王宫的玲珑剔透的雕饰,那些长满了奇花异草的花园中的棕榈和古柏,以及那些潺潺有声、闪闪发光的喷泉。"

"你并且是在身体和信仰都未受损害的情况下回来的,是吗,可怜的汉斯?"布克哈特修士插进来问。

"这点请您别怀疑。与去的时候比较,我这肩膀上的脑袋变得更聪明了。说到基督徒的信仰嘛,神父,我甚至在遭到一位大哲学家反对的情况下把它坚持下来了。我曾帮助他改进那些他用来观察星象的管子。每天夜里,他都把天空中慢慢移动的星群指给我看,还对我解释说,自古以来,人的命运就跟这些闪闪烁烁的图像,跟这些动物和车辆③休戚相关,不管人也罢,神也罢,都无法插手进那个火轮的危险的轮辐中去,没有让人进行选择的

---

① 阿拉伯游牧民族,善骑射。
② 古高卢地名。
③ 指大熊星、小熊星、天秤座等星座。

余地,也不容神来发怒和施恩。

"可我却不相信他这一套,并以自己过去犯了罪都悔恨不已的经验,去驳斥他。

"除此之外,我在格拉那达找到和学到了我想来这里找的东西。果真名不虚传,神父,那些异教的制弩师确确实实无人可比!据传很久很久以前,他们就凭着自己的聪明才智,把老大老大的弓改造成了小小巧巧、使用顺手的弩的形状,对此我是乐于相信的。要知道,上帝赐给了异教徒那么多计算和称量的本领,依我看,是为了让他们在遭到永劫之前,也享受到短暂的光荣罢了。"

老修士对这句聪明的话头表示赞许,制弩匠于是继续说下去:

"我在那个异教城市里一待三年,白天都忙着干活儿,晚上呢,由于我已经渐渐学会了阿拉伯语,便到那些宽敞通风的大厅里去,安安静静地坐在那儿听他们讲故事。在讲故事的人当中,大伙最爱听一个皮肤褐黑、生着一对火辣辣的眼睛的年轻人讲。因为,他善于模仿不同年龄和等级的男男女女,表情动作无不惟妙惟肖。有一回,我听他讲了一个故事,和他已讲过的故事比较起来也不好不坏罢了。您似乎觉得扯得太远了吧,可我不能丢下这个故事不讲,因为它跟咱们谈的那件事有关系。

"讲的是月光王子的事。

"从北方的某座岛屿上,到哥尔多巴①来了一个年轻的陌生

---

① 西班牙城市。

人。他凭着自己的外表和言语的魅力,以及一手高超的棋艺,赢得了哈里发①的宠信。他尽管年纪轻轻,头脑却十分机敏,政治上精明非凡。在他的指点下,哈里发兵不血刃,仅仅通过使用政治手腕,便在不长的时间之内成了伊斯兰教国君中的盟主。因此,他对月光王子——哥尔多巴人见年轻的陌生人皮肤白皙,面目清秀,便这样称呼他——宠爱得要命,毫不迟疑地就把自己姊妹中最漂亮的太阳公主许配给他为妻。公主本人呢,对陌生人也一见倾心。可是,太阳和月亮生活在一起不到一年,公主就在生下一个女孩时丧了命。这以后,数以百计的廷臣便暗中勾结起来反对他,以为可以动摇他的地位。聪明的青年揭发了他们,但却宽宏大量地请求哈里发免他们死罪。谁想有一天,国王的奴仆赶着十头骡子,每头骡子上驮着一只口袋,来到了他的宫中,下等人把口袋解开时,落在院子里的大理石上的却是他的一百个敌人的头颅。一见到这些血淋淋的礼物,受赐者顿时脸色苍白,独自退到房中去了。当晚,夜幕一落下来,他便从摇篮中抱起他的孩子,跨上一匹骏马,离开了酣睡中的哥尔多巴城。

"讲故事的小伙子说到兴头上,发誓说他亲自见过那位月光王子,并且还不止一次在哥尔多巴的广场上,以双臂十字交叉地抱在胸前的姿势谦卑地向他致意。小伙子讲,他们俩年纪相差不很大,从发生上面那些事到现在才过去不到十年罢了。

"他坚信自己讲的都是事实,我却不尽然;要知道那些摩尔

---

① 哈里发为伊斯兰教国王的称呼。

人,尊敬的神父,他们撒起谎来比我们更加诚心诚意,因为他们那敏捷的想象力能够把莫须有的事情变得就跟已经发生过的一样,叫他们自己也信以为真哪。

"后来,在行将离开格拉那达前,我又听那个褐色皮肤的青年讲过一次月光王子的故事,而且——说一句公道话——与前次相比没有任何明显的修饰或者情节上的改变。这个情况引起了我的注意,但我却没有时间去对他刨根问底,因为我当时也正准备学习月光王子的样,想悄悄地离开那风俗习惯都完全不同的异邦,回到这信奉基督的土地上来。

"我经海路抵达英格兰,很快就在伦敦城里一位最有声望的制弩师手下找到了活儿干。他在离市里大钟楼不远的泰晤士河边开了间工场。雇佣着许许多多伙计。他的手艺深得国王和骑士们的器重,家业增长得很快,要不是他跟所有手艺人一样都有撒克逊血统,人家简直会称他为一个显赫的绅士。然而,撒克逊人自从被他们的诺曼老爷们征服①,就遭到贱视,忍受着一种与基督精神大相径庭的压迫。"

"哟哟!"布克哈特修士抢过了话头,"这难道是一个光荣地追随了亨利王半辈子的好汉说的话吗?"

汉斯机敏地瞅了老修士一眼,略一沉吟后回答:"哎,神父,判断一件事也跟射箭一样,全在于你站的地位如何啊。当初,我

---

① 撒克逊人和诺曼人同属日耳曼民族;后者原聚居在斯堪的纳维亚半岛,十世纪初占领法国北部的诺曼底,后又征服英国(1066年)。

生活在撒克逊人中,每逢有一队骑在披着铠甲的骏马上的诺曼人飞驰而来,要是哪个撒克逊人对我讲话不脱帽,我的自尊心也同样不会容忍的。如今,撒克逊人和诺曼人对于我都无所谓了,何况智慧也随着白发而有所增加,我因此便采取了温和折中的立场,于是讲:掌权和征服全凭上帝的安排,诺曼人既然生来就更强悍和凶暴,所以也该当统治者。只不过,同一位上帝也变成了奴仆的模样,用自己的血来拯救我们,所以说,当主子的可不能虐待自己的奴仆,玷污他们的妻女。

"然而,我的师父就碰到了这样的事。在他家里有一个漂亮的闺女渐渐长大起来,成为了他的不幸。"

"可不是嘛,金发的希尔德真算得上是伦敦城里的第一美人。晚饭后,每当她应大伙儿的请求唱起民谣来时,我的一双眼睛就休想再离开她。"

长着一脸大胡子的汉斯出神地回忆着往事,不禁摇晃着他那突出的脑门儿,左腔左调地哼哼起来:

"In London was Young Beichan born,
He Longed strange countries for to see—"①

"瞧你扯到哪儿去啦,汉斯!"不懂英语的布克哈特修士开始不耐烦了,嚷道。

---

① 英语:在伦敦生了一个年轻的白凯特,他渴望见到那些陌生的国家。

这一下制弩匠才大梦初醒,从老修士略显倦容的脸上看出来,这一段开场白似乎令他感觉又长又乏味,因此急忙告诉他:"您知道吗,神父?您知道年轻的希尔德给我们唱这首民谣讲的什么吗?……"

"讲的是一位由某个萨拉森女人所生的圣者,这位圣者名叫托玛斯,您要求我给您讲的正是他的故事!"

汉斯突然这么一转舵,就把他的小船从自己生活的小溪中驶进了一条汹涌的巨流,使老修士为之一震。他赶忙在圈椅中尽可能地坐直他那衰老的身躯,惊异地大声问道:

"圣托玛斯的血管中流着萨拉森人①的血液?亲爱的,你该不是精神失常了吧?"

"您要是耐心地读了据您说是圣母教堂的修女借给您的羊皮纸书,您可能就不会这么大惊小怪地瞪着我。因为,我敢打赌,书里正好特别对此作了渲染。可不是嘛,伦敦城的全体教士都忙得不亦乐乎,为了使这个异教女人在与基督徒通婚前很好地受到感化!他们在她受洗时给她命名为格拉齐亚,或者格蕾丝,译成德语意思是:恩典。也就是说,感谢圣母玛利亚把巨大的恩典赐给了这个异教女人!"

"可是就是这个萨拉森女人的新婚之夜,伦敦一位能预言未来的修女做了一个梦,看见从那新的结合中诞生出一朵白百合,白百合越长越高,最后直上云霄,变成了一位圣者。

---

① 希腊人或罗马人对阿拉伯人或伊斯兰教徒的称呼。

"后来，修女的话果真应验了。

"当然，在这个异教徒的后代成为圣者之前，还要发生很多事：大量的流血，无尽的苦难，一位国王倒了，整个王国虽说并未沦亡，却受到了震撼！

"喏，现在我就照您喜欢的那样，神父，原原本本地讲给您听，托玛斯·白凯特的父母究竟是谁。

"他们的故事我了如指掌，因为它也是金发的希尔德所最爱听的。当初她还年轻单纯，自然会对一双漂洋过海、到伦敦来相会的情侣发生兴趣。

"那是在许多许多年以前，一个名叫吉尔白特·白凯特的伦敦商人到东方去做买卖，在那儿的一处沙漠中遭到一个游牧部落的酋长和他的骑兵袭击，被绳索捆绑当了俘虏。可是酋长的亲生女儿却对他动了恻隐之心，割断绳索放跑了他。随后，她自己也逃出来，为了寻找那个把她的心给带走的撒克逊青年。在英格兰人们广为传诵着这位高贵的异教女子的事迹，说她尽管仅仅只记住了'伦敦'和'吉尔白特'两个词，就凭着这两点她边问边走，终于找到了自己的心上人。"

"听我说，汉斯，"老修士忍不住把自己的怀疑表示出来，"你的说谎吹牛的本领并不比你那位褐色皮肤的朋友，那位哥尔多巴的讲故事人逊色啊。你就只差像他似的发誓，说你还亲眼见过她。"

制弩匠不以为然地耸了耸肩。

"我是没有，神父。可我的师父却在伦敦见过。这位有一是

一、有二是二的汉子，他常常给我讲，当他还是个年轻伙计的时候，怎样追着那位流浪的萨拉森女人在城里的大街上跑来跑去。要知道她见人就抓住问：'吉尔白特？吉尔白特？'这一来全城没谁不知道她，临了她一到哪儿，后面总跟着一群人，还齐声地和着她喊：'吉尔白特？'这么做，一部分人是出于对这个饿得有气无力的美人儿的怜悯，她可是伤心得任何东西都拒绝吃啊；另一部分人却是为了来戏弄这个傻婆子，须知伦敦城里叫吉尔白特这个很普通的名字的人何止千万，她却硬要从中找出她的那一位来。谁想到，终于有一天，她的吉尔白特真给叫到窗户边。他跑出门来，拉住他的异教美人的手，把她领进自己家中。

"不过，师父每次讲完这个故事总不忘补充几句：

"'那些个流浪的异教女人，汉斯，从来不会带给我们基督徒什么好处。要是那位沙漠之子能留在他的帐篷里，而没有漂洋过海来到咱们英格兰，在这儿成为咱们的首相，成为他的人民的叛徒，该又有多好啊！'

"当初，人人都谈论着这位举世闻名的英格兰首相，这位国王陛下的宠信和智囊。诺曼人对他既钦佩又妒忌，撒克逊人对他既痛恨又惧怕。

"他的飞黄腾达、平步青云，他所蒙受的源源不绝的恩宠和荣耀，他的宫殿、城堡、寺院，他的长满奇花异卉的花园和无边无际的森林，他的成百上千与日俱增的扈从骑士，他的披金挂银的良马宝驹，他的丰盛的节日华宴和车水马龙似的涌来的宾客，他的精致的衣着和璀璨的宝石——这一切的一切，都给了伦敦人以从早到晚说不完、道不尽的话题。

"在工场里干活儿时我不能把耳朵塞起来，所以总是听见这个撒克逊男人与萨拉森女人的混血儿的故事。他的同胞们把一切肮脏的罪恶全加在他身上，这与当时的国情有关，因为首相是唯一得到国王宠信而平步青云的撒克逊人，故而我也不对他们老讲他坏话感到惊讶。然而奇怪的是，这同一个曾被父亲说得从头到脚坏透了的人，眼下却受着儿子们的顶礼膜拜。

"据说他年轻时是个不肖子，竟嫌弃父亲家中的油桶和货包。他因此混到一位热诚的诺曼血统的主教府中，学着结结巴巴地讲法语，从此不再说一句撒克逊话。为了掩盖父亲方面的撒克逊血统，他轻率地从诺曼主教手中获得了头几项圣职。后来，父亲死后他富有了，便渡海前往加来①，在那儿把自己忠实的仆人全部打发掉，然后另雇一批威尔士②用人，买来华丽的衣服穿上，摇身一变而为骑士。在他母亲方面的异教徒血液的驱使下，他经过撅泰尼亚和西班牙，去到一些摩尔人的宫廷中，并且在哥尔多巴的国王手下享受到最大的恩宠。他在那儿与东方的智者们一道研习占星术和其他神秘的学问，不久就超过了他的老师们，等到返回英格兰以后，更靠着这些魔法的力量，把亨利王③牢牢地吸引住了。

"这些说法是真是假，神父，很难断定。不过正因此，我想

---

① 法国地名。
② 指法国和意大利。
③ 指英国安茹王朝（又称普兰他日奈王朝）的亨利二世（1154—1189年在位）。

要亲眼见见这位传奇人物的欲望就更强烈。只是我不得不长时间耐心等候,因为托玛斯·白凯特当时陪伴国王一道上海峡另一边的揆泰尼亚去了。揆泰尼亚属于王后的封产,这您知道。

"终于有一天,我正在工场中雕一支箭,街上突然变得闹闹嚷嚷,脚步杂沓起来。我的伙计们都放下自己的活儿,爬到高高矮矮的凳子上,把脑袋凑到窗口边。这当儿鼓号齐鸣,出现骑在马上的乐队。乐队后面跟着一名衣服前胸上绣着三只豹子的传令官,为那位异教女人格蕾丝的儿子开道。

"他是个仪表堂堂的男子,威严得好像所罗门王[①]。若论面目的爽朗和身材的魁梧,他诚然无法与一般诺曼贵胄相比。然而,他跨在他那匹套着黄金辔头、款步行进的阿拉伯骏马上的优美姿态,却使谁都望尘莫及。再有他那不动声色的脸,尽管严肃但逗人喜欢。

"我当时这么混在平民中瞻仰着他的风采,脑子里半点也不曾想到过,没过多久我自己就要去侍候国王,以致在宫中天天,不,甚至每时每刻都能见到这位非凡的人物。

"事情是这样的——

"在我师父的工场里,经常有诺曼人进进出出,方便对那些用新技术创造或改良的弓弩进行试验。可悲的是在这些人来工场时,腼腆的希尔德没能总是藏着不露面。我一见她,心中便充满喜悦和希望,因此不会看不到,那些诺曼骑士的眼睛也死死盯

---

① 所罗门(约公元前960—公元前927年),据《圣经》记载为以色列国王。

着她，令人十分担心。在这帮家伙中，有个叫吉伊·马尔赫伯的坏小子，更一天天成了我的眼中钉，肉中刺。他是首相的一名扈从，在首相府里饱食终日，尽干坏事。这小子行为粗野，放荡不羁；可对付女人却老练圆滑，很有手腕。他对我那撒克逊姑娘的态度，便介乎偷偷摸摸的卖弄风情与肆无忌惮的仗势调戏之间，叫人看着心痛难熬，恨不得把刀子戳进他的肋骨里去。我没这样干倒不是舍不得我的一条命，而是不肯连累我师父和他的小妞儿，让他们因此遭到不测。

"还用得着我多讲什么呢，我的布克哈特神父从自己青年时代的经历中已可回忆起，那些坏蛋在类似的情况下如何布网收网，手毒心狠的！

"一天，我和师父应召到远离伦敦城的一座宫堡里去，给一位诺曼贵族装置兵器室。这是一次预先策划好的阴谋，我们被千方百计地拖在那里。当我们回到伦敦，希尔德已经渺无踪影。据夜里听见马蹄声和哀叫声的邻居们讲，她是给强掳去的；可那班胆小怕事的伙计和在师父追问下战战兢兢的使女，却硬说她心甘情愿地跟人走了。

"我立刻怀疑吉伊·马尔赫伯——有什么话说，事情在我看来是太明显了！我于是给师父出主意，让他在首相去国王赏赐给他的伦敦大城堡途中经过我们工场时，挡路跪在他面前，苦苦哀求他，直到他答应处理自己的那个诺曼奴才。

"有一天真这么干了。我可怜的师父猛地跪倒在首相那披挂华丽的坐骑前，手扯着自己花白的胡须，满脸热泪纵横，声嘶力竭地乞求首相为自己主持公道,惩罚那个抢走了他女儿的盗贼。这家伙眼下正跟在自己威仪凛然的主子后面,满脸骄横之气,只是眼神中也流露出不安。

"我一辈子也不能忘记,而且现在还历历如在目前的是,这位大人物当时如何不动声色,无动于衷,甚至不屑用他那半睁不闭的眼睛中的阴郁目光来瞅一瞅这个可怜人,便驱着马慢慢绕过胆战心惊的师父,继续往前去了。

"绝望的撒克逊老人随即也跳起身,冲他的背影挥动着拳头,大声诅咒道:

"'可惜呀,你这教士,你连个让诺曼人糟蹋的女儿都没有!'

"这当儿,托玛斯·白凯特好像要避开一群讨厌的蚊子似的,用鞭子轻轻抽了抽他那匹阿拉伯马,催它加快了脚步。我呢,便连忙把老人推进自己家中,以避开那群簇拥在首相身后的骑士的讥笑和蔑视。

"接下去的日子就苦啦,现在回想起来还令我不能不心疼。当时我真以为活不下去了。谁料有一天黄昏,可怜的希尔德却悄悄地出现在空无一人的工场中。她坐在那儿等着她的父亲;她清楚,每到天黑她父亲都要亲自来关窗关门。

"我始终没弄明白,那个诺曼坏蛋马尔赫伯是把她玩得腻了,自愿把他的俘虏放回来了呢,还是首相暗中对他施加了压力,使他不得已而为之。

"可是有一点我却看得十分清楚:师父解雇了我,完全是出于好意。他打算把自己遭到了作践和变得胆怯的女儿,许配给一个有亲戚关系的盎格鲁-撒克逊人。这个人叫特鲁斯特·格里姆,也在他工场中干活儿,是个蠢笨不堪的赤发鬼。他不愿我到时候看着心里难受。这样,每天使我操心的便只是找一个好一点的差事。但也就在这时,我为了排遣心中的郁闷,却琢磨出了一种新型的弓弩,比当时所有的弓弩射得远,又容易使,真可称是一件杰作,虽然我以后再一次超过了它——于是我师父便劝我去谒见亨利王,把我这发明奉献给他,因为他是一位乐于促进发展造弓技艺的行家。我看出师父是一片诚心,就照他的话做了。"

第四章

"当我第一次在温莎宫走近英格兰国王的时候,我的心在胸口怦怦直跳。要知道他的体格是那样魁梧,举动是那样威严,一双蓝眼睛光芒逼人,活像两朵火焰。开初,他目光严厉地瞪着我,但后来马上就从我呈上去的弩,而不是从我所讲的干巴巴的话语中明白了是怎么回事,一把便把弩夺过去,张好弦,搭上箭,走到敞开的窗前,向一只蹲在宫中塔楼上因为没风而纹丝不动的风向标上的乌鸦射去。只听嗖的一响,风向标滴溜溜转动起来,乌鸦扑打着翅膀掉在屋脊上,国王的脸上顿时露出爽朗的笑意。

"接着他又用指头试了试弦和弩机,试完便向我投来满意的一瞥。

"'做得不错,小伙子,'他夸奖了我的工作,'接住,送到我

的兵器库中去，然后就上兵器总监那儿报到，就说是我的御侍。因为我要你留在我身边，德意志人，以便打猎时为我执掌弓弩。'

"没有二话好讲，即使我内心并不渴望去尝试侍奉国王这种世间最危险的赌博。

"亨利王还要对我说什么，这当儿他的三儿子，还是大小孩的理查王子一蹦一跳地闯了进来，嘴里兴奋地叫着：'父王，父王，诺曼种马到了！血统纯极了！'亨利王只好跟着自己的爱子去了。

"到这会儿我才发现，在一处深深的凹屋里边，有一张摆着许多文书的大理石桌子，桌前坐着一位贵人。他皮肤白皙，衣着讲究，正从桌旁站起来，步履斯文地向我走近，似乎也怀着要欣赏欣赏我这发明的愿望。此人正是首相。在他面前——您相信吗？——我更加语无伦次地重复了刚才对国王讲的话。要知道，他是那样聚精会神地听我讲，让我一直把话说完，在那高高的穹顶下，我的孤独的声音听起来又响亮又粗鲁，心中就不会不恐慌。

"'大人，'我最后说道，'您是一位学者，对兵器什么的想必不会有兴趣。'

"他垂下黑色的眼睑，和气地答道：

"'我爱好这种智慧的技艺，并且觉得，要是智慧能战胜勇力，一个弱者就能远远地击中并制服强者，倒也是很好的。'

"用这几句对我那弓弩说的优美而有见识的赞语，首相无意之中便争取到了我的好感，亲爱的神父。要是我对他那苍白的、超人似的聪敏的面孔不是仍然怀着畏惧，我定会讲些感激的话表示钦佩他的睿智。

"在兵器库里，我找到了兵器总监，一位头发灰白的诺曼人，个子几乎高出我一头。罗洛大人开始接待我时趾高气扬，一脸藐视人的神气，但接着却仔仔细细地研究起我的发明来。须知在英格兰，他是鉴别所有兵器的首屈一指的行家啊。他在牙齿缝里咕哝了几句赞许的话，临了我才肯定我的想法有道理。后来他问我的籍贯，当听说我出生在离施瓦本海①不远的地方，从深陷在皱纹中的眼睛里便向我投来注意的一瞥。

"'施瓦本人忠心赤胆，我们这儿的宫里正需要这样的人哪，'他说，'老老实实干吧，德意志人，这儿少不了你的恩典和赏赐。你是在给一位强大的君王效力啊。'

"他于是大吹特吹起诺曼君主的品质来，把他们统治下的王国一个一个说给我听。大海的这一边和那一边，他夸口道，全属他们所有。他们一旦攫取了什么，就永远不会把它放弃。

"说话间，他指着征服者威廉②以及他儿子的盔甲和王冠让我看。这些盔甲和王冠挂在长长的大厅的最前边，后面的墙上还有一列望不到头的形形色色的兵器和甲胄。

"'只有一点，'他摇着头继续说，同时拿开了我正伸出手去准备拾起一支躺在第二位国王盔甲底下的石砌地上的箭，'只

---

① 即位于德、奥、瑞士之间的博登湖。
② 征服者威廉（1027—1087年）原为诺曼底公爵，1066年战胜盎格鲁－撒克逊人后自立为英国国王。

有一点，就是他们结局不好。高贵的君王全都不得善终。这支箭——上帝和魔鬼才知道是谁射的——就在红发威廉打猎正打得高兴的时候，一下子射断了他的生命线。可有什么办法呢？光辉灿烂的太阳每到落山时也血红血红的哩.'

"从此，我便随侍在我的主子即国王的鞍前马后，陪他打猎和出征。我发现，他的性格就是我第一天看见的样子：喜怒无常，恰似阴晴无定的四月天，有时粗鲁烦躁，动辄发火，发起火来暴跳如雷；有时又爱说笑，平易近人，以致当他兴致好时你还可以开个玩笑什么的，这位高高在上的君王甚至能和自己的下人一道开怀大笑，直至笑出眼泪来。

"后来，我离开了厩舍和兵器库，被调到前厅里，临了甚至可以睡在国王的寝室门口，就像一条警犬。这些当然是一步一步地逐步实现，并非一下子就成功了的。

"亨利王是一位十分强悍的猎手，他常常喜欢纵马如飞，长时间对一头牡鹿紧追不舍，把他的扈从远远甩在后面；而后，夜幕降临下来，他又随遇而安，只要有个地方露宿就满足了。我呢，总尽量赶着气喘吁吁的坐骑紧跟在他后边，所以到晚上常常是唯一侍候在他身边的人。经过一天逐猎，他流了不少汗水，临睡前不免饮几杯酒。因此，我服侍他上床时，他常是醉醺醺的。这样，他便习惯了我对他的侍候。尽管我并非心怀鬼胎，有意去谄媚他，但是我是个聪明人，有这种运气又何必放过呢。

"有三点促成了我交好运：一是我既非诺曼人又非撒克逊人；二是我只从自己的主子手中领取赏赐——只有首相在某些时候和

某些情况下是个例外,因为谁也不能拒绝他的任何要求;三是我的外貌尽管不显得呆头呆脑,却给人一个比我的真实天性更加单纯憨厚的印象,似乎是个初出茅庐而毫无处世经验的人。所以,亨利王十分欣赏我这施瓦本人的耿耿忠心。

"不过,托玛斯大人也帮助我进一步获得国王的宠信,因为他对我看法也非常好——而他的看法就是国王的看法。再则,他还时不时冲我说几句风趣而富深意的话,这些话,他本来是想说给国王听的,但碍于后者的尊严却又不便出口。

"首相对我有好感开始于这样一天,在那天,他和我都把指头放在嘴唇上,表示希望对方保持缄默。

"那是在我侍候国王的第一年。一个闷热的夏天的午后,亨利王正在他的卧室中打盹儿,首相却有紧急事来谒见他。我赶忙迎上前去,把食指放在嘴唇上,悄声告诉他:'大人,陛下正在午睡……'

"讲到这儿,神父,我必须对你说明,在格拉那达,那些异教徒无论尊卑,都有一个宗教习惯,就是每当谈起谁在打盹儿和睡觉时都要补充这么一句:'赞美阿拉,只有他既不睡觉也不打盹儿!'他们从小就这么惯了,就跟我们施瓦本人说'赞美上帝'似的全然不假思索。我由于长年生活在异教徒中间,同样也习惯了这句口头禅,它当时使我变得多少像个本地人。可眼下,不知我自己也昏昏欲睡,还是在挂着那窗帘的卧室中显得比平时更苍白的首相使我觉得也像个摩尔人,还是仅仅受了强大的习惯的魔力的驱使,总之,我说了:'大人,陛下在午睡——赞美阿

拉，只有他既不睡觉也不打盹儿！'

"一听这话，首相违反本意地笑颜大开，满口珍珠般洁白的牙齿也露了出来，随后却严肃地问道：'你一个德国人怎么学会了这样的话？'

"于是，我一边等国王苏醒，一边告诉他，我在格拉那达学过三年制造弓弩的手艺，并把那个月光王子的故事也讲给他听了。这样干无疑是十分冒失的，闹不好会给我带来可怕的后果。然而，我却受到一个强烈的诱惑，使我忍不住想要弄清楚，月光王子和首相是否就是同一个人，而且试验他一下，看他是否至少在这突如其来的情况下会失去一贯保持着的冷静。谁料托玛斯大人脸上纹丝不动。他像往常一样垂着眼睑，沉吟片刻，然后张开眼睛望着我，把他白皙的食指慢慢举起来靠在嘴唇上。我呢，只得对他屈膝行礼，随即便去向那已在卧室内发出响声的国王禀明他的到来。

"总之，两位大人都同样喜欢我，信赖我。既如此，您大概也不会不相信下面这个奇迹，即在国王与首相商讨国事的时候，我仍享受着站在他的宝座背后的殊恩。那时，亨利王往往一边闪着狡黠的目光，内心不无喜悦地聆听他的首相对局势作精辟的分析，并提了一套错综复杂的对策来；一边便饮着我给他斟的一种气泡翻涌的法国白葡萄酒。托玛斯首相呢，却像一条细长的白蛇似的，在君王的恩泽的温暖阳光下尽情地舒展着身体。

"亨利王把他从贫贱中提升起来的首相得意地看作为自己的创造物，却不承想这创造物如今已为以造物主自居的他所不可缺少，并用其坚韧不拔的意志在左右着他。

"我经常碰见，国王为出猎而备好鞍的马群已经在宫院中蹴蹄和嘶鸣，首相却赶来在他跨出宫门前的最后一刻拦住他，在他面前打开卷宗，用轻言细语强迫这个急性子的人注意地听自己说话。他那么一手握着笔，一手拿着羊皮纸文书，嘴里迅速重复和发挥着亨利王匆匆做出的指示，转瞬之间便将它改成一篇文辞华美流畅的圣谕，使我不能不惊叹。"

"你讲得也很流畅，使我不能不惊叹。"白发老修士讽刺制弩匠。

"别打断我，"汉斯喝道，"让我好好给您描绘一下这个从古至今最奇特的人，这位本世纪众人的楷模和典范。在英格兰，最显赫的贵族都把自己的儿子送去给他当侍童，以便得到他的教诲；哪一个青年要不是从这位平步青云的撒克逊人手中获得骑士的封赠，那么，在他那些高视阔步的同伴中，他便显得低人一头。

"托玛斯·白凯特原非贵族，说起贵族们操的法语来却非常优美，那班以讲英语为耻的时髦青年简直让他那两片毫无血色的嘴唇给迷住了。他们用心地记住了他说的每一个成语和短语，对他开玩笑的潇洒自如佩服得五体投地，偷偷画下他衣服的剪裁式样，模仿他的文静的举止，并把这一切视作宫廷礼仪的最高范例——那情形常常令我十分开心。

"只不过，我以为，首相还欠缺一点什么，那就是一个男子汉的刚烈和严厉。

"绝不是指他怯懦！须知在亨利王的宫里，一个懦夫一天也别想待下去。因为在荣誉问题上，诺曼人比其他任何贵族都敏感。他们动不动就剑拔弩张，谁要不能抵挡和还击两下子，那他就完啦。

"托玛斯大人尽管一半是教士，却深谙骑士之道，样样武器无不精通，加之身体又那么灵活，所以只要国事丢得开，也常常跟随国王到战场上去。有一回，我跟在他脚后面爬上了云梯，亲眼目睹他在那座被攻陷的法国城堡的围墙里边与一个凶猛的毕伽人搏斗，累得脸色惨白，咬紧牙关；可是却避过了敌人的攻击，端端正正地一剑刺穿了那个莽汉的心脏。他的对手躺在了自己的血泊里，他却带着厌恶的表情看了看他的剑，随后把它扔在地上。'汉斯，给我一把干净的剑！'他命令我。可他扔下的那把剑乃是一件国外的著名工匠的杰作，任何铠甲都像破布似的给它一刺就穿。我把它拾起来带在身边，多年作为自己的防身之宝。

"托玛斯大人看不得流血。

"在他那漫漫无边的领地内，树林草莽间野兽游荡着，嬉戏着，恰似在乐园中一般。每次他巡视自己的林区，小鹿们都要凑到他身边来，从他手里吃东西。

"还有每次要他签署对什么人的死刑判决，他总是脸色变得惨白，在一个政治上轨道的国家里，处死罪犯本来是常事，但要他去看一看那景象，他却绝对支持不了。我的主子国王正好相反，他每每乐于降尊纡贵，亲临法场，充当正义的化身。有好多次，亨利王与自己的首相一道骑马从刑场前经过，首相总是闷闷不乐地把头转开，国王便因此而取笑他。但他之所以那样，倒并不是害怕那些游荡在刑场上的鬼魂——须知托玛斯才不迷信呐——而是如他自己有一次所说的，出于对受苦受难的人类的怜悯。可不是嘛，那些被车裂的人手人脚，还挂在行刑的车轮上荡来荡去哩。

"甚至对一名全国都知道，而且对自己勾结魔鬼的罪行供认不讳的女巫，首相也拒绝签署她的死刑令。如此一来，这位平素那么明智的人，便在自己异教徒的怪僻的促使下，与整个英格兰发生了冲突，使国王和平民，贵族和教会，全部联合起来反对他。

"那女人就是'黑玛丽'，她在离伦敦不远的一个村子里施行邪术，呼风唤雨，散布瘟疫，扼杀牲口和婴儿，直至最后受到宗教法庭刑讯，心甘情愿地供认了自己的罪行，以便从永劫的烈火中挽救出她那悔恨的灵魂。她既已供认，便得到了仅仅受这尘世的火刑的恩赐。

"谁知这时软心肠的首相却跑到那令人恶心的牢房中去探访她，让这个妖妇给他讲她孤苦伶仃的少年时代以及后来与魔鬼打交道的情况。您能相信吗，当黑玛丽泪流满面地哭喊着要求快快受那消除她罪孽的火刑时，托玛斯大人却企图用言语驱走她身上的魔鬼，并指责她，说她是在欺人和自欺。而且，她越是把一切说得活灵活现，他越是不肯相信。临了，托玛斯大人把案子提到国王面前，可国王压根儿不想听赦免二字，而是威严地宣称：'首相，我是全英格兰基督徒的良心，我不能这样做！'到这时首相才冷静地应道：'啊，陛下，您的智慧乃是时代最高智慧，我怎能违忤它呢!'说罢,便签署了死刑判决书。

"随后,在离开大厅时,他却转过头来对站在门前的我说:

"'那个玛丽亚是个女巫,就跟我是个圣者一样!汉斯,老朋友,有时候我也同样害怕人这种东西,害怕他们想入非非。'

"他这些话我一直没弄懂。不过我猜想,托玛斯首相自有他高傲的哲学,压根儿不相信什么巫术。

"后来,到了黑玛丽该被拉出去处决的这天,人们却发现她的牢房空了。这一来亨利王大发雷霆,要首相解释是怎么回事。托玛斯大人回答,这恐怕又是她使了巫术吧,跟先前所有那些怪事一样——结果也就不了了之。

"事后流传过一个谣言,说什么黑玛丽不是借巫术遁走了,而是在首相的一个僻远的产业上,过着与世隔绝的安安静静的生活。要是她真这么老老实实安分守己了,那就尽可以让她这么过下去!只是我得向您承认,我曾经也对这个女罪人起过恻隐之心。那是我看见她坐在牢房的腐烂的草堆上,从散乱的头发底下抬起黑色的、迷惘的眼睛来望着首相,向他述说自己孤苦无依的少年时代,以及人们如何强迫清白无辜的她承认那些罪恶的时候。对于世人的不公正,我自己可也是有一本苦经好念啊!

"喏,您看见了,神父,由于我为人诚恳正直,首相在探访这个女巫时也把我当作亲信带去了。"

老修士盯住制弩匠的脸审视起来。

"就是你,汉斯!"他叫道,"是你放跑了那个妖婆子!"

"您真的这么认为,神父?"汉斯反诘道,而且似乎咧了咧他那藏在大胡子底下的嘴。随后，他引开了话题：

"当时在英格兰有一个更凶狠的妖妇，他也没能烧死，而且出于更充分的理由。我的主子也就是国王跟她结了婚。

"至于亨利王为什么肯娶艾琳娜夫人，肯娶这个法兰西国君的弃妇，每一个人只要看一看世界地图，数一数她将给亨利王带来多少国家，他也就明白了。她将带来加斯科涅、圣东日、普瓦图三个伯国以及所属的无数城堡和城市。据说她年轻时娴静可爱。我眼下也不打算去摘她王冠上的这朵三月的鲜花。可到了我屈膝侍奉她的时候，她已是个头盘着一大堆黑色发髻，两眼不停地四处巡视，双腿也总是闲不住的女人。她常常把亨利王带走，一会儿住在这座修女院里，她有一阵子挺虔诚；一会儿又住在那座偏僻的古堡中，身边仅留下少数侍从。除此而外，只有不时地有她一个傲慢的儿子，或一位想和贵夫人接近的爱慕虚荣的游方教士来拜谒她。

"在免不了见到她的场合，首相对她表现得毕恭毕敬；可我相信，他骨子里却是讨厌她的。要知道，他在妇女身上喜爱的是温柔和贞洁。所以，尽管那位虚伪的大预言家禁止他的门徒享受这种眼福，首相还是常常欣赏陈列在他府邸中那些贞洁的大理石女人雪白而宁静的肢体。您大概还不曾看见过这种石像。它们是从倾圮的希腊神庙的废墟里刨出来的，不过是一些两眼空空的死石头罢了，谁知你久久地端详着它们，它们便开始活起来。所以，我自己也不少次站在这些冷冰冰的人像跟前，想探究出它们的内心是愉快的呢，还是忧伤的。

"反之,艾琳娜夫人并非大理石,首相不喜欢她;她那方面呢,更是把首相给恨透了。有可能,他曾经什么时候让她大失所望,就跟贞洁的约瑟夫,仅仅把他的紫袍留在了那个埃及女人手中[①]。须知,夫人尽管是一位正教徒——在这一点上我从未听见人家说她什么——她对异教男子却有着特殊的爱好,在很多很多年以前,她陪着自己笃信上帝的前夫跟随十字军东征那会儿,她便与一个萨拉森小伙子有过瓜葛呐。

"这一层您不会不知道,因为它已经传遍普天下。

"或者她恨他仅仅是因为,首相把她看成了一个将会扰乱整个王国的祸患,故而对她一举一动无不提防。您试想想,神父,她带来的三个国家将作为母亲方面的遗产,让国王的四个儿子——亨利王子、哥特弗里特王子、理查王子和汉斯王子——去分。这样,贤明的首相便只好殚精竭虑,以和缓而委婉的手段去驾驭艾琳娜夫人,缰绳既不能放得太松,太松她一任性便可能带给国王和英格兰以耻辱;但也不可收得太紧,太紧她会在盛怒之下跳起来,挣断缰绳,拖着她的那些属地和儿子一起跑掉。

"这几位王子托玛斯首相可是寸步不让离开自己身边。他对他们就像一位慈祥的父亲,时时刻刻在教导着他们。首相在他们身上倾注了如此伟大的慈爱,如此卓越的智慧,倘使不是禀性难移,英格兰的四位王子必将出类拔萃。然而,亨利王子只看重他的衣服式样以及他高贵的谈吐举止,天生就是个纨绔子弟和演

[①] 约瑟夫不受他埃及女人引诱的故事,出自《旧约·摩西五书》第一卷。

员。哥特弗里特亲王正相反,他一夜过后便把昨天爱好的东西和发的誓统统忘记,做游戏也好,干正事也好,没有一件能持之以恒,进行到底。

"国王的三儿子狮心理查最受托玛斯首相宠爱,我本人也非常喜欢他。他天性淳厚得如狩猎的号角声,精力充沛得如一匹年轻的小马。谁见了他都不能不产生好感,他的魅力真是不可抗拒——可是,在他身上却偏偏缺少聪明才智,仅有的那么一点点也可怜至极;怪不得他为了自己一时的鲁莽,眼下要被囚禁在奥地利的古堡里[①]。

"汉斯王子是第四位——上帝保佑我这舌头不要讲他的坏话才好,因为他现在离王位站得最近![②] 不过世界上恐怕找不到比他心眼更坏和更没有用的人。当他对我或者上帝的另外一个造物进行恶作剧的时候,我这只手常常发抖,恨不能给他一下——他常常任性地毁坏我精心制作的弩,折磨那些不会说话的牲口。

"再听听他那笑声!我这辈子不论在酒馆中还是在集市上,都不曾听见谁笑得比他更粗鄙了。

"您知道,首相偶尔也来看我如何教四位王子射箭。而在中间休息的时候,为了达到取乐和劝诫的目的,他就讲一些动物寓言,我因为爱好打猎,所以听起来特别津津有味。在寓言里边,

---

[①] 狮心理查(1157—1199年)于1180年登基为英格兰国王。在十字军第三次东征时,他于攻克阿孔的战斗中侮辱了奥地利利奥波德五世,故回国途经奥地利时遭到囚禁,一年后才由德意志皇帝以高价相赎,获得释放。

[②] 汉斯王子(1167—1216年)1199年接位为英格兰国王,即所谓"无地约翰"。

飞禽走兽全按照人赋予它的性格说话和行事。这样一种聪明的玩意儿，也是阿拉伯人的发明，他们在动物的面具掩护下，大胆斥责和讽刺有权有势的恶行而不会受到惩罚。

"每当首相讲到这些动物的某个出了丑或者倒了霉，喏，比如大笨熊扑通一下掉进了陷坑，狡猾的狼被猎人设的圈套吊了起来等等，这时候小汉斯总会发出一阵咯咯咯咯的怪笑，就连摸透了他脾气的我也不禁毛骨悚然；而像首相那么一位聪明绝顶的人，在他观察这孩子的目光中便流露出厌恶。不过，他不让这个生性不良的小家伙感觉出他的厌恶，相反，对他却倍加迁就，倍加照顾。每当我向他报告汉斯王子又干了一件坏事的时候，也会听到他唉声叹气，平常他可从来不像这个样子。

"真的，首相爱那几位王子就跟亲生骨肉一样，然而却未得到好报。

"我现在给您讲一个秘密，一件任何编年史都不会记载的伤天害理的事，可尽管如此，它却像一把掘墓人的铁锹似的，把托玛斯首相和亨利国王一个接一个地葬送掉了。"

制弩匠汉斯下意识地把自己苍老而健壮的双手握在一起，仿佛它们也曾用那把铁锹掘过墓似的。

第五章

"好，现在您对亨利王宫的情况已经有所了解，"制弩匠汉斯继续讲故事，"您大概知道了，他在艾琳娜夫人身边既得不到安宁，也得不到快乐，所以常常于出征和巡幸的途中，去探望他在海峡两边的属地里的小妞儿们。

"不瞒您说，我自己就不止一次陪他去进行这种访问。作为一个受宗教教育长大的人，我真是不得已而为之，有一段时间心情十分沉重。不过您得考虑，国王身边可靠的人不多，而以我的忠诚，不管好歹总可以防止他回家中发生争吵，甚至于遭到暗杀或被人下毒。

"要知道艾琳娜夫人是个醋劲儿很大的悍妇，虽说她自己也并不忠实于她的丈夫。她收买了亨利王身边所有能让她收买的亲随，以致她对他在外的胡作非为全部一清二楚，并能以凶残的杀戮去对付她的情敌，去幽会的国王不止一次发现自己的美人已经死了，要不就是搂在怀中突然咽了气。

"因此有我这么个忠心的亲随，在他真是求之不得。

"且说有一天，国王带领很少几名侍从，到一座据我所知他从来不曾去过的偏僻的森林里打猎。傍晚，突然雷雨大作，我们的人全给赶散了。只有我紧跟在国王马后，在一处岩洞下为他找到藏身之所，以待雷雨过去。一会儿，雨停了，雨点已经打不透头顶上的橡树叶，我便出来寻找回去的路。不幸，那路已让乱糟糟的断树枝和裸露在外的树根给堵塞上，上面还翻滚着从一条小溪中漫出来的黄水。我只得吹响猎号，可是从哪方都没有人回答。国王于是命令我，朝树木比较稀疏的方向开路。我遵命行事，用猎刀为他劈出了一条小径。不一会儿，我就看见落日的紫红色的余晖，照映在我面前的树干上。我回头去看国王，他却已急不可待地擦过我身边,向着那红光冲去了,使我费了老大的劲儿,才赶上他。

"突然,他又停住了脚步,令我莫名其妙。只见他站在林边雨水滴答的树干下,举起右手来罩住眼睛,一动不动地朝着日落的地方凝视。我踮起脚尖,伸长脖子,从他肩膀上望过去。天呀,这出现在我眼前的,莫不就是转瞬即逝的幻影和奇迹吧。

"在一片绿草如茵的林间旷地上,矗立着一座小小的宫堡,像这样子的建筑我大概只在格拉那达见过。周围是一带用黄色石头砌成的平整的高墙,突出在墙上的是一个蓝光闪闪的小小圆顶,以及一些尖而修长的深绿色的树梢。这是一种此地少见的树,倘使在南方,我准会称它为柏树的。

"这小巧玲珑的宫堡还新簇簇的,在夕晖映照中灿烂辉煌得如同一粒宝珠。

"国王不出一声,快步直奔那窄窄的宫门,走到以后立刻用剑柄在门上敲了几下。门内毫无动静。于是我也开始狠命地捶那深深凹进墙里的木门来。这当口,我仿佛看见门旁的一扇小窗开了窄窄的一条缝,一张苍老的面孔晃了晃不见了。接着,门闩便轻轻地退去。

"一个头发苍白的撒克逊人拉开门,默不作声,哆哆嗦嗦地在国王面前屈了屈膝。

"'是你啊埃舍?'亨利王问他,随后很不耐烦地继续说,'你总不至于叫你的国王站在外面吧?我饥肠辘辘,衣服全湿透啦!这座漂亮的小巢的主人是谁?首相?难道你不再继续为他效劳了吗？——以圣乔治之名起誓，我敢说这位正派人准是让一个林中仙女给缠住啦！真想看看这个如此具有魅力的仙女像什么样。快快禀报你的美人儿，说我来啦！'

"这时我也认出了那个老撒克逊人，想起从前在伦敦城内，当首相从我们工场外面经过时，我曾在扈从的队伍里见过他。他模样忧郁，在花白的头发下面长着两条连在一起的黑眉毛，所以特别引起了我的注意。可后来在宫中，我再没有在托玛斯首相的随从中见过他。

"撒克逊人哀求的目光望着国王，结结巴巴地说，这样做会要了他的命。

"'以我君王的名义担保，不会有这样的事。你所得到的命令，对于我不生效！'亨利王性急如火，一只脚已迈进门槛，同时给了我一个暗示，要我守在门外。

"埃舍仓皇失措，一下子呆住了，直到亨利王向他喝道：

"'关上门，快去向你的女主人报告，她的国王陛下来看她啦！'

"我坐下去，背靠着墙壁，等待着。晚来的凉爽使我心情舒畅，坐着休息也十分惬意。眼下这奇遇在我看来挺有意思。对亨利王刚才最后说的那几句高傲的话，我暗自好笑。谢天谢地，他因为饿了，加上年纪也不轻了，这次不再站在大门口慢慢地唱情歌，而是直截了当地向宫堡的女主人公开了自己至尊的君王身份。

"瞧我这个可怜的傻瓜！

"过了很久很久，当宫门重新打开，亨利王从那小小的宫堡里走出来时，已经是深夜，虽然正值盛夏季。老撒克逊人手执火把，领我们走上一条小径，顺着小径，我们很快找到一座孤零零的农庄，庄上的人给了我们两匹马和一名向导。

"黎明时，我们骑着马走进国王昨天出发去打猎的城堡。在我上前为他把住马镫的当口，他眉飞色舞地瞅了我一眼，同时伸过左手来捂住我的嘴，右手却从头上拔下一支镶满宝石的帽卡，扔到了我怀中。

"他那钱袋里装着的金元，已经全数抖在了老埃舍的手里。

"就这样开了头，从那年的盛夏到落叶纷飞的深秋，我又经常陪伴国王穿过寂静的森林；但更多的情况下却是单骑前往，以便预先通报他的莅临，或者把一些表示他的热烈爱情的信物，如海底罕有的珍珠和地里出产的其他什么珍宝，给他那位神秘的情人送去。我从来见不到她的面，甚至连宫堡的院子也不准进！每次仅仅和老埃舍在门口办交涉；这老头每次见到我自然少不了唉声叹气，可却从来都唯命是从，对国王给予他的赏赐也来者不拒。

"我被严令禁止白天在这些小径上露面，这些小径也是我一生中所走过的最僻静的道路。除去偶尔在拂晓时听见一声野鸟啼叫，以及有两次因为走晚了碰见几个孤独的朝圣者以外，我在这些路上从未遇到过任何人。

"在冒险开始后大概一个月，有一天，我的棕色坐骑汉斯崴了后蹄，我爱这畜生像自己的兄弟，因此和它一起留在农庄，直到消除了对它的忧虑。随后我便步行往回走，匆匆忙忙地穿过森林。当我走到一块宽敞的、四面被发出回声的树木包围着的绿色草坪上时，传来了嘚嘚的马蹄声。我一个箭步蹿进灌木丛中，趴在地上，目不转睛地瞪着穿过草坪的长长小路。一会儿，我瞧见首相的那匹阿拉伯马，由它主人骑着慢悠悠地走了过来。漂亮的马驹兴奋地喷着鼻息，张大了鼻孔尽情地吸着早上树林中清新的空气。

"神父，在这林中小径上看见首相，我一点也不感觉意外。我已做好思想准备，迟早要在这条路上碰见他。要知道那宫堡是由他的手下人守护着，加上那摩尔建筑式样，以及花园里的异国树木和周围禁止打猎的树林，都早已使我对他是宫堡的建造者深信不疑。而且就连国王，也在第一天就猜中了是谁在这儿藏着什么宝贝。

"老老实实讲，能发现这位智慧之父和伟大学者也有某些凡人的弱点，在我说是一件开心事；而偏偏又是亨利王这位唯一不会受到惩罚的人闯入了他的禁苑，更令我觉得好笑，而且不用有什么担心。自古如此，在情场上的争风角逐中，教士和学者总是败在君王和统帅们手下的嘛。

"当然，在亨利王面前我丝毫没表示出我心中有数，既不曾对他做出过狡黠的暗示，也不曾扮过滑稽的鬼脸。您知道，神父，伴君如伴虎，即使他再和善，也得有个界限。我只暗暗地把这事拿来开心，以为它不过是君王的一次放荡而已；谁料我却因此卷进了一次可怕而愚蠢的事变中，它不仅毁掉了亨利王的王冠和生命，呵，真可悲，也毁掉了他灵魂的幸福。

"您明白，神父，我是说，我原以为首相从撲泰尼亚的某一座葡萄园里，移了一株已经成熟的甜葡萄到浓雾弥漫的英格兰来；现在发觉在蔓藤上剩下的仅仅是些腐烂的草莓时，他会无所谓地推开它，就算他是个敏感的人，充其量也不过表示出一点恶心罢了。因为我已经看见过，他如何在发现他的国王和恩人成了自己的情敌时，便落落大方地，微微带着一点鄙夷的神气，自动退让开了的。

"正因此，我在亨利王这一次的不义行径中，并没看出多少危险性和严重性。

"我怀着幸灾乐祸的好奇心，躲在一旁偷看慢慢走过来的首相，几天之前，他还在坎特伯雷解决国王的教士们提出的问题；回来后，便坐在温莎宫通宵达旦地处理他不在时积压下来的事务。在一盏希腊式宫灯匀净柔和的灯光下，他不倦地奋笔书写，每当国王从不安的睡梦中惊醒过来，都能从庭院对面看见这位为他和他的王国日夜操劳的人。

"难道眼前就是他吗？就是那位沉默寡言、目光冷峻、心怀国事的首相吗？我吃惊地问自己。或者，这只是一位前往圣格拉勒的虔诚的骑士和朝圣者吧？——您听没听过那个传说，讲在甜美的仙乐声中，有一只盛着宝贵的鲜血的圣杯从天而降，落到了蒙德塞瓦喜山上？——首相像是正在梦中，在他那苍白的脸上，有一种神圣宁静的表情，就跟月亮和星星似的放射光华。他那用紫绸缝制的长袍，飘飘洒洒地从银灰色坐骑的两侧垂下来；这匹平时习惯于在嘹亮的号角声中昂首阔步的骏马，眼下也仿佛和着从看不见的密林深处传来的仙笛的妙音，高高地抬起蹄儿，缓缓行走在那柔软的小径上。

"这位假圣人,他在满足自己罪恶的情欲的途中,竟表现得如此虔诚。令我深感惊讶——他与我那放荡不羁、纵欲无度的国君相比,完完全全是另一个样子啊!可是,一股对这位受欺骗的虔诚长者的同情心,突然攫住了我,接下去又化作一种恐惧,恐怕这位具有一向令我怀着莫名敬畏的气质的白脸男子,会因为自己神圣的东西被抢走了,而对我们,对国王和我,暗中施以闻所未闻的残酷报复。

"这当口,在首相那两道秀气的眉毛之间,又现出一条深深的竖直的皱纹,就像平日在为国事操心时一样。他催动坐骑,但我看并不是因为突然急躁起来,而是心中产生了什么忧虑。

"我下一次走这些路,又碰着个一弯新月当空的晚上。国王半夜里告别他的情妇,以便很快动身前往诺曼底。已经走到树林边上,他又派我回去报信说,他渴望再拥抱她一次,因此决定明天还要来。

"完成任务后,我又累又困,骑着马穿过深秋潮湿的树林。疾驰的马擦得两旁枝头的黄叶纷纷落下,我头脑里便不禁涌起世事无常的阴郁思想;往常,每当看见那苍白的秋水仙星星点点地出现在草地上时,我也总会产生这种思想。

"我正想得出神,突然被一声近在面前的尖厉的马嘶所惊醒。再转过一个弯,便看见一匹未卸鞍的马,拴在农庄前的篱笆上。我翻身下马,牵着它躲过灌木丛,脚一边不出声地往后退,眼睛却朝农庄高高的篱笆里边窥望。在那儿,一个背向着我的身穿盔甲的瘦高个儿,正在跟不信任地打量着他的农庄主人讲话。这时,他讲着讲着猛地扭过头来正对着那座小小的宫堡的方向,让我看见了他那张猛禽似的钩子形的脸。这个在我国王的乐园四周盘旋的恶鹰,我立刻认出不是别人,正是那个诺曼无赖马尔赫伯。我急忙翻身上马,飞驰而去。从前,在万圣堂修道院,我最恨的是耶稣受难画上那个朝我们的救世主脸上吐唾沫的丘八;但自从马尔赫伯拐走了希尔德,我却比恨那个丘八更痛恨他。后来,首相把这个堕落的家伙清除出了自己的侍从队伍。据传说,他如今又在艾琳娜夫人手下受到重用。我看出事情不妙。艾琳娜夫人一旦探听到这位林中仙女的藏身之所,她的小命肯定完啦。

"我向国王报告完自己可怕的发现,他的怒火与爱火便一起熊熊燃烧起来,整个脑袋变得通红。

"'咱们必须把小美人带过海去,'他皱了皱眉说,'而且就在此刻!赶在那只恶鹰把我的小鸽子掐死之前!'

"他命令我当夜备好三匹马,并为他弄一身不显眼的衣服。

"等到国王从首相那边脱身回来,天已经很晚了。他抓过披风和帽子,跃身上马,奔进黑夜里去。

"疾驰了一小时,差不多已赶完一半路程,他才招呼我到他身边,对我说,我明天一早不要和他一起回来,而是整天待在小宫堡中,他打算从那里带她渡海。

"我们很快到达了目的地。等我的主子已把他的脑袋睡在软绵绵的枕头上,我才卸下硬邦邦的马鞍当作枕头,贴着墙根躺了下来。我让自己的马同另外两匹马一起自由自在地敞放了一夜。

"次日清晨，雾气蒙蒙的树梢已染上一抹金色，我刚好把三匹野马抓回来，亨利王便出现在大门口。在他的臂弯上，挽着个娇滴滴的小美人，看光景不过十五岁，生着一颗我从未见过的最好看的少女脑袋，紧紧偎在国王的肩膀上，一双怯生生的眸子一直盯着国王那为声色所迷醉了的眼睛。乌黑的秀发在额际用一支金箍拢在一起，流水般自如地滑过纤细的肩膀和腰肢，差点儿拖到了地上。她眼中含着泪，亨利王正在劝慰她。

"'我把这个人给你留下。他是我最忠心的卫士，将像保护自己的眼睛一般保护你。不要害怕，让他今晚抱你上马。必须这样，我决定这样，格蕾丝！过不久，我们就会在一个温暖的国度里重新在一起。'

"他吻了她，随后翻身上马，狂奔而去；小姑娘呢，却两手不停地向他投着飞吻，直到他踪影全无。看着这情景，我的心脏几乎停止了跳动。事情真如一支利箭，一下子穿透了我的身子。您知道，国王从首相手中夺去的，才不是一个虚荣心重的绝色美女啊！可悲哟，可悲！罪过哟，罪过！他把托玛斯·白凯特天真无邪的闺女给糟蹋啦！您知道，格蕾丝——国王刚才这样叫她——跟首相长得真是一模一样，不同的只是一个脸上稚气未脱、懵懂无知，一个模样冷峻严肃、老于世故罢了。那眉宇间的高贵神气，那忧郁的黑色的美眸，那嘴角上的庄重的微笑，那举止的徐缓温柔，一切一切都像他——毫无疑问：格蕾丝是首相的亲生骨肉，而不是他的妹妹，因为她太年轻。亨利王这位基督教的国君，对一个未开化的灵魂，一个几乎没发育成熟的肉体所犯的罪行，比起任何不信上帝的人来都更加严重哪。

"尽管我是一名可怜的奴仆，我也对此感到愤怒，以致下意识地握紧了拳头，好像被糟蹋了的是我的亲生闺女。紧接着，我又感到极大的忧虑：我所热爱的国王，他犯了这个戕害清白灵魂的大罪，不招来上帝的愤怒才怪哪。人真急得快从眼睛里哭出血来。我竭力用他精力十分旺盛、权威巨大无边，以及一时糊涂盲目行事为理由替他辩解，结果通通白费劲！在我耳边一直有一个声音说：你的主子犯了死罪！我恍恍惚惚地看见格蕾丝的守护天使，他由于难过和羞惭，正双手捧起一张白色的手帕来遮住自己的脸。与此同时，那末日审判的大喇叭也震耳欲聋地响了起来。

"我定了定神。站在我两边的马匹烦躁不安起来，我把它们抓得更紧，这一来我的幻觉消失了。

"首相的女儿已经不知去向，只有埃舍仍站在门口。他破天荒第一回对我招手，邀请我进他那嵌在厚厚的围墙中的看门人小屋里去。

"他看上去一副可怜相，战战兢兢，心慌意乱，以致忘记了端菜和拿酒出来招待我；而我经历了刚才那些可怕的事情，实在很需要吃点什么。当我自己动手去壁橱中取面包和酒瓶的时候，他才吞吞吐吐地讲，按国王的命令带着美丽的格蕾丝逃跑不会没有危险。关于那个诺曼人马尔赫伯近些日子贼头贼脑地在宫堡四周活动的情况，他已老老实实地向自己的主人作了报告。他认为，首相随时可带来武装人员，派他们守在院子里面。

"'当初我要是不让鬼迷心窍有多好。'他悔恨地说,'你主人第一次来,我就该向首相报告。充其量丢掉老命——现在可连灵魂也一块儿出卖啦!——可叫我当初又从哪儿去有反抗最高权威的勇气呢!一站在你那国王面前,我的脑袋都给吓晕了!我这样的人真不该生出来!这些可恶的诺曼人,他们夺走了我们的一切,包括分辨善恶的良知!……虽然如此,我的主人首相也有一份责任。他自己虽作为智慧的化身,却把格蕾丝教育得很糟糕。你相信吗,制弩师?我们在房子里没有十字架,没有祈祷书,没有圣像!……只是在那边的墙凹里,有一个小的圣约瑟,供我们下人做祈祷。——他给他女儿送来的全是些印着阿拉伯字母的羊皮纸书,全是那种把残酷的人世歪曲美化成愉快的冒险的异教传说——而那孩子也就白天黑夜都以读这些漂亮的鬼话作为消遣。就连蒙娜·莉萨,那个做她使女的威尔士姑娘,也经常暗自埋怨首相。这个可怜的丫头!她那天跪在地上拦住国王不让他进去;他呢,塞了大把的钱在她手里,把她推到了一边。对于女人们,你那主子是个惯会讨好的情人,正像对于我们是个残忍的君主——于是乎,就做下了蠢事!'

"老撒克逊人这么忧心忡忡地叫苦不迭,我却自顾自地又吃又喝。渐渐地,我体力恢复了,情绪也开朗起来。

"'汉斯,'我对自己说,'振作起来,别跟个娘儿们似的。不幸已经发生了,可是还有可能补救。谁知道呢,没准儿艾琳娜王后会提早死去,或者跟着一个流浪汉私奔吧!这一来,国王自由了,便可把他的格蕾丝正式立为王后了。要知道,她可是有着双

重的君王血统啊！①先想法对付今天的事，送她过海去！'

"您知道，神父，我这样讲只是为了宽宽自己的心。请相信，要是能赎我主人的罪和我本身作为帮凶的罪，我情愿付出我为他当差辛辛苦苦挣来的全部财物、我的技艺以及我的鲜血的一半，在上天的天秤上，这罪的分量如此地重，简直可以把我们主仆二人活活压死。

"亨利王滥用了一个孩子的信任。格蕾丝从父母双方承继的都是异教徒的血统；而那些阿拉伯女人，她们在王杖面前真是卑躬屈膝，五体投地。国王在她们眼中就等于上帝，等于法律，比父亲和母亲都更有权威。所以我理解，格蕾丝为什么要把国王干的坏事瞒着她父亲。

"首相想必是爱自己的女儿爱得发狂；不然像他这么个事事谨慎而富有先见之明的人，是不会把她弄到自己身边，带到诺曼人的宫廷附近来的——我继续东想西想，而将来他又不知会如何地忏悔啊！——不过，我很快就振作起来，以便进行必要的准备。

"我把三个大面包夹在腋下，牵着那匹拴在外面的马，来到附近林中一条溪沟里，用面包喂它们，让它们饮水，然后把缰绳拴在两棵松树上。侍候着两头聪明而忠实的牲口，我的心情很舒畅，因为它们绝不会背信弃义，犯罪作孽。

"我正从溪口爬上来，突然从树林另一头响起一声号角，使我大吃一惊；紧接着，作为对号角声的回答，又有一块布在那蓝

---

① 请参阅第三章。

色圆屋顶前面的围墙雉堞中挥动。

"我急急忙忙往回赶,跑完前面的一段路,到了围墙边,然后弓起身子,在墙根的阴影中溜进大门。脸色惨白、浑身哆嗦的埃舍一把将我拽进门去。在他那小小的门房中有三个瞭望孔,分别可以观察到野外、门前以及院子里的动静。

"大约有十二三个骑手从树林中蹿了出来。为首的正是首相本人,从他那匹高高大大的银灰色阿拉伯马及他骑在上面的优美的姿势,我一眼便认出了他。他全身披挂,头盔上的面罩也放了下来。到门前下了马,他吩咐一些人把马牵到农庄那边去;另一些人却跟着他——该我倒霉——进了院子。在院子里,他们又按照他的命令分散到围墙上去。

"我调换了站的位置,以便牢牢盯住首相,眼下老埃舍好像在向他汇报情况,随后他就进内室去了。老埃舍把我藏身的小房的钥匙一直挂在腰间,我像掉进陷阱似的动弹不得,只好时时警惕着,以防不测。

"在院子中央正对我的位置上,立着那幢有圆屋顶的建筑,在它外侧,围绕着一个半圆形的阳台,上面长满了郁郁葱葱的常绿灌木。没过一会儿,托玛斯首相牵着格蕾丝的手走上高高的拱门,来到阳台上,然后和她一起在一条雪白发亮的大理石长凳上并排坐下。他们身旁,有一个刻着花纹的红色大石盆,几道闪光的喷泉从中射出,到空中再交叉汇集在一起。从这么近的地方看首相和格蕾丝,吓得我下意识地从窥视孔前移开了;虽然我明知墙外爬满了藤蔓,用不着担心被发现。只见首相满面愁云,虽然并不显得疑神疑鬼；而格蕾丝的小脸儿却像谜一般令人捉摸不透。

"这当儿，首相对低眉顺眼地站在拱门下的使女挥了挥手，让她下去——这大概就是我刚才从埃舍口中认识了她的德行的那位蒙娜·莉萨吧。父女俩默不作声地坐了一会儿，格蕾丝眼睛望着喷泉，以避开父亲的目光。

"末了，首相操着阿拉伯语开了口：

"'我的孩子，你在此只会待很少几天了；时间这样短，不可能再有一次袭击来惊扰你。所以别害怕。我留十名勇敢的骑士给你，当有敌人来进攻的时候，他们是足以守住这道围墙的。你将渐渐习惯于听武器的碰击声，我胆怯的小鸟儿。在这样乖戾而失去节制的世道里，每一位城堡女主人都命该如此。

"'是时候了，我不得不离开你，把你许配给一位丈夫，我的宝贝儿。可不是在这个潮湿阴冷的国家，而在大海彼岸，在一个阳光灿烂、民风淳厚的国度里。要是可能，要是你的命运之星指引你上那儿，那就在离你养父母不远的普瓦图好啦。你肯定还常常怀念诚实的卡拉斯吧？他因为懂阿拉伯语，人家就说他有摩尔人血统，其实却是个虔诚的基督徒。这位老人送你过海来，然后又眼泪汪汪地和你分手，还是不到一年前的事啊！

"'我不知道当初这么做是不是对。'他说道，同时蹙起了额头。

"格蕾丝沉默不语，他于是又像为自己辩解似的继续说：'难道在我一生中，连这么短时间地分享分享你那贞洁无瑕的青春的快乐，也不应该么？

"'然而现在最后的期限已满了,分别的时刻已到来,我不能再有所求。

"'我不能使这个可爱的头受到伤害啊!'他一边说,一边把自己修长的手掌抚在格蕾丝的小脑袋上。

"'国王明儿个动身去大陆,我过几天也跟着去。你嘛,就陪着我,行前好好地改一改装,带上你的使女们,在我把你托付给一位勇敢、高尚的丈夫之前,一刻也别离开我。

"'国王在享受够了他那些肮脏的快乐以后,总会允许我有一天也享受享受我的纯洁的快乐吧。瞧这个国王!'他说时嘴角上流露出鄙夷的神气,仿佛国王真站在他面前。——可不是嘛,听见他这样讲话,我是够惊讶的。

"'别害怕呀,'他又说,因为他感觉被他紧紧握着的格蕾丝的手在他手里战栗,'我知道如何选择。我会留心将你托付给一个可靠的人,同时我的手将从远方保护着你,要知道在所有的诺曼国家,我都是强有力的啊。

"'而你也不希望把自己关进修女院中去吧?你的目光告诉我你不希望,你没有罪孽需要补赎,你需要的是光明和太阳。'

"要不是让自己的思路给束住了,聪敏的托玛斯首相必定会发现他女儿内心的忧惧;可他的眼睛就是给蒙住了,什么也看不见。格蕾丝踌躇了好久,终于轻声地说出一句话来:

"'那个想在这儿害我的人是谁,父亲?'

"'谁?'首相嗓音微微颤抖地重复着,好像是决心不再对他女儿隐瞒这个世界的丑恶,他直截了当地回答:'一位卑鄙的王后。她恨我,她的密探已经向她报告了你在这儿;我不愿意艾琳娜夫人知道你的情况,对你施以阴谋诡计——连想到她都会玷污你的。'格蕾丝脸色唰地一下白了。我由此看出,亨利王显然欺骗了她,没有向她提起他这臭名昭著的妻子。

"格蕾丝又镇定下来,继续轻声说道:

"'你可不是一直这么讲,我的父亲。你不是下过决心,什么时候要领我谒见国王吗?你不是经常赞颂他的宏恩,称他是一位仁慈威严的君王吗?你还在我面前称赞过理查王子,并且……'

"'我这么讲过,'托玛斯首相郑重其事地回答说,'我那是爱你爱得昏了头,结果说了一些糊涂话。我现在改变主意了。那些话就让它随着风一起飘散吧。你不能进宫去,不能到那罪恶的渊薮里去,那儿没有任何纯洁的东西能够生长起来。不过有一点你说对了:对国王应该敬畏和服从!

"'够啦!我该走了。你还是个孩子,不要东想西想,一切听我安排就是。你知道我是爱你的,非常非常爱你!你是我唯一的亲人,你是我的一切!'

"说着,他在自己女儿的额头上轻轻地吻了吻。

"托玛斯首相站起来,两眼扫视四周,检查他那些骑士是否每一个都守在指定的位置上。他的目光是如此犀利,躲在暗处的我吓得溜到了地上,只听见他的声音:

"'三天后动身!你得准备好!再见。'

"接下去他又向十名骑士中领头的下了命令:

"'以你自己的性命保证,决不放任何人进来或出去!'

"当我小心翼翼地从地上站起来时,大理石长凳空了。托玛斯·白凯特和他不幸的孩子都已销声匿迹。

"看见这位我一向当作无所不知的人头一遭被人给蒙蔽欺骗了,我浑身不由得打个冷战;想到这种父亲对于自己孩子的忠实纯洁的信赖,必定正好被魔鬼利用来蒙蔽世间最聪明人的锐利目光,把一支浸满毒液的箭射进严加保护的身体里去,我心里油然产生一种恐怖的预感。

"一会儿以后,首相的阿拉伯骏马被牵到院子里,托玛斯大人骑上去了。接着,钥匙在小屋的门上咔嗒咔嗒转动起来。埃舍两眼无光,不知所措地呆瞪着我。我看见这家伙完全不中用了,便自作主张起来。

"'去,以陛下的名义命令使女蒙娜·莉萨,'我吩咐埃舍说,'叫她和她的小姐做好动身准备,今天晚上等你房里的灯一灭就偷偷到大门口来。违抗命令者处死!去!'

"埃舍转来回话说,威尔士女侍准备遵命。

"转眼已是黄昏,我吩咐老头把灯点起来,并告诉他,一当有哪个在围墙上来回巡视的卫士向明亮的门房投来怀疑的目光,他就得拿起粉笔,装着在小黑板上写字。我自己呢,便倒在屋角里他的床上;要知道度过了紧张的一天,我也需要休息啦。可老头子却唉声叹气,唠唠叨叨,把那几句责备自己的话翻来覆去地没个完,叫我十分讨厌。我命令他住了嘴,可自己仍然睡不着。

"事情往往就是这样残酷无情:当一个人的心几乎给恐怖压碎的时候,他冷静的思想却不知疲倦地、无动于衷地走它自己的路。我眼下也是如此，脑子里反复地考虑着，首相为什么定要把自己不幸的女儿命名为格蕾丝。是为了纪念他那位在受感化后也取了这个圣名的生母呢，还是出于一种异教徒可能有的考虑呢？因为，格蕾丝在他们意味着上天的恩赐——愿上帝把它给我们大家——但同时也有人间的妩媚优雅之精华的意思。

"我还想到，托玛斯首相曾对格蕾丝讲起他的爱徒理查王子，看来有一阵子还被虚荣心所陶醉，打算把自己的女儿送进宫去，让她也享受享受帝王的尊荣哩。想着想着我便睡着了，并且受到梦魔各式各样的愚弄。谁都知道，梦里如果难过，就意味着会得到快乐；如果快乐，就意味着要掉泪。——我梦见跟随着亨利王从森林走出来，他的脸突然一下子年轻了，变成了他的儿子理查。狂暴不羁的王子敲着林中的小宫堡的大门。他挥动着戴着铁甲的拳头，一下子就把门给砸碎了。然而忠诚的埃舍一下子扑到他的脚下，拦住他的去路；富有德行的蒙娜·莉萨更气得眼泪直流。可是，瞧，这当儿首相牵着格蕾丝的手，从宫堡中走了出来。他一把抓住理查的右手，然后领着两人一块儿走到大树的穹顶下去。但转眼间，大树的穹顶已变成了温莎宫大殿的拱顶。在目光慈祥的父王亨利和母后艾琳娜面前，一对漂漂亮亮的新人双双跪下，顿时号角齐鸣，我兴奋得把自己的帽子抛到空中，嘴里高呼着：'理查王子万岁！格蕾丝公主万岁！'

"这一呼我便醒了过来，耳边又听见埃舍这个罪人在嘟嘟囔囔地祷告。我走到窗前，看见宫里的卧室中仍然亮着灯光。在那儿，蒙娜·莉萨和一个老国王的未成年的侍妾，正等着我熄掉门房里的灯，向她们发出逃跑信号。

"这是一个可怕的夜晚，是我一生中最最不祥之夜。天空中游动着一长条一长条的乌云，不时地遮没那一钩冷月。刚刚等到围墙上巡逻的脚步声静下来，我便吹灭了灯。

"'我们有两匹马，埃舍，'我说道，'你带着蒙娜·莉萨骑一匹。'

"我们摸黑下了旋梯。大门边已经等着两个蒙面女人，其中身材苗条、面纱蒙得严严实实的一个，还在哆哆嗦嗦地无声抽泣。我小心翼翼地抽掉门闩，溜出大门，仰起头向上窥视。我仿佛听见墙垣里有张弓弦的声音，但接下去听又不见任何动静——想必是我产生了错觉吧。

"我一边等着，一边默念了三遍祈祷文；我在自己的一生中，从来没有像那样虔诚地祈祷过。突然传来一声犬吠，随后又一切归于死寂。我这才抓住浑身颤抖的格蕾丝，一把抱起她来，使出全身的力气向对面的树林跑去。不料突然一阵风刮走了天上的乌云，月牙重新露出脸来，把我俩周围照得一片雪亮。

"只听见嗖的一声！要是这一箭射中了我该多好！

"我怀抱中那个很轻的身体蓦地痉挛了一下，紧紧抱住我的脖子，同时一股热血从小姑娘被射穿了的咽喉喷涌出来，流了我一身，突出在外的箭尖把我的面颊也给划伤了。跟着是一阵急促的喘息，首相的闺女格蕾丝就这样完啦！

"我把小姑娘的尸体放到紧跟着我跑过来的蒙娜·莉萨怀里，但听这轻佻的女人发出一声响彻夜空的尖叫，我却冒着嗖嗖作响的箭雨，与埃舍一前一后地奔进了树林。

"我跃上了一匹马,埃舍跃上另一匹马。我们狂奔在黑夜的林中小路上,头深深埋在马颈上飞扬的鬃毛里,以免被路旁光秃秃的树枝擦伤。今夜,这些黑黝黝的枝条似乎也耷拉着脑袋在哀悼那位年轻的死者。

"我们很侥幸地到达了那一片月色明亮的林中旷地,越过它,便有一条平一点的路了。在这儿,我们受伤的马跑得更像飞了起来。可蓦地,我听见身后又发出一声惨叫。我一回头,看见埃舍骑的那匹平常十分温驯的马,这时却疯了似的鬃毛奋张,前蹄高举地直立起来,仰身往后倒去。一道从面前飞快闪过的白光把它惊了,很可能是首相饲养在他这宁静森林里的一头珍贵的白色牝鹿。那马躺在一堆石头旁边打滚,埃舍却已头破血流,一命呜呼。看着眼前的惨象,我吓得毛发倒竖,赶紧驱马离开,既顾不上那即将完蛋的畜生,也顾不上那已遭到报应的不忠实的奴才。"

第六章

"我赶到多佛,以便过海去诺曼底追亨利王。但由于风不顺,他没走成,我在多佛便见到了他。这样,我就比预料的更早一些,在英格兰的国土上经历了向他报告不幸的悲惨时刻。

"国王大声悲恸,把自己关在卧室中。我也就睡在他的卧室门口,跟每次面临着危险时惯于做的那样。国王夜不成寐,我常听见他脚步沉重地在房中踱来踱去。踱着踱着,他又唉声长叹,甚至自顾自地狂吼乱叫,我便听清楚了他断断续续说的是什么。

"'她是我的心肝啊！'他哀叹道，'我早该把我的小羊羔送到一个安全的地方去！……可我又能拿我那位毒辣的王后和我那些愚蠢的奴才怎么办呢？我又怎能战胜命运的刁恶呢！……我和首相，我们同样不幸，同样痛心！……可我要向他表明心迹……让他知道，我将把无穷无尽的恩宠加在他的身上，使他从今以后永远成为离我的心和我的王位最近的人。'

"天亮之前他安静了一点。在曚昽的晨光中，他摆正了桌椅，像是要开始写信。他总是先在嘴里嘀嘀咕咕念完一遍，再一句句写下来。最后，我听见他重重地盖上了大印。

"他传我进去，把信递给我。

"'这信你得亲自交到首相手中，'他说，'你要尽量找他，直到找着他为止。'

"随后，国王过海去了，我却带着他的信回到伦敦。请相信我，这封信对我乃是一个很沉重的负担。虽然我仅仅遵照自己主子的命令行事，良心仍感到非常内疚，因此对于去见首相这件事，怀着一种神圣的畏惧，要知道，他这会儿肯定已经查清了格蕾丝的真正死因。

"我先在伦敦找了个遍，他都不在。他留在城里的手下人也讲不清楚，或者不愿意讲他眼下到自己众多宫堡中的哪一座里去了。不过我也无须他们讲，因为我自己知道。

"我换了一匹精神抖擞的马，在光天化日之下骑着它——还有什么可瞒人的呢？——奔上了那条我曾无数次地摸黑和借着月光赶过的路。在那枯黄的树顶以及这儿那儿已经掉光了叶子的秃枝间，清朗明净的天空闪闪发亮。

"当我看见那座辉煌的小宫堡已出现在眼前时，心怦怦跳着，就跟榔头在敲打一样。我跳下马，发现那往常总是紧闭着的宫门洞开在那里。宫院中鸦雀无声，只有轻风在那些异国奇树的常绿的枝头发出絮语，那银光闪烁的喷泉在沙沙沙地抛洒着水珠。

"我驻足环视，想看看有没有人。我瞧见在那座嵌进围墙中的神龛前，跪着一个女子。她的脑袋埋在双手里，所以没发现我到来。我认出是蒙娜·莉萨，走过去猛地推了推她的肩。她吓得一下子转过身来，眼泪汪汪地望着我。随后她两手摆动着向我示意，要我火速离开。我这时才掏出信来对她扬了扬，说明我是陛下的使者，让她立刻领我去见首相。

"她没再表示反对，便膝头哆嗦地登上台阶，领我向那有黄色圆柱的拱顶建筑走去。

"'她睡在小礼堂里——我仍旧把她打扮得像位王后一般漂亮。'蒙娜·莉萨一边开门，一边胆怯地说，说完就抽身走开了。

"我跨进一间圆形厅堂，厅堂由天花板上射下来的灯光所照明；厅堂虽然不大，却显得很爽朗。紧贴着四周的墙壁，安放着一圈贵重的软垫；而在正中央，却立着一个大大的金丝笼子。笼内有无数的鸟儿在吱吱喳喳地飞来飞去。在一棵矮小的棕榈树下，一些生着彩色羽翼的异国珍禽在快乐地游戏着，只可惜房里没有任何人来分享它们的乐趣。

"我走过拼成各种图形的彩石地面，登上一道窄窄的大理石台阶，来到一扇拱门前，我推开门，战战兢兢地撩起挂在里边的缎子门帘。

"眼前的景象惊得我舌头都僵住了，差点儿连气都透不过来。我看见在半明不暗的小礼堂中，既没有挂耶稣受难十字架，也没有长明灯。在圣坛下面躺着的不是一具圣躯，而是打扮得花枝招展的格蕾丝的尸体。日光透过墙上唯一一扇窗户射进来，照着这超脱了尘俗的美人。她头戴一顶缀着亮晶晶的宝石的小王冠，安卧在紫缎枕头上。她柔嫩的身体藏在一片宽大的长袍里，袍上绣满金丝银线，缀着无数的珍珠美玉，袍裾向两边铺展开来，盖住了灵床的边沿。一双小巧玲珑的玉手交叉在胸前，握着从头上流泻下来的青丝似的长发；这乌黑的秀发不仅把她的脸颊衬托得更加白嫩，也盖住了她脖子上的两个伤口。

"在死者可爱的脸庞边上，倒着另一张脸，同样被日光照射着。这张脸比起那张死者的脸来，却显得萎靡，缺少生气。它是那样地痛苦，那样地绝望，仿佛死神的阴影刚刚还笼罩过它似的。首相就这么倒在旁边，头发蓬乱，衣襟散开，手撑在灵床边上，支持着虚弱的身体。

"四周一片死寂。只是在敞开的窗前，有几片枯叶在发出窸窸窣窣的低语；它们的淡淡的阴影，正好跳荡在那紫缎枕头以及枕边的两张面孔上。

"我不知道，我怎么在这样一个可怕的时刻，突然又表现出了我在格拉那达所受的摩尔人的影响。我这就告诉您是怎么回事。说是受了神的启发也罢，受了鬼的驱使也罢，反正我是不知不觉地用阿拉伯语念了一段《可兰经》里的诗句——但愿上帝别因此怪罪我才好——很可能是眼前这玉洁冰清的少女，使我想起了异教徒们的天堂以及它那些天使。

"那段《可兰经》诗句是这样的：'他们可爱而美丽，美丽得有如百合花和红宝石；他们低垂着眼睑，洁白的脸庞就像鸵鸟蛋，鸵鸟蛋深深埋藏在沙漠里。'

"我刚把诗句念出口，首相的脸便起了变化，漾出了一丝和悦而慈祥的笑意。他慢慢转过头来，看是谁用这句《可兰经》诗句安慰他。

"我抓住时机，几步走上去向他屈了屈膝，然后诚惶诚恐地递上国王的手书。

"这个失魂落魄的人过了老半天才清醒过来。他看清了由三头豹子组成的国王印章，捏着信的手就像让蝎子蜇了一下似的猛一哆嗦，立刻把信抛开了。他那高贵的双眉紧紧地蹙在一起，就像个被严刑折磨的人在忍受着难言的痛苦。他用满含责备的目光瞪着我；在这目光的深处，燃烧着炼狱似的残酷无情的烈火。它射到我身上，使我感觉所受打击之重，就像被掷器射来的巨石所击中，我顿时心慌意乱，一言未发便拔腿便走了。"

第七章

"喏，神父，您大概已经担心，国王和托玛斯·白凯特会从此反目成仇了吧。——可是您错了。有一阵子，他俩的确相互回避，谁也不去见谁；不过，这情形在局外人看来是自然而有道理的，因为亨利王当时在大海另一边与法国国王①作战，首相却在英格兰主持国政。

"要知道，我的主子仍然没有动摇自己对明智而忠诚的首相的信赖；是的，甚至可以说，这种信赖就像磐石一样，压根儿就不可动摇。而托玛斯首相呢，似乎也更加任劳任怨，忍辱负重，比任何时候都更为国王的伟大所倾服。

"首相那时的担子还很不轻，他为着维护国王的利益，正与一班高级诺曼教士进行着顽强的斗争。这档子的事儿您非常清楚，神父，因为哪儿都层出不穷，司空见惯。在英格兰，其产生的根源是当年征服者威廉给予主教们的特权太多啦。在那儿不像在别处，只有教士与教士之间的争执才不受国王的法庭裁判，在俗人受到教士伤害时，也不得不请求教会处理。这样一来，喏——拿尽量简单的话来讲——就叫作惺惺惜惺惺。鸡毛蒜皮且不讲，教士们就算犯了杀人、强奸以至于更严重的罪行，也不过跟闹了个恶作剧似的轻描淡写地处分一下。结果教士们的气焰更加嚣张，干起伤风败俗的事来更加肆无忌惮。

"对此我的主子很恼火。要知道，在处理公共事务时，国王是位很公正的人，因此企图要把那些教士管束一下。然而谈何容易！

"当初，出于政治上的考虑，征服者威廉把英格兰的其他教区统统都置于坎特伯雷大主教的全权管辖之下。现在，高居于大

---

① 指法兰西卡佩家族的路易七世（1137—1180年）。

主教宝座上的，是一个倨傲的诺曼人；那教职所赋予他的特权，正好被用来作为对抗他的封君和国王的武器。加之当时在位的罗马教皇[①]——人家说他在登上教皇宝座前，曾生活在一所修道院里；还讲他一辈子都对这个世界以及世界上的事情不以为然，因而也就很不理解——他也站在诺曼大主教一边，首相向这位教皇下了无数次国书，再三请求他，希望他对恣意滥用教会裁判权做一些调整和限制；谁知他却充耳不闻，活像个聋子。

"我可告诉您，神父——因为我清楚，你们作为圣费利克斯和圣雷古尔修道院的修士，会站在哪一边——，从首相那支圆滑的笔下，产生了反对教士世俗特权的最合情合理的、最机智巧妙的文字，古往今来，甚至以后，都绝不会有谁再超过他。他既未用任何侮辱性的言辞，也不进行枯燥乏味的说教，去把事情弄得更糟糕；而是以确凿有力的事实，去打动教会的灵智。说得形象点儿，他推开了一扇又一扇窗户，使黑屋子豁然明亮起来，连小孩也不能不认识到：像亨利王的教士们那样贪得无厌、狡诈阴险、荒淫暴虐，与救世主耶稣及其十二位使徒的廉洁纯善的品行是大相径庭的。

"就算他这样做只是为了抑制自己的痛苦吧，首相反正是勇敢无畏地进行着战斗。为此他引经据典，并且把教会中的长老和法学家们也动员了起来。而他最锐利的武器就是《圣经》中的箴言：'我的王国不在尘世上。'

[①] 估计指哈德安四世，他当罗马教皇的时间为1154年至1159年。

"我看出来您想问我，我怎么会知道这一切的。听着。因为首相是以国王的名义并凭借国王的权威在与教皇打交道，他发出的每一件信函或者国书都要送到国王的行营中来，由国王亲自签署。经常地，由于身边刚好没有教士在，国王便让我这个卑下的奴仆滥竽充数，给他念首相起草的文书。他知道，我年轻时当过修士，识得几个字；而他自己呢，尽管仍有百步穿杨的好眼力，却辨认不出人家的手迹。

"听着首相用来形容他那些教士的准确而生动的比喻，国王常由衷地哈哈大笑。'你瞧，汉斯，能够这样挖苦我那些教士，他一定很开心，'国王对我说，'要知道，他是一个不信基督的哲学家，一个藏而不露的萨拉森人。'

"在念那些信时，我自己也常忍不住想笑；不过，那笑并不是愉快的。倒不是当时的教皇的行事作风令我高兴不起来，而是我感到，我那国王以他的耿直忠厚，完全忽视了一个事实，即在这轻松有趣的表面底下，潜藏着一个冷酷黑暗的深渊，深渊里燃烧着仇恨与痛苦之火。

"神父，我可忘不掉在宫堡小礼拜堂中见的那张脸啊！

"有好多次，我一边雕箭什么的，一边胡思乱想，就总爱问自己：啥时候托玛斯首相还会坐到国王的桌前来，和他有说有笑，亲密无间，休戚与共呢？国王似乎对此深信不疑，以他勇敢豪爽的天性，早就把过去的事情通通都抛到脑后。

"可我却在思想里和他打赌；因为我将心比心，断定这样的事是任何人都不可能办到的。

"与路易七世的战事结束后,我的主子住到了他在诺曼底的一座宫堡里。有一次,我好不容易有了空闲。便到塔楼上去与守卫的兵士聊天。他是个好样的小伙子;碰巧他的爱人这时正在菜园里向他招手,我便替他站了一会儿岗。

"我正四下里瞭望着,突然发现在不远处的一座小丘旁,沿着弯曲的大路,有一支小小的人马向城堡走来。只见在夕阳的映照下,为首一员骑士穿的盔甲闪闪发光。他这时吹响了号角,原来正是狮心理查!在他身后跟着他的三位兄弟,以及一些骑着马的扈从。接着我又看见了一团银灰色——不错,正是首相的阿拉伯坐骑!在无可辩驳的事实面前,我不禁轻蔑地笑了。接着,我抓起守卫的长号,回答理查王子的问讯,并且说了几句十分放肆的话,对首相表示'欢迎';自然我操的是我故乡的口语,加上离得还很远,他们是听不见的。我说:'托玛斯大人,瞧瞧您多缺男子汉的骨气,多缺骑士的血性!A la bonne heure①!现在,就算我那陛下心血来潮,把您活活放在火上烤死,使您变成第二个圣劳伦茨,我也不会再不安啦!'

"在我瞧见那匹银灰色骏马的一刹那,我似乎就感到,国王和我主仆二人再不用害怕首相;像这样一个懦夫,上帝也会叫他复不成仇的。

"我急忙跑下塔楼,躲在门边,看着一行人进城堡里来。

"托玛斯首相一点没变,行动还是那么安详,衣着还是那么

---

① 法语:这样对我倒好!

讲究。国王急不可待地迎着他的儿子和他的首相跑去，他比渴望见到自己的孩儿更渴望见到首相。首相呢，一点也不让他有机会表现羞惭和悔恨，恭恭敬敬地对他行过礼，便耐心仔细地讲起几位王子的教育情况来，只是在最后，以婉转温和的态度补充了一点：他的国事日渐繁忙，旅行和出使的次数更频繁了，时间既不够用，又加上近来感到从未有过的疲倦等原因，都不允许他继续亲自指导对王子们的教育。他将推荐一些著名的人物来做他们的老师，这些人能轻而易举地取他而代之。

"一听这话，国王愣住了。王子们更是围住首相，流着热泪拥抱他，哀求他，希望他不要扔下他们。只有汉斯小王子一个人开心地做着鬼脸。最后，国王和王子们一起，请求他继续教他们。

"首相以更加婉转优美的措辞，把自己的理由又重述了一遍；只见他那阴郁的眼睛望着亨利王，好像在讲：

"'你这个残酷的人啊，你夺去了我唯一的孩子，却还要求我来关心你的孩子！'

"我不知道亨利王是否从这目光中看出了真情；不过，他也没再继续恳求首相。

"从那时起，首相与四位王子之间便爆发了不和。首相不再以慈爱来安抚他们，他对他们漠不关心，任随他们怎样任性胡闹都不闻不问。

"我已经对您讲过，我是教四位王子使用弓弩的师父。我被严令禁止离开他们身边，或在什么时候交一张弩给他们。因为几位王子性格虽然不一样，但全都十分暴戾，无论如何得防止他们拿着弩去你射我,我射你。

"有一天,我带着四张弩到四位王子练武的城堡的后院里去,远远地就听见有一片片格斗厮杀之声,夹在一阵阵犬吠中。我发现他们在院中扭成一团,难分难解。狮心理查右手扼住哥特弗里特王子的喉咙,左手抓着亨利王子的卷发,用力地将两人拽来拽去,反过来,他本人又遭到与两位兄长一伙儿的汉斯小王子的攻击,小家伙一边抓他的背,一边咬他的脖子。我使出全力来劝解他们,首先拉住像只野猫似的小汉斯,然后再使狮心理查放开亨利王子和哥特弗里特王子。

"不想理查王子转过身来一见是我,竟勃然大怒,冲我吼道:

"'见你的鬼,制弩匠,你难道想剥夺我们祖传的遗产么?'

"'什么遗产,殿下?'我感到愕然,问。

"'彼此仇恨呗!'他高声说,'咱们谁都不放弃继承这份遗产。'

"这是出自一个少年口中的几句话,令我深为不安。我把他拉到一旁,用基督的话开导他,要他明白,兄弟之间和睦相处是多么美好的事。一听这话,理查王子却号啕大哭起来,哽咽着说:

"'他今天连瞅都不瞅我一眼啊!'

"我猜出他是指托玛斯大人,便安慰他道:'首相现在关心你是少了,但为了你们的父王的利益,他不能不去处理那些紧急的国事呀。首相是爱您父王的。'

"谁料理查王子却固执地摇着头,用一对炯炯有神的蓝色大眼睛盯着我嚷道:'你撒谎,制弩匠!首相才不爱父王哩!'

"可悲的是,四位王子不只相互争斗,而且对他们父王的权威也开始失去应有的敬畏。我还清楚记得,有一次送国王回寝室时的所见所闻,如何深深地刺痛着我的心。他为国事伤透了脑筋,打完猎回来身体更疲乏不堪,以致把沉重的头颅往桌上一靠,伏在手臂上,便呼噜呼噜睡着了。我扶起他来往寝室里走,半道上碰见他的儿子中两个最好捣乱的,即老大和老幺。要是国王神志清醒,小汉斯也许不敢这样放肆,相反倒可能早就躲得远远的。这时呢,他却跟在国王身后,做出喝醉了酒似的歪歪倒倒的样子,对父亲进行奚落;而那个只会穿漂亮衣服的大傻瓜,更只是傲慢地'呸'了一声,就转过头去。安顿好国王,我在走廊上还见着亨利王子。我严厉责备他,称他为不孝逆子,并恐吓他说要向首相告发他。

"'托玛斯大人也鄙视父亲,'小家伙回答说,'骏马跟野猪才做不了朋友呢!'

"我大为惊吓,连忙把食指靠在嘴上;他却将掉在脸上的长长的鬈卷往上一甩,咯咯咯地狂笑着跑开了。

"对于隐藏在大人心灵中的秘密,幼稚无知的孩子们往往嗅觉特别灵敏,这一点不能不令我感到奇怪。因为,说真的,托玛斯首相可是从来不曾流露出一点对国王有反感的样子,或是在什么时候对他显得不够尊重。

"每天晚上,他都少不了坐在国王的桌前,以自己隽雅的谈吐取悦于陛下。

"我仿佛眼前还看见他笑吟吟地坐在椅子里,头靠着椅背,嘴唇微微翕动着,使国王高高兴兴地倾听着,把国王完全给迷住了。我当时站在我的主子的宝座背后,不时地端详着在灯光下和大白天都同样苍白的幽灵似的脸,心中暗暗地感到恐惧。当初,在格蕾丝的灵床旁边,从这张脸上我看到的是阴森可怕的死神的目光;而今哪怕在最热闹的宴会上,我觉得那样的目光也从未完全消失。

"您见过沙弗豪森万圣堂修道院珍藏的那幅从拜占庭运来的油画么?画的是已经死去的主耶稣,紧闭着双眼,眼窝深深陷了下去。可是,您要多端详一会儿,他脸上的表情却会活起来,似乎还睁着一双痛苦的大眼睛在满含哀怨地望着您!画家的艺术和光线的变化产生了奇异的效果。不过这是一种不诚实的艺术。神父!须知,画家应该把自己的线条画得明明白白,而不能模棱两可。

"首相与耶稣的情况却刚好相反,我越端详他,而且又刚好碰上他沉默不语时,与国王坐在一起的他便俨然成了一个死人,似乎连眼睛也闭起来了。

"我没有把握,神父,但我不能不推想,国王在那些日子里一定控制不住自己的感情,对首相谈起了自己无心地给他带来的不幸。话即使不多,或者只用了些委婉含糊的语言,他却一定向首相表示过自己的遗憾和悔恨。我想,他一定企图推卸罪责,而且正好是往我这肩膀上推。不过,我倒不因此就怨恨他,因为世界上的事情就这样,再说我也没有什么可害怕的。首相太聪明啦,绝不至于把使用工具的手段和工具本身混淆不分。而且也太高贵，绝不屑于拿一个奴仆来复仇泄愤。

"请您理解我！亨利王很可能把小姑娘的惨死，归罪于命运的捉弄和我的失职；而把他自己所干的劫持少女以满足自己淫欲的勾当，不当成一回事。须知，在这类事情上，他从来是不知什么叫公理，什么叫法度的。当时，我相信他良心上确实并不特别沉重，因为我们所有的审判者，还不曾把他那罪行的严重性充分显示给他。

"也在那些日子里，发生了下面这件事。一天傍晚，首相来找正要去森林里打猎的国王，君臣二人便一同露宿在一棵枝叶扶疏的大橡树下。我背靠树干坐在一旁，手轻轻搔着一条躺在我面前的猎狗的耳朵。国王十分了解我对他的忠心，习惯于我总在身边侍候；托玛斯首相也不把我放在眼里，即使有时往我这边瞅一瞅，那目光也是很友好的，要知道我在格蕾丝灵床旁念的那句可兰经，给了他很大安慰，也为我赢得了他的好感。这样，我便成了一次奇特的、令人难以置信的对话的耳闻目睹者；不过，我所讲的一字一句都千真万确，就跟我现在坐您面前一般地无可怀疑。

"两位大人物正谈论着一封从托玛斯首相身上掏出来的信，这信是法兰西国王写来的。原来，托玛斯大人跟巴黎那位卡佩国王保持着秘密书信联系；卡佩国王正赶上自己的首相苏格留斯修道院院长死了，为了代替他，就巴不得诱使托玛斯首相这位天底下最聪明的男子背弃亨利王，转而去为他效劳。托玛斯首相也乐于与他通信，并利用这个求之不得的机会，轻而易举地探听出了他必须知道的一切，即法兰西国王用以反对他的主子及整个诺曼王朝的全部阴谋诡计。

"在首相交给亨利王的这封信中,法兰西国王可能又一次竭力敦促首相去投奔他,所以我的主子才会那样乐不可支。

"'瞧瞧,瞧瞧!'他以讥讽的口气说道,'他答应给你一万英镑。他也真不惜代价啊。可是毫无用处,我的法兰西兄弟。这样一位杰出的人我永远不会让他走的!'他一边说,一边亲热地把手抚在自己那位宠臣的肩上。

"随后,他更是得意忘形地开玩笑说:

"'我的托玛斯,你要是心上对我有什么怨恨,并且想在自己不冒任何危险的情况下对我进行报复,那么,听着,勇敢的人,我这儿有个主意!明天我就派你——以完成你所知道的那些使臣的名义——去巴黎见那位竭力拉拢你的人!咱们瞧瞧他能不能使你受诱惑,用甜言蜜语制服你!'

"对于我那位国王的这些不明智的玩笑话和盲目的自信,您可别感到太吃惊。您要能看见他俩坐在一起,一位虎背熊腰,脑袋大得像头狮子,另一位却四肢纤细,容貌谦和,您就觉得很自然了。

"紧接着出现了一阵沉默,我相信,亨利王那样残忍而轻率地指出首相天生对于君王的依附性和臣服精神,令首相非常难堪,尽管他自己全然没有恶意。可是,过了片刻,托玛斯首相却平心静气地说了下面这一段照我看来确是富于哲理的话,而且丝毫未露出不悦之色:

"'不管我心里对您有何怨恨,也不管这怨恨是少还是多,您,我的主宰,都有根据对我的忠诚不抱怀疑。因为,我没有那么凶险,也没有那么短视和鲁莽,竟背叛陛下您。可是您这机智的玩笑,却也碰着了我的痛处;因为,您对我这生来侍奉人的卑贱的性格,是太了解啦。不管是早年在做人臣下的生涯中养成的习惯也好,或者是我那个种族和血统的遗传也好,总之,对于至高无上的君王的意志,我都绝不能违拗。——既然您这会儿兴致如此地好,又对您的奴仆表现了如此大的宏恩,那我就斗胆在别无他人的情况下对您提一个忠告:您可永远别放走我,让我落到另一个比您更强大的君王手中!——要知道,以我可耻的软弱的性格,我一定会对他唯命是从,忠实地执行哪怕是反对您,啊,英格兰国王的种种命令……不过嘛,我这只是胡说八道……世上哪儿有比您更强大的君王呢?哪儿有一个王国能与您的王国相对抗,而不自遭损害,自取灭亡呢?您请看,世上活着的人,有谁能对您进行裁判呢?……所以,我是在胡说八道,是在讲某种全然不存在的事物,比如一个梦,一口气,一片虚无罢了。'

"对这一席话,国王并不如首相那么重视;他的确当它是无益和无趣的胡思乱想,稍稍考虑一下,便打起呵欠来,并命令我斟一杯酒给他。——我呢,也没从首相的话里听出个所以然,而是过了很久才恍然大悟,原来这个骨子里已经受了致命伤的人,正是以一种隐讳和模棱的方式,在预言上帝将要给予亨利王的神秘而缓慢的报复。

"亨利王举起酒杯,兴致勃勃地看了看杯中清纯透明的莱茵葡萄酒,一饮而尽,饮完纵声大笑,以致流出眼泪来。

"'亲爱的托玛斯,你使我觉得……'国王喝得太猛,酒劲一下子冲上了他的脑袋,舌头已经不听使唤,'……觉得你越来越高尚啦!……对我的忠心——我不知道自己在讲什么来着。可不是嘛,要能给你这山羊脖子上挂个弥撒的小铃铛,以魔鬼的名义把你一下子……一下子放到坎特伯雷的宝座上去,那才叫有趣儿哩!……你就给我坐在那儿,专门跟教皇捣鬼作对!……'

"听到这儿,首相一反常态地迅速跳起来。

"'这棵橡树下边不能久待,'他说,'古时候可能是个兴妖作法的场所!——待在这树荫里脑子就乱了。'

"至此谈话便停了下来。

"国王在酒后所说的那些话,如果是指首相近来常常沉思默想,产生出一些古怪的念头,倒也并非完全不对。我自己也知道类似的情况。为了侍候国王,我经常几个小时几个小时地待在前厅里,首相有时也一边沉思,一边在厅中踱来踱去。在一个阴暗的屋角上,挂着一具很大的木十字架,整个看上去制作得十分粗糙,只是耶稣的头部倒是刻得相当动人的。国王很珍爱这具十字架,因为他的先祖征服者威廉在赫斯廷斯战役之前,曾虔诚地在它面前祷告,后来果真借助它的威力获得了胜利。从前,首相总是避免让自己那两只被娇惯了的眼睛落在这十字架上,因为他讨厌淋漓的鲜血和丑恶的形象。可是近来,我常常惊讶地发现,他竟和那具发黑的十字架说起话来。我听得清清楚楚,他是操着阿拉伯语,在对它轻声陈述着什么。——我很高兴,他终于皈依了仁慈的救世主,尽管与此同时,我心中也产生了一种几乎是不祥的感觉，因为，我多多少少也听懂了他讲的话。这些话，神父，我可不乐意重复，重复出来即使不危害您的灵魂，也会损伤您虔诚的感情。我不清楚，托玛斯首相究竟在多大程度上抛掉了自己的摩尔人本性；虽然他也像我们一样，把那个钉死在十字架上的人唤作神圣的主。我把已经忘记的阿拉伯语慢慢从记忆中搜寻出来，因此除去听见他唉声叹气外，还听懂了一些不连贯的片言只语，它们有的令我感动，有的令我骇异。他对着默默无声的钉死在十字架上的耶稣讲得那么亲切、那么悲痛，仿佛在向一个同病相怜的人述说自己的不幸似的，这又使我感到是对耶稣的亵渎。

"有一天，首相又来到十字架前。其实我正坐在厅中一角的一张矮凳上，见他来便故意蜷缩起身子，不出一点声音，所以没被他发现。

"'你也受到了残酷的折磨，'他几乎是有气无声地说，'给人这么钉在了十字架上！……为了什么呢？为了什么呢！……为了承担世人的罪孽，书上写着，……可你犯了什么罪呢，……你这高洁的心灵？……你带来了和平，热爱世人……可是你瞧，这地球上仍然是乌烟瘴气，弥漫着血腥味，到处都是恐怖与丑恶……无辜者与罪人一样遭到杀戮，跟你诞生前一样！……

"'他们毒打你，往你脸上吐唾沫，又用酷刑对你进行摧残……可是你却勇敢地坚持着爱人类，在十字架上还为杀害你的凶手祈求宽恕……驱赶走咬噬着我心肝的怨恨之鹰吧！……让我步你的后尘，我这凡人中的最不幸者，最高尚者……你瞧，我是属于你的，我不能离开你，对于被嘲弄、被摧残的人类来说，你

才是忍辱负重的国王……'

"首相和十字架窃窃私语了一会儿,然后才慢慢转过身来,发现了坐在角落上的我。我装着毫不奇怪的样子,准备好他一旦追问我是否偷听了他的话,便大胆地用谎言诳他。

"可他却不慌不忙地走过来,面带着难以察觉的微笑。

"'雅弗的儿子①,'他招呼我道,'你曾生活在闪的子孙之中,知道他们不相信上帝曾让人把自己唯一的儿子钉上十字架的传说——对于他们,你将如何进行劝化呢?'

"我抬起眼来正视着首相的脸,毫不迟疑地回答说:

"'我的救世主吻了叛徒犹大,宽恕了那些折磨他的人;这种事一个普通人可办不到,因为那违反人的自然本性。'

"托玛斯首相轻轻地摇了摇头。'你说得有道理,'他道,'这的确是困难得几乎不可能办到。'

"不过,尽管首相说的话不符合基督精神,他的行动却越来越像个基督徒了。在那些日子里,托玛斯首相似乎已经厌倦了自己的荣华,试图要过一些节俭的生活。他自己虽然是一个失去了安宁的、内心受着煎熬的人,却努力在自己的权力范围内,医治着痛苦创伤,带给他人以宁静和平。当然,他在这样做时是诚惶诚恐、机警小心的,以避免遭到国王和诺曼人的讥讽,或者引起他们的疑心。

---

① 雅弗和闪都是《圣经·创世记》中的人类始祖诺亚的儿子,雅弗的子孙指基督徒,闪的子孙指伊斯兰教徒。

"他没费多大劲就使国王明白,不过度地压迫撒克逊人和不把他们逼到绝望的境地,是聪明的;表现出比那些任意虐待自己撒克逊奴仆的诺曼贵族更加宽厚,做一个仁慈的统治者,是有利的。因此,他能借助国王的法令减轻撒克逊民众所受的压迫,做得既谨慎又隐蔽,所以也未刺激诺曼贵族,使他们站出来反对。他这些措施您可以理解为,把驮马背上的货物调整了一下摆法而未减少件数,同时松了绑带,使它不致陷进肉里太深。

"而且就连对诺曼人,他也更加殷勤,更加慷慨。他不断地给予他们恩典和赏赐,公平而聪明地调解他们互相之间的争执。要是有两位大人物反目成仇,他总站出来充当和事佬。

"'我算什么人?凭什么介入大人物们的纷争?'他在当和事佬时常常说,'我不过是自己主上的奴仆,想要保护他的王位的支柱罢了。'他这样一说,两位冤家的虚荣心都得到了满足,往往也就和好了。

"不听劝告的福康布里奇男爵活该倒霉!这觊觎首相所受到的两位国王——亨利王和法国国王——对他的恩宠,想方设法要算计他,公开挑衅,暗中诽谤,竟致模仿首相笔迹,伪造致法国国王的信件来诬陷托玛斯首相图谋叛国;而实际上呢,他自己才真的勾结法兰西宫廷,与它一起策划着危险的阴谋。

"然而,托玛斯首相看穿了他。他在不惊扰国王的情况之下,把这位男爵邀请到自己的府上——请柬是我亲自送的——,然后以确凿可靠的证据,轻言细语地向他说明了事实真相。本来,他可以一举除掉这位男爵;可是他并不这样做,而是未对他进行任何报复就放走了他。结果,这个人反以为他是个谨小慎微的懦夫,没有决断能力的胆小鬼,因此行动更加肆无忌惮,直至公开背叛国王,被人送上了断头台。

"就这样,这位祖上同征服者威廉一起来到英格兰的诺曼贵族,便由于托玛斯首相的容忍与仁慈而失掉了自己的爵位和脑袋。

"首相后来告诉国王,他一开始便发现了这位叛逆的男爵的冒险行径,始终注意着他。国王问首相,他为什么没及早地揭发这个叛徒呢?对此问题,首相的回答是:

"'啊,陛下,何必哟?……任何人的行为都受着冥冥中的胳膊的支配。一切全有瓜熟蒂落之时;时候一到,谁也逃不掉的。'"

第八章

"一天,国王和首相坐在一起商议国事。地点是在诺曼底的一座行宫里。国王一边让我给他斟他喜欢的那种劲头不大的香槟酒,一边听着首相陈述刚从英格兰本土送来的信函的内容。其中有一封盖着坎特伯雷主教府大印的信,被首相压到了最后。等其他信全看完了,他才慢条斯理地在国王面前展开这封信,不慌不忙地说:

"'在上个礼拜头上,坎特伯雷大主教死了,陛下。'

"对此,亨利王并未表现出多么惊讶。他一句话不讲,却一直以得意的目光盯着首相。

"'他倒是病了很久啦,'托玛斯首相继续说,'可这么快就完蛋我却没想到。啊，陛下，现在对您和对我们的国家都是一个机会。时机已到，您可以割去和医治大英帝国躯体上的赘疣，取消教士们的司法权了。我的陛下只需大胆行事，选派一个合适的人到这危险的职位上去，您的宏图大略就几近于实现啦。'

"国王狡黠地眨巴着眼睛，也许是如一贯那样在为自己首相的智慧洋洋得意，也许这次更希望以自己的智慧胜他一筹，让他感到意外。

"托玛斯首相发现了国王脸上的狡黠神情，静静地把它揣摸了一会儿。

"'还有几个月前在罗马新登上宝座的那位教皇，对于我们再理想不过了。他有一个癖好，使我们容易接近他。他像个学者似的热心搜集和研究着古钱，而且在有一点上表现得很特别：那些铸着古代罗马皇帝头像的金币，他每种有这么保存得完整的几枚就心满意足了；而对铸着您的头像的金币，啊，陛下，他却成千上万地搜集着，简直永远也没个够。因为，它们上面铸着教会的一位忠实的儿子的形象，您的高贵的形象，使他格外喜欢。'

"首相就跟他平时讲笑话那样一本正经、愁眉苦脸地把教皇挖苦了一通，笑得亨利王浑身直哆嗦。

"'可陛下您究竟准备安排谁去坐大主教的宝座呢？'他继续说，'是安排那位主教，还是这位院长？'——他们的名字我记不清了，然而即使是这种细节，我也绝不对您撒谎——'他们两人都适合于实现陛下的意图，不过院长也许更好一些，因为他更臭名昭著。'

"'所以更容易驾驭,对吧?'国王猜测着首相的想法。

"'那位主教也不难驾驭。'托玛斯首相回答,'院长的优点表现在另一方面。让我就借此机会,具体分析一下您的政策所面临的危险吧。我这样做,只是以自己的言语表达陛下您的智慧罢了。您知道,陛下,您那高贵而光荣的祖先征服者威廉,他是怎样和为什么不只把审判教士的权力,而且也把裁决教士与平民之间纠纷的权力,赋予了英格兰的主教们的。这样做削弱了国家的力量,使国家遭到了损害;可在当初却是有益的,因为头一批主教都是征服者威廉的附庸。如今情况却变得令人不能容忍了,您的所有诺曼贵族都得拜倒在教皇的权杖下;而任何一个敢于反对您的权威的人,都可以剃掉自己脑顶上的头发变成一名教士,从而逃避您的法律惩罚。'

"我的主子听得把他靠在宝座上的手握成了拳头,对教士们的蔑视王法非常愤恨。

"'以您的圣明不会不了解,'托玛斯首相继续说,'教会所僭越的那些权力为什么如此难于削弱,或者甚至取消。就因为,这教会是个既有肉体又有灵魂的生命力坚强的怪物:无数的修士和教父,数以千计的教堂和修道院,一整套习俗、誓约以及建立在传说和作为基础上的教规,这些便构成教会的躯体;至于它的灵魂,则为德行、谦逊、慈悲、贞洁,'——国王下意识地摆了摆手,眨了眨眼睛——'总之,被人钉上十字架的那一位所教导的一切。'

"您一定得知道,布克哈特神父,首相从来不对救世主使用尊称，总是只叫他'那一位'。依我看，说出救世主的神圣的名字，会使这异教徒心里觉得不是滋味。

"'可老百姓，啊，陛下，却是表里不分的。您要与一位德行高尚，因而能够对英格兰的教民行使权威的大主教打交道，那您就休想削弱他一丁点儿特权。所以，您应该选一个众所周知的罪人，一个公认的伤风败俗的坏蛋，比如我们那位修道院院长，让他……'"

制弩匠正滔滔不绝地转述着首相的话，布克哈特修士却朝他探过身去，拽拽他的衣袖打断他。

"制弩匠，"他表示不满地说，"我一向认为你是个诚实的人；可是你叫我很难相信，如今已占上风的教会的一名圣者，生前竟会对主在尘世上的代表发表如此无礼的言论，并且给你的国王出如此邪恶的主意，即使在他归化之前。我对你讲过，我对这位新圣者没有好感；但尽管如此，你终归还是言过其实。无非是你自己添油加醋罢了。"

"神父，"英国人汉斯苦笑了笑说，"也有可能，首相当时并没正好用这些词；但是请您相信我，作为一位政治家，表示这样的看法却不是一次，而是上百次。他经常和我的国王一起商议这个问题。至于说还加进了某些我自己的话，也不是不可能的。因为，一谈到教士们的德行，很遗憾，我们大家会同样骂不绝口——自然，贵修道院，特别是您本人，当然是一个例外。

"就算我刚才讲的有些不可靠吧，那么从现在起，一切都将如福音书一般千真万确，无可争议了。因为现在我要讲的事，都是深深地铭刻在我这头发灰白的脑子里的，就像那些刻在里程碑上的罗马文，里程碑虽然倒了，碎了，上面的字母却仍然清清楚楚，难以磨灭。凭着上帝的恩典起誓，我将说真话，绝不撒谎。我讲到哪儿了，神父，当您打断我的时候？"

"讲到你那罪大恶极的修道院院长。"老修士余怒未消地叨咕了一句。

"请您别怀疑，首相推荐的正是他！"汉斯兴致勃勃地往下讲。

"'陛下，'托玛斯首相说，'这个畜生般的人当上了主教，不可能像保卫神权似的维护他的权利。您可以从他手中夺取它们——然后再赶走他！

"说这话时，首相那薄薄的嘴唇露出了鄙夷的神情，然后补充道：'再说，这个肮脏的家伙自己也会毁了自己。因为，陛下，他才不会像您的其他主教那样，仅仅满足于偷偷养一些情妇，而且还会扑向那些无辜的羔羊，把她们毁掉。'

"我认为，首相指的只是那个举国上下无人不知的坏蛋，可我却不能不立刻想到格蕾丝，而且国王也不安地动了一下。然而他很快就克制住羞惭，抛开了怀疑。他了解，托玛斯首相一向是耻于用影射的办法来掩饰自己内心情感的。

"怀着一个将给人以厚赠的慷慨大度者的爽朗心情，国王眉飞色舞地说：

"'你想到哪儿去了，托玛斯？在坎特伯雷大主教的宝座上曾坐过两位圣人和学者,一位是已故的拉弗朗①,他战胜了否认面包和酒能变成基督的肉体和血液的贝伦加尔;另一位是圣安塞尔姆②,他成功地证明了上帝的存在。像这样的宝座,我怎么能让一头猪去坐?这绝对不合我的意愿!'在讲这几句话的时候,我那主子表现出对自己知识的渊博颇为得意的神气。

"托玛斯首相却一脸狐疑和不满,仿佛生怕亨利王一时心血来潮,把他经过深思熟虑的计划一笔勾销。

"国王端起酒杯,高兴地一饮而尽。'我要给那些教士立一位大主教,叫他们大吃一惊。'国王宣称,'他将是一位品德高尚、没有污点的人,一位头脑敏锐的哲学家,而且对我无比忠诚,是教皇的天生的对头。'

"托玛斯首相却不以为然地笑了笑,说:'呵,陛下,我即使把您的教士挨个儿地考虑一遍,也找不到您要选择的这个人啊。'

"'猜不出来么?'国王催促道,'那我来帮助你吧!告诉你,将要登上大主教宝座的确实不是别人,就是你自己!'

"首相依然冷静异常;只是他脸上的血色渐渐退下去了,显得更加苍白。他把身子靠在椅背上,然后把黑色的眼睛转过来望着我,不去看亨利王。他伸出垂着的右手的两根指头,慢慢撩起他的紫袍下摆,露出他那双讲究的靴子往后卷的靴头。

"'制弩匠,'他鄙夷地扫视了他那闪烁着宝石光芒的袍子一

---

① 拉弗朗(约1005—1089年),坎特伯雷大主教。
② 安塞尔姆(1033—1109年),拉弗朗的弟子和继承人。

眼,冲我打趣地说,'你好生瞧瞧这位圣人!……这位施洗约翰,他将鄙弃这些人们在王宫中穿惯的轻软的袍裘——你好生打量打量这位善良的牧人,他将把迷途的羔羊扛在肩上送回家去,甚至为了羊群而牺牲自己的生命。'

"国王乐得哈哈大笑,我心头却觉得不是滋味。

"接着,首相把面孔冷冷地转向国王,说道:'陛下,您这个选择不是当真的。无论在您的教士们眼中,还是在您的诺曼贵族和撒克逊贫民眼中,它都不可能。——英格兰的教士们把我看作一个圆滑的廷臣;难道仅仅因为我年轻时偶然或者出于利害考虑受过洗礼,就能要求他们像服从父亲一般地服从我吗?对于您的诺曼贵族我是一个撒克逊人,对于您的撒克逊人我却是一个他们所谓的叛徒,又怎么能让我去关照他们的灵魂呢?陛下,您的首相反对您这个糟糕的选择。'

"'不,这是我最妙的选择。'亨利王顽固地说,'你一登上坎特伯雷大主教的宝座,圣彼得[①]的皇位就会嘎嘎响;你一戴上大主教的法冠,教皇头上的皇冠便摇摇欲坠!只这一步棋,他就输啦!'

"'我不知道,陛下,'首相又板起面孔讥讽说,'我不知道您是否听说过一个人在换上法衣后会突然发生的那些变化。把那两位如今跻身圣者的行列的人掌握过的权杖接过来,这可不是一件小事。圣拉弗朗发现了麦穗和葡萄架上的果实原来就是上帝的肉

---

① 指梵蒂冈圣彼得教堂中的教皇宝座。

和血,圣安塞尔姆证明了不可能证明的存在。我要奇迹般地真正当上了大主教又怎样呢?说不定会让您大感意外和伤透脑筋哩!'

"'住嘴,托玛斯!'国王竖起食指来威胁道,'我不能容忍谁对神圣的事物开玩笑!尽管我早就看穿了你,知道你接受了阿拉伯哲学——你立身行事遵循着一种神秘的学说,绝非一个谦卑的基督徒;可我却宁愿生为基督徒,死为基督徒!'

"'您不能相信,陛下,'托玛斯首相指了指自己的胸部,感伤地说,'这株快枯死的老树可没承受到一滴天露哩——也许您是对的!不过,一个人即使不信基督,也会厌倦这个世界。在您的羽翼下,我治理了这个王国许多年,可用的都是什么手段啊?用的是暴力、收买、背信弃义……以及其他种种我说不出口的更坏的手段。人间的王国都是这样管理的,但我对此已经厌倦了。英格兰对于我又算什么呢?我并非诺曼人,连撒克逊人也不是!在我血管中流着异教徒的血液。——您,宽厚仁慈的君王赏给了我那么多财富,可我集攒起它们来又为了谁呢?为了蠹虫和白蚁!'

"听到这儿我立刻看出,托玛斯首相想到了格蕾丝的死;而国王呢,也受了感动,一滴眼泪从他的脸颊滚落下来,说明他的心肠有多么地软。

"'Sunt lacrimcae returm.①'首相自顾自地念叨着。

"'这是谁的诗句,制弩匠?你可是当过修士的啊!'他重又转过脸来问我,似乎想借此再戴上他那一度掉下了的无动于衷的

---

① 拉丁语:这是造物的眼泪。

面具。

"'是罗马诗人维吉尔的诗句,'我大大咧咧地回答道,'它的意思是说,对人这种东西不能压得太狠了,因为他们的身体里充满了眼泪。'我这么讲,不过是想帮我的主子解解围罢了。

"'求您解下我身上背的旧轭,但别再套上新的,'首相恳求说,'不然,我就会变成一个模棱两可、不阴不阳的人。'

"另找一位首相?不可能。没人能取代托玛斯首相。他的话不可能是当真的。我不能设想,亨利王会这样考虑,因为他突然嚷道:'你这个爱虚荣的人呵!——你知道自己是不可取代的,便摆起架子来了,可真是老奸巨猾哩。听着,托玛斯,我不喜欢这一套。让我当个高高兴兴的赠予者,你也当个高高兴兴的受赠者!'

"'那就叫我继续做您的首相吧,因为我相信,咱们俩的星辰和出生时刻是紧紧联系的,'托玛斯首相回答,'可千万别强迫我当您的大主教啊!'

"'当吧,大胆当吧!'亨利王为首相的让步所鼓舞,连声喊道。

"'得啦,陛下!'首相同时喊道——他眼中露出一种垂死者的目光;这目光,神父,我一辈子绝不会忘记。他还举起手来抚住自己的额头,好像有一个创伤在那儿剧烈地疼痛,他的声音更轻得近乎耳语:

"'我将被引向何方?无尽的怀疑!无尽的劳累与顺从!可怕的死亡!'

"接着,他又提高了嗓门,以近乎威胁的口气向国王道:'您对我真放心么,陛下?'

"'胜于对我自己。'亨利王要他相信。国王的耳朵不好,没听见他悄声说的几句话。'咱们猜谜猜得够了!——我需要你,托玛斯!别再讲什么"英格兰跟我有什么关系?",我的恩宠早已使你不再是低贱的撒克逊人。我为你做的事,已比为任何一个诺曼人做的都多得多。'

"这当儿首相脸上掠过了一丝讥讽的冷笑;可亨利王全然不曾注意,而是不耐烦地嚷着:'别争来争去啦!我想提升你多高就提升多高。而你呢,唯有服从!'

"这时,托玛斯首相低下了他那苍白的头颅,说道:'谨遵上谕!'"

第九章

"这样,首相便遵照他的主子的旨意,以国王全权代表的资格,返回英格兰去了。在那儿,他用他那灵巧的手指,像捏弄听话的黏土似的捏弄一班参加选举大主教的主教,直到他们在他这位大师的手中脱胎换骨,成为众口同声地拥戴他的傀儡。万事如意,托玛斯终于被加封为坎特伯雷大主教。他那位诺曼族同僚文策斯特主教尽管一脸尴尬,却也郑重其事地抚着他的头向他表示祝福。

"一天,一个令人难以置信的消息突然传到诺曼底。人家向我的主子报告,说他的首相一下子把世俗生活的所有奢侈排场彻底抛弃了。为庆贺他晋封大主教照例要举行宴会;可他一反旧有的惯例和习俗，既不邀请他的同僚主教，也不邀请其他高级教士和诺曼贵族中的头面人物，而是到大街小巷去搜罗来一群群贫苦卑贱的人，以至于乞丐和残废者，让他们塞满那些宽敞的大厅，尽情享用主教大人预备的佳肴美馔。国王认为这样的惊人事件纯属虚构，或者至少是被他那位宠信的觊觎者和敌人们夸大了的。他甚至还拿那些让这个闻所未闻的消息弄得垂头丧气的诺曼族廷臣寻开心。

"'各位大人，'他奚落他们说，'对我的首相大可不必操心，各个阶级的人该如何行事、如何穿戴他都了如指掌。在任何事情上他都表现了高雅的趣味！他曾以完美的举止风度，超过了你们所有的人，做过你们大家的榜样，如今，他又给自己新的同僚，那些主教大人们，建立一个真正过使徒式生活的最高典范。真是难能可贵啊，这位举世无双的人！'

"接着，新来的消息一个个不但证实了最初的消息，且更有甚者：大主教一行完晋封礼便脱下华丽的主教袍，换上一身苦修士的粗布衣，拖着他那吃长斋者似的瘦骨嶙峋的身子，到坎特伯雷的街道上去巡行起来，走到哪儿身后都跟着一大群撒克逊乞丐——那些曾应邀到他府中赴宴的贵客。至此，亨利王才着了慌，再没了说笑话的兴致。不过，他很快又猜想，这只是那个绝顶聪明的人戴上了一个圣者的假面具罢了，以便在即将开始的有关英格兰教会裁判权的谈判中，获得一张对付教皇的王牌。

"尽管如此，国王还是决定亲自去看一看真相，便提前渡海回到了英格兰。

"还在多佛到伦敦的途中,便不断有诺曼贵族来谒见国王,恳求他对新任的大主教进行惩处,据说他,即国王的前首相,竟拒不把逃亡的撒克逊奴仆归还给他们,于是乎——诺曼贵族们抱怨道——这些奴才便成群结伙地逃往修道院,要求剃头当修士。听到这些情况,亨利王也不高兴地摇起头来。

"在回到温莎宫的第二天一早,所有的贵族都聚集在宫里的大厅中,等着谒见远征归来的国王陛下。陛下还在酣睡,我守卫在国王进大厅去要经过的门口,因此能看见那济济一堂的高官显贵。

"所有在场的大人物谈论着的都是同一个话题,即托玛斯首相突然发生的无从解释的变化。大伙儿紧张地等着他的到来。他们知道,他也要来欢迎陛下,因此都像在王宫里应遵守的那样压低了嗓门,热烈地谈论着他这个人。唯有满脑袋白发的罗洛大人无所顾忌,他身材高出众人一头,嗓门也粗得跟打雷似的。

"他站在大厅右侧,被一大群上了年纪的贵族包围着,在一群人中数他最瘦,最硬朗。他旁若无人地咒骂着所有教会中人,尤其是那位新任大主教。

"'我压根儿不曾相信过他是个忠诚可靠的男子汉,'这位兵器总监骂道,'一个白面皮的懦夫!这个虚伪胆小的下贱坯把自己瘦弱的身子藏到了法衣里,因为他觉得那样比在国王麾下更安全。啥时候他身上也挎一把剑,我一定与这个伪君子拼个死活:各位会看见,这个阴谋家将给咱们弄出大灾难来的。'

"所有贵族同声附和。

"在大厅另一端，是一帮年轻些的贵族在嘻嘻哈哈，说笑起哄，原来，威廉·特雷西大人正在让大伙儿看他的速写簿。

"您必须知道，这位贵族是个熟练的画家，他用手中的笔嘲弄起人来，比谁都更厉害。稍加丑化，他就能把一张人脸变成张兽脸，或者一件死东西，然后拿给全世界的人去取笑。有一回，我也成了他那支笔攻击的对象，被他画成了一条生着罗圈腿的猎犬，大嘴里正叼着只山鹬向国王跑去。尽管我一肚子不高兴，却头一个笑出来，因为这是上策。换了别的脾气更暴躁和出身更高贵的人，被威廉老爷这么画在他那时时挂在腰间的本子上，准会火冒三丈。幸好，他的剑也和他的笔一样锋利，否则，这么胡画乱画，是会要他老命的。

"这当儿，他正给年轻的骑士们看一幅新作。出于好奇，我也挤了过去，站在正拿着画簿的被人称作美男子里纳尔德的年轻骑士身边。只见他笑得前仰后合，连画簿也掉到了地上。我弯腰拾起画簿，在上面看见了一棵很稀罕的植物。它像一棵麦子。叶片耷拉着如教士袍的袍袖，弯曲的叶茎变成了细细的脖子，脖子上作麦穗状的，是一张我十分熟悉的流露着痛苦的脸。活画出了一个苦修者的虚伪形象，与大主教本人毕肖极了。

"于是，一个为大伙儿所惧怕的人转眼间变成了被嘲笑的对象。

"画簿正这么在大厅里传阅着，远远地便送来一种奇怪的声音。这声音慢慢向王宫移动过来，越来越响，越来越响，既含着愤怒，也含着哀怨，是成千上万条带着真情的嗓子在合唱一首虔诚而纯朴的圣歌。

"'大主教带着他那些叫花子来啦！'大厅里顿时议论纷纷，贵族们急忙都挤向窗口。我也找到一个看得见外面的位置，发现罗洛大人正站在城墙上，伸出他戴着护甲的右臂正在发号施令。

"'把吊桥拉起来！拉起来！关上大门！'他冲守卫在院子里的诺曼武士吼叫着。可是，那支和平的大军，修士、乞丐、儿童以及形形色色的下等人，已经像一个大牛群一般势不可挡地涌进来了。武士们再听不见罗洛大人的号令，都身不由己地往后退，要知道，托玛斯大主教正张开双臂，在对他们进行祝福哪！他紧跟在一具高高擎着的十字架后面，率领着他那支穷人的大军。从前，我没有哪次见他进宫来不是衣着华贵、车驾辉煌，眼下，他却身穿粗羊皮苦修袍，一双趿拉着皮草鞋的脚赤裸着，从黑色的羊毛底下露出来的脚趾白晃晃的，就跟象牙雕成一般。

"国王的侍从们满怀敬畏地迎上去，护送他进宫里来。在门槛上他再一次转过身去对着护送他的人，命令他们耐心地等待着他。

"众人都听从他的吩咐，谦卑地席地而坐，把院子里的石凳和大理石台阶全空在那儿。我的目光落在了那个为大主教擎十字架的撒克逊人身上。他站在人群的正中间，手中仍高举着托付给他的那件圣物。一把红色的大胡子把他那土黄色的面孔遮住了一半，可我仍然觉得什么时候见过这个粗汉。不错，是特鲁斯特·格里姆，我的希尔德的未婚夫，伦敦城内那位著名制弩师的徒弟。见他当了修士我很高兴，猜想希尔德尽管失去了清白并奉着父亲的命令，却仍然没有嫁给这个粗鲁的家伙。事实也的确如此，不过我是很久以后才了解确切的。

"这期间托玛斯大主教已登上宫内的台阶，在我从窗前转身回到厅中的当儿，他正好跨进了大厅。在众目睽睽之下，他才不慌不忙地走到大厅中央，然后慢慢抬起头来扫视了一下聚在厅里的人们，威严地举起右手对他们进行祝福。人丛中发出一阵不满的嘀咕声，兵器总监的恶骂则盖过一切：

"'收起你这一套吧，神父。咱们不稀罕你的什么鬼祝福！'

"托玛斯大主教却一声不响地走到敞开的窗前，伸出了他那仁慈的右臂，把他遭到诺曼贵胄们蔑视的祝福施予撒克逊民众。

"这一来从底下院子里便腾起巨大的喧哗声，哭声、欢呼声、叹息声全混杂一起，使人简直无从分辨，要知道，撒克逊人自从失去本族的国君以后，百多年来，这是破天荒头一遭从王宫的一扇窗户里向他们送来问候和祝福哪。

"诺曼贵族们却一个个握紧了拳头，要不就用手抚着剑柄。

"大主教对他们谁也不瞅一眼，便朝他所熟悉的国王的卧室门转过身去；恰好也在这个刹那，一名内侍在里边拉开了门，亨利王精神爽朗地来到了大厅。托玛斯大主教恭恭敬敬地站在他面前，低着头，躬着身，等着国王招呼他。

"亨利王仔仔细细端详了他的首相好一会儿，脸上带着怀疑的神气，那样子——请别见怪——就像一个人打量自己养了多年的一头珍爱的动物，比如一匹好马或一条猎犬，发现它在剪短了尾巴以后模样一下子变得很滑稽了似的。他的表情既流露出惊讶，又带着笑意，只是考虑到自己作为国王的尊严才不曾笑出声来罢了，他和蔼可亲地挥了挥手，示意近臣们首先退下。

"'我非常感谢你们，各位大人和贵族，'他说，'感谢你们来欢迎我，侍奉我，对我表示爱戴。重逢的喜悦和欢乐让我们留到我将举行的宴会上去享受吧。我邀请你们全体都来参加这个宴会，它体现着我对你们的恩宠，以及你们自己出身的高贵，不过，眼下让我和我的首相先商议一些事情。劳驾诸位借此机会到我那些新建的花园中去走走。别忘了欣赏欣赏后院中那个喷水的铁狮子脑袋，这头狰狞的猛兽是那位比利时的大师在我不在时完成的。Aurevoir, seigneurs barons!①'

"听完国王这几句话，厅中的人便一齐退去了，很不情愿地最后一个离开的是兵器总监罗洛大人。

"这下子我的主子再也不能控制自己。

"'真见鬼，托玛斯，你怎么成了这副模样？'他挖苦自己的首相道，'你莫不是只换毛鸟儿吧？身上漂亮的羽毛掉了，脚上的骑士靴蹭脱了弯曲的靴尖——不，我这才看见，压根儿连靴子也没啦！……哎呀呀，哎呀呀！瞧你这位哲学家，什么样子不好变，竟变成这德行！——你总不是一条会蜕皮的蛇吧？——不错，主教是该穿得朴素，可你搞得太过火，你这了不起的人，太过火！……你打算像个沙漠中的苦行者似的饿死自己吗？要这样，我可就不再乐意像过去似的和你一起吃饭，因为清水和草根

---

① 法语：再见，各位爵士！

是我这帝王的肠胃所受不了的！'"

"托玛斯大主教低头听着这些风趣话，脸上毫无表情，听完才抬起眼来望着国王的面孔。到这时候，我的主子才发现，严格的斋戒和残忍的苦修，已使他脸颊消瘦，额头突出，眼窝深陷，一向严肃的目光变得更加异样了。

"我的主子不禁又可怜起他来。'托玛斯，亲爱的，'他又开了口，'揭下你的假面具吧。现在就剩下我和你了，没有外人偷听。我相信，你伪装是为了我，可让上帝诅咒我好啦，如果我知道结果会这样！这样大的变化意味着什么哟？开口呀，你这个谜一般猜不透的人，你这个神秘的人。'

"'您的话，我的国王陛下，使我实感意外，'首相回答，'我现在就是您看见的这样一个人，哪儿来什么伪装！诚如您所了解，我乃是您的仆人。'

"'如此说来是我中了邪吗？'亨利王嚷道，'这不是我的手吗？——我不是国王吗？你不是我的首相吗？——咱俩不是天天坐在一块儿统治着这个国家吗？……不，别开这不合时宜的玩笑！现在不是狂欢节之夜，而是在光天化日之下！你让什么可怕的恶魔给迷住啦？快当着我把你的心里话全抖出来吧……你知道，我对你始终是开诚布公的啊！'

"'我谢谢您，陛下，谢谢您鼓励我把实话告诉您，'大主教回答，'这样我才敢于向您承认，我这一双手是软弱了，无力同时既握主教的权杖，又掌首相的大印。否则，难免顾此失彼，辜负重托。再说，我是个耿耿忠心的奴才，绝不愿害您有一名不称职的首相，或者让教会有一位不够格的主教。因此，我恳求您，陛下，收回您的伟大权威的象征，解除我首相之职吧！多年来，我蒙受着您浩大的恩典，但这次给我的恩典我是不配接受的，今天请您收回去吧！'

"说着，托玛斯首相把手伸进他那过分宽大的袍子的褶襞里，掏出那枚刻有三只金钱豹的国宝来，递到国王面前。

"'绝对不行！'亨利王大声嚷叫着，往后退了一步，'不，首相，咱们不是这么商量的！我连一个小时也少不了你，只有你和你的智慧，能使咱们共同考虑和策划的大事获得成功。别执拗了！你现在是我的首相，将来也是我的首相！否则，我这强有力的手掌，将把你细瘦的指头儿捏得粉碎！'

"'您是不会让我毁掉的，'托玛斯首相继续劝说国王，'因为您太宽宏大量啦！您瞧，我很怕激怒我上面的那一位，可是您自己把我交到他手里的啊。他的嫉妒心比谁都厉害，绝不会容许谁与他平起平坐。'

"这一段难解的话说得国王晕头转向，以致糊里糊涂地就收回了火印。他疑惑不解地蹙起了额头，声音喑哑地问：'我把你转让给谁啦？莫不是罗马的那位教皇吧？'

"大主教摇了摇头。

"在他的前额周围仿佛突然闪耀着灵光。只见他举起细瘦的胳膊来指着苍天，宽大的袍袖完全脱落到了肩上。我的主子大惊失色，内心深处恐怖到了极点，手中捏着的国玺也叮当一声滑落在大理石地上。我连忙赶上去，弯下腰，拾起那把用纯金制成的无价之宝。我把它捧在手里审视着，瞧，已经裂开了，在那珍贵的玉石和英格兰的国徽正中间，出现了一条细细的裂纹！我一声不响地把它放在国王宝座旁边那张以四只龙爪做腿的御案上。

"当我再转过身去看他们两人时，国王已经镇定下来，正强作风趣地说道：'圣乔治保佑我！你把我真好吓了一跳，托玛斯，得啦，得啦，别再装样唬人，故弄玄虚！……像往常一样坐到我旁边来，咱们也该办办正事了。'

"他边说边坐到自己的宝座里，我于是赶紧把另一张矮一点，但同样也精雕细刻、镶金嵌玉的交椅为首相搬过去，他从前与国王共商国事时一直就坐的这张椅子。

"然而，托玛斯大主教仍站在原地一步不肯往近前靠。

"'高贵的陛下，请您给我以时间，并拿出耐心来。'他说，'我花了半辈子光阴，为了研究您的王国的情况和法律——您让我为之服务的神圣教会，我对它长期是陌生的，岂止陌生，甚至是敌对的，叫我怎么可能在一夜之间就弄清它的情况呢？所以，请您拿出耐心来。'

"'别胡扯了，托玛斯，说正经的！'国王催促说，'你想必明白，我为什么让你当了大主教！让咱们一同努力，取缔和废除那个宗教裁判权吧。'

"'您将发现我也乐意这样做，'大主教沉思着，答道，'因为在我眼里，这些长期争论来争论去的权力，只是些可以改变的形式，只是瓦罐子，中用或不中用全看它是把永恒正义的美酒保存得很纯净，还是毒化了它。这个问题，我得问问那位主宰，看他

意下如何。'

"'你想问谁哟，托玛斯？'国王忍不住笑起来，'问那三位一体的神么？'

"'问福音书，'托玛斯大主教悄声说，'问那位据说没干过任何不公正的事的救世主。'

"'这哪儿像个大主教说的话！'亨利王义愤填膺地喝道，'这话只有十恶不赦的邪教徒才讲得出来！神圣的福音只能供在灿烂辉煌的祭坛上，而跟这些尘世的事物和现实生活中的纠葛毫不相干。瞧着我的眼睛，托玛斯！你要么是存心与我为敌，要么是让那愚蠢的斋戒搞得神志不清了。一句话，给我把那宗教裁判权取消掉，托玛斯！为了这个，仅仅为了这个，我才扶你登上了坎特伯雷大主教的宝座——我可不愿因对我那些教士的罪行听之任之，而招致上帝对我以及我的家族的愤怒惩罚啊。最近，就有个撒克逊教士在布道时诽谤我的祖先的业绩和荣名，征服者威廉的业绩和荣名，犯上作乱，另外还有一个诺曼教士，糟蹋了一个洁白无辜的少女。'

"'陛下，'大主教回答，他那凹陷的脸颊一下变得火一样红了，'您放心，我将狠狠惩罚我那些犯罪的教士，其严厉无情将没有任何世俗法庭可比！……卑鄙无耻……卑鄙无耻到了极点……'说到这儿他停了停，然后压低了嗓门，以另一种语气说道：'至于犯上作乱，反对您的祖先和您这位信奉基督的国王……我看这是上帝的意志。——还有那些逃到我修道院中的撒克逊人，上帝会不会指示我把他们交还给您那些爵爷，他们的压

迫者呢？我自己问自己。我怀疑，上帝会这样做！'

"此刻，亨利王终于认识到，大主教不愿把教会的裁判权交还给他，而且在对他进行作弄。

"'我受骗啦！'他大喝一声，从宝座上跳了起来。

"就在这当儿，在院子里候着的撒克逊人也许是为了减轻自己为大主教的担忧，又唱起了一首新的圣歌。他们唱的是充满胜利信心的 *Vexilla Dei prodeunt*。①

"本来就气呼呼的国王一下子奔到窗前，恶狠狠地瞪了瞪下面的人群，大声吼道：

"'托玛斯，快命令你带来的那伙暴民住嘴！我讨厌听他们这饿鬼似的号叫！'

"托玛斯大主教一动不动。'难道一位主教能禁止穷苦人跟在十字架后面吗？'他样子谦卑地问。

"这一来国王更勃然大怒。'你这个叛贼，你这个奸细！你竟煽动撒克逊人反对我！'他狂叫着冲到大主教跟前，蓝色的巨眼从眼窝里突出来，手在空中神经质地挥动，仿佛巴不得把这个安安静静站在他面前的人掐死。

"就在这当口，一扇厅门开了。

"艾琳娜夫人奔了进来，像个泪人儿似的一头扑倒在大主教脚下。

"'我是个罪大恶极的女人！'她抽抽噎噎地说，'我连吻去

---

① 拉丁语圣歌名：《主的旗帜在前面飘扬》。

您鞋上的尘土都不配，神圣的主教大人！'

"托玛斯大主教对她弯下腰去，轻言细语地抚慰着她。

"面对此情此景，我的主子又冷静了下来。他把自己跪在大主教脚下的妻子打量了好一会儿，然后耸耸肩，发出一声狂笑，转身离开了大厅。"

第十章

"那天发生的事像支毒箭似的射中了亨利王的心。初看伤口只有那么一点点，过一阵似乎已有痊愈的希望。实际上却在里边继续化脓，痛得越来越厉害，临了整个肌体都让这唯一的一点点创伤给败坏了，亨利王的生活从此失去了安泰。

"虽然毁灭并不曾一下子降到国王头上，他坚强乐观的天性仍在进行着抗拒。在国事繁忙和充满斗争风险的生活中，他倒也咬紧牙关，把自己的痛苦忍住了，淡忘了。可是在夜间，他往往刚睡着就被噩梦惊起，跳下床来在卧室中不停地走来走去，嘴里还呵斥着他那个忘恩负义的宠臣——正是这个人的幻象来惊扰了他，使他卧不安枕——一会儿辱骂，一会儿威胁，一会儿又甜言蜜语。凡是从《圣经》和世俗故事中他所想得起的一切忘恩负义而遭恶报的例子，他都举出来讲给他听，并且告诉他，他的背叛行径比谁都更加恶劣。我的国王的痛苦实在无法言表。托玛斯大主教不管在不在跟前，都同样折磨着他。

"大主教像个无声的受难者似的来到他面前，他会为他那可怜相感到气恼；大主教离他远远地安安静静待在自己府内，他会更加恼火，抱怨说他这个从前的心腹和智囊比谁都更了解他，现在躲着他一定是心怀鬼胎，正在用自己超人的智谋作为反对他的武器，一定想把他给出卖掉。

"不过，尽管如此，大主教倒并没少在国王面前说和解的话和表示臣服于他。但一遇这种情况，国王往往又得意忘形，急忙去抓人家有条件地伸出来的手，不顾大主教早已经吓得冷冷地把手缩了回去。他这位前首相简直像条滑溜溜的鳝鱼，国王想逮住他就跟想拥抱一朵白云似的不容易。

"即使大主教真有心在那个有争议的问题上让一让步，他也是办不到的。要么在前往温莎的路上，他与一个厌弃尘世的苦修者不期而遇，这人偏偏就在那天从自己隐居的洞窟中爬出来，以便告诫怀有二心的大主教，绝不能把上帝和他的孩子们即穷人的权利，出卖给尘世上的君王。要不，就在他走到离王宫还有几步远的时候，大门口却突然跳出一个疯修士来，手举十字架挡住他的去路，嘴里一边狂热地念叨着，一边硬把软弱的他赶回坎特伯雷主教府。

"您想知道事情的真相吗？

"据我看，一种既维护英格兰国王的权威，又照顾仁慈教会的利益的折中解决办法，并非不存在，以首相的聪明完全可以想出它来。国王到底还不是普通人，托玛斯也并非狂热的教会中人！只可惜，两位大人物已经心存隔膜，每当他们想要为彼此靠拢而跨出最后一步的时候，他们那已逝去的友爱的幽灵就会站在他们中间,变成一种隐隐约约的敌意。

"此外还不应忘记,艾琳娜夫人这时已一改旧恶,成了一位寸步不离我主子身边的品行端正的妻子。自从皈依上帝后,她就没日没夜地在丈夫耳边唠叨,劝他切莫轻侮那位圣人。她这样做,反使国王气更大,心更坚。

"再有宫中的男男女女,也趁机挑唆煽动,火上加油。诺曼贵族更不约而同,把仇恨和憎恶统统泄在那位叛逆的教士身上,他竟大大打开修道院的大门,让逃亡的农奴藏身。因此每日每时都有人向国王揭发,大主教的影响和势力在撒克逊的贫民中如何越来越大,他如何处处时时地伸出伪善的手,扶危济困,祝福施恩。他正利用一种在民众中暗暗滋生着的心灵的反抗来挖帝国的墙脚,而这种心灵的反抗比公开的肉体的反抗更危险,因为它是武力所压不服的。

"在听信了这种谗言后,国王变得异常暴躁起来,连他最心爱的猎犬都少不了挨他的脚尖,对我也十分粗鲁,特别是当我把大主教的信呈给他的时候,在那些信中,大主教往往出尔反尔,右手刚刚大方地给予的东西,左手又小心翼翼地把它收回去。

"碰上这种情况,国王便诅咒着把那骗人的信捏皱在拳头里,命令吹起猎号,想到野外去消消心中的郁闷。可是,当大伙儿把一头珍贵的牡鹿赶到他跟前,我把弩递到他手中,他看见的却不是这头受惊的野物,而是他那位冤家对头,在一箭射穿牡鹿的心脏的同时,嘴上却唉声长叹:'托玛斯,你这长脖子鬼,你给我当心!'

"终于，国王下定决心，传大主教到贵族法庭受审，并让法庭宣判他为卖国贼，将他永远驱逐出英格兰及其所属国。可是，就在托玛斯大主教不得不像个罪人似的潜逃到海峡对面去的当天，艾琳娜夫人也大哭大喊地跑出温莎宫，抛弃了自己的丈夫。

"打这时起，我的主子的耳朵又日夜不停地倾听着大海对面，想知道托玛斯大主教在那儿有何举动。

"一开始，据说路易七世在海峡彼岸就恭恭敬敬接待着他，祈求他赐给自己祝福，要他相信，他路易七世身为信奉基督的君王，真是一辈子也没轻侮过一位修士，更别说主教。

"这位路易七世就是法国国王，国人都称他为小娃娃，因为他登上王位时还是个嘴上无毛的大孩子。而直到今天，他仍未表现出有敢作敢为的丈夫气概，所以就一直保留了小娃娃这个绰号。还有艾琳娜夫人，当初他娶她作王后，就曾使青春年少、精力旺盛的女人叫苦不迭，说人家让她嫁的是一个圣洁的教士。

"这样一位国王是教会的天生的盟友，他恳求世界基督徒之父，并附带送去许多金元表示诚心，希望教皇能亲自出面过问大主教的问题，整一整亨利王。亨利王乃是他本人和他的家族的世仇，他希望用宗教的武器，比用他世俗的武器更有效地反对他。

"教皇方面却小心翼翼地保持着天平的平衡，总是哪边盘子里金元放得多，往下沉，他就热衷于把他的恩典加到哪边。

"那年月，教皇的这种哲学对我的国王颇不利，原因是在爱尔兰战事不断，他的金子被消耗得很厉害，剩下来让他送给基督徒之父的就不如从前多了。

"话虽如此，教皇还是犹豫不决，并未无保留地出面支持托玛斯大主教。对于大主教这个人，他还是不能真正信赖。在他的脑子里，眼下这个受迫害的主教和当初那位首相，还没有分开。后者他多次领教过，深知其为老奸巨猾的政治家。他觉得很可疑：这个人如今竟不再施展他的本领，运用他的权术，而甘心让人迫害自己，就像位早期基督教的伟大使徒，或者一个现代的狂热的异端鼓吹者。

"据可靠的当事者告诉我，而以我对托玛斯大主教的为人的了解也相信是真的：大主教把自己的事看得很神圣，不曾让任何背叛自己国王的行径玷污他的双手，没有把教皇请出来替他说话，对路易七世也别无要求，仅仅求他给自己一间修道院的静室安顿身体。

"就这样，在被教皇撇下不管的情况下，他艰难地拄着游杖，避开法国国王豪华的宫室，从一处修道院走向另一处修道院，使世人常常不知他的去向。然而，就当他在法兰西渐渐销声匿迹的同时，他的威望和影响在英格兰却与日俱增，对于命运悲惨的广大撒克逊人来说，他无异于一轮高悬在夜空中的明月。或者，您要不反对，也可把他比作马槽中的圣婴，那么卑微却那么美丽，安卧在英格兰的所有茅舍中，珍藏在千千万万人的心坎里。

"我这双眼睛就亲自看见过，由于亨利王审判了大主教，现在那些撒克逊人，特别是他们的妇女们，如何一见陛下经过就赶快躲开，拒绝再对他表示敬畏和屈膝下跪。有一件小事我还记忆犹新。某日，国王在御花园中散步，走着走着便到了通向森林和江边的野外，我按照老习惯，远远地尾随在他身后。突然，从茂密的灌木丛中跳出来个头发金黄的撒克逊小孩，一不留神摔在了他脚边。那天兴致很好的国王弯腰抱起小男孩来亲了亲，把一枚银币塞到他小手里。'捏牢了，孩子！'他说。可谁知就在这一刹那，那位一开始害怕得战战兢兢地躲在大树后的母亲跳了出来，眼里喷着怒火，一把夺过孩子手中的银币，把它扔进远远的丛林中，仿佛那是出卖耶稣所得的该诅咒的三十枚银币之一，生怕沾着它的边。我几步赶上去，想要抓住抱着孩子逃跑了的妇人。亨利王却说：'汉斯，就让她去！'说完便继续散他的步，只是兴致已经被破坏了，边走边叹气，边走边沉思。

"没日没夜，醒着梦里，我的主子都盘算着如何一劳永逸地、合理合法地夺掉托玛斯大人的大主教荣誉。他自己已确信，撒克逊人对他的仇人的崇敬，纯粹是由这种荣誉维系着的。我常常见他用拳头撑着额头，在那儿为着这个问题绞尽脑汁，苦思苦想。有一天早上，国王喜气洋洋地从卧室中走出来——我于是断定，办法找到啦。

"在耶稣升天日，亨利王果然召集起他的贵族们，对他们宣布，他的王国的属地分布得如此之广，必须增加一位首脑对它进行统治才行。他希望让自己的长子和他分享王权，以减少他的负担和忧虑。

"贵族们有的出于好心，有的怀着鬼胎，一致同意了给亨利王子加冕，让他与父亲共同执政。亨利王于是指定约克郡的那位诺曼族主教，为新王头上加了冕，涂了油，接下来便大摆筵席进行庆贺。席间正出现了十分稀罕的事,正如一年前我对贵院中您的同道兄弟们担保和表演的那样,我的主子竟侍候起幼王来,亲手把佳肴美味送到他面前。

"'今天我终于摆脱了一个重负!'他嚷着,高兴得眼泪滴答滴答往下掉。

"您明白这件事的奥妙吗,神父?您可知道我那国王想的是摆脱了什么重负?

"您摇脑袋?那好,我这就来给您解开这个谜。

"须知,坎特伯雷大主教所享有的最重要特权,他那法冠上无与伦比的最亮的一颗宝石,乃是为历代英格兰君主加冕的权力。如今,国王让另一位主教越俎代庖,剥夺了大主教的荣誉,使托玛斯大人遭到了贬辱。这就是我那国王的如意算盘。至于他把亨利王子捧上他身边的王位,也自有一番考虑。因为他以为,他这个爱漂亮的大儿子,会满足在镜子里欣赏自己头上闪闪发光的小金冠,或者让人把它绣在袍子上和马鞍上。

"这个计划不是很巧妙、很精明,不是可与那位如今已弃绝人世的首相从前进献的狡计不相上下么?

"然而,他却弄巧成拙,干下了他所能干的最大蠢事!

"没过几个礼拜,报应就出来了,两个可怕的消息,在同一天送到了温莎宫。

"一个消息说,亨利小王带着生性轻浮的哥特弗里特王子,以参加一次比武为借口,到巴黎去了。事实上,他是去向法国国王领取那些本来就属于诺曼帝国的位于海峡对岸的土地,作为自己的采邑；此举不仅毫无必要，而且大失国体。

"另一个消息说，在圣体降临节那天，久已失踪的托玛斯大主教突然在一座法国城市露了面。在钟声齐鸣中，他一口气吹灭了大教堂主祭坛上燃着的所有蜡烛。对非法僭越坎特伯雷大主教权威的约克郡主教下了破门令。

"老国王——自从他儿子加冕以后，我的主子就获得了这么个讨厌称号——一接到这两个消息，简直给气疯了。他暴跳如雷，当着奴仆们的面解下御带，一头栽倒在卧榻上，一边哼哼唧唧，一边用手撕碎绸被，用牙齿把软垫中的羊毛咬出来，并且用拳头绝望地猛捶自己的胸部。

"'快把我心口上这个可恶的僵尸拉开！'他号叫着，口中流出白沫，'他正在啃我身上的肉！'他指的是托玛斯大主教。"

听了这段故事，布克哈特修士很不开心，因为他是位忠于帝国的保皇派，即便看待其他国家的事情，也总站在同情国君的立场上。他显然很不乐意看见一位伟大而勇敢的君王，竟自我贬低到这样的程度。

他于是对制弩匠汉斯吹毛求疵，以发泄自己的闷气。

"什么什么？两个坏消息同一天送到！……你是在说梦话吧，汉斯？——中间隔得整整有一年，要是我那编年史的记载不撒谎的话！……"

"让您那些空虚的编年史见鬼去！"讲得正在兴头上的制弩匠也火了，"一个人是活着或是已经寿终正寝，那可是实打实的事，"他立刻意识到自己刚才的话太粗鲁，缓和一下语气说道，

"最后一粒沙子漏出来，人的寿数就尽了，就要站到上帝和世人的法庭面前，给自己的一生做个一清二楚的交代。您那编年史和我这记忆力，两者都又对又不对。您用您那些字母把事情记在羊皮纸上，我用我的符号把它们铭刻在心中。

"我说，您还是别打我的岔，神父！我现在急于把故事讲完。要知道，我已看见面前有一颗血淋淋的人头，以及我那位国王的鞭痕斑斑的脊背。"

第十一章

"在我主子大发雷霆，气得发疯，当着自己奴仆的面自行贬辱和出乖露丑的那天傍晚，我一个人垂头丧气地坐在厩舍前的矮垣上，为他感到羞耻和难过。突然，我肩上被谁拍下一下，扭头一瞧，原来是理查王子。他刚来看了看他那些马，这时就一跃骑在矮垣上，亲亲热热地靠在我身边。他对待下人们一向是这样。

"'汉斯，'他开门见山地说，'你亲眼见到了，我父王今天的举动多么没意思，多么有失骑士风度！让这可耻的一天永远见鬼去吧！……真叫人痛心！……真窝囊！真可悲！……'他气得什么似的，两行热泪顺着还带有孩子气的脸颊滚落下来，'幸好，亨利和哥特弗里特这两个叛逆没有看见这场面。否则，他俩会在法国宫廷和所有其他王座前大肆宣扬，把可怜的人描绘成一个既荒唐又无能的废物，连自己的情绪都控制不了，更别提统治一个王国了。长此以往也罢，父王的情况变得更糟糕也罢，唉，反正两位兄长都将轻而易举地从他头上抢走王冠，剥夺我的继承权！可凭着上帝的慧眼起誓，'他坚决表示，'这样的情形绝不能让它继续下去！……'

"'要有耐心，理查殿下，'我打断他的话道，'可别离开一个有病的人啊！您要想稳稳当当地得到继承权，就应该相信上帝的许诺，对于那些克尽孝道的人，他总是保证他们能获得长寿和土地！'

"'不仅仅为了我，这样的状况必须结束。'理查王子说，'我是父王的第三个儿子。坦白地说，我更乐意用自己的拳头去为自己打一个天下，而不稀罕做征服者威廉的王国的继承者！可是……'他蓦地跳到地上，举起胳膊来冲着天说，'我血管里流着诺曼人的鲜血，也绝不能眼睁睁看着诺曼帝国走向毁灭！海峡这边和海峡那边的国土应保持统一，而且它还要主宰全世界！'

"他站在我眼前，如此魁梧英俊，气宇轩昂，我看得简直发了呆。这时他又急不可待地对我往下讲：'汉斯，你说说怎么起的头。怎么会变得这么糟糕？告诉你，自从父王同托玛斯大人，同智慧的化身分手后，情况就开始变了。——别表示反对！——我决心乔装改扮，过海到大主教隐居和祈祷的修道院去。他从前很喜欢我，只要现在他身上还剩下一丝丝本性不让修行给修掉，仍然会喜欢我的。——别打岔！——我要去抱住他的双膝，苦苦地哀求他……想方设法说服他……不使他俩重新走到一起，言归于好，我绝不罢休！……他必须再当父王的首相，因为只有他那样伟大的、举世无双的智慧，才可能澄清目前这乱糟糟的局面！'

"我知道，理查王子一向喜欢乔装改扮，出外冒险。可这次他决心如此干却并非贪图好玩，而是在他那幼稚的心中真正感到难过。

"我还提醒这莽撞的小伙子，和解不成功往往很容易加深敌意，可他仍执意要走。既如此，我只好赶快去为他和我自己取一点简单的衣物，陪着他上了路。要知道，他的眼神中流露出那么多自信，使我这个老于世故的人也跟着盲目乐观起来。

"我没向老国王请假，当时，在我成了他那不光彩表演的目击者以后，他自己想必也希望我在一些日子里不露面。

"我们改扮成两名外出找饭碗的德国穷骑士模样，骑着马穿越法兰西。斗篷尽管打了很多补丁，理查王子披在身上仍显得那么年轻英俊，气宇非凡。我呢，为了不引起人疑心，在客栈中和驿道上都完全操我祖传的阿雷曼尼语，故意说些粗鲁的骂人话，把在宫廷中学的一套习惯暂时抛到脑后。而且，为了少与人接触，我们总是夜里赶路，白天歇息。

"一天，理查王子正在客栈中的一间僻静的屋子里睡觉，我碰见一个可以和魔鬼比赛谁更凶狠的人。这家伙的剑固然锋利，舌头却更锋利。他像个专司挑拨离间的恶煞一样，走到哪儿，哪儿人与人之间的自然关系便被破坏，便出现了不和。后来，狮心理查还注定要和他打交道，但那一天却很幸运，没有看见他。

"我当时正坐在饭厅中吃点心，忽然听见外面大道上响起一阵马蹄声，接着门外又传来了一队骑手抵达时惯有的喧嚷嘈杂。大约有五六位衣着华丽、装备齐全的骑士，一窝蜂拥进店来，要店主又快又好地给他们准备些吃喝的东西。

"这是些手脚颀长的法国南方人,生着火辣辣的眼睛,口齿十分伶俐。我很快从他们的谈话中得知,他们刚参加巴黎城的一次著名的比武盛会归来,他们是匆匆逃出会场的,因为突然爆发了一场恶斗。

"他们吩咐店主给火炉添上柴,然后围坐在火焰熊熊的炉旁,嘻嘻哈哈,有的讲笑话,有的耍嘴皮。只听你一言,我一语,朗朗之声响彻全室。小伙子们有的品评巴黎的女人,说她们的魅力赶不上他们阿尔和塔拉斯空的美人儿。有的却在摩拳擦掌,谈论着那场把比武会搞得不欢而散,使他们大为扫兴的冲突。

"谁挑起了这一场争端,在我不成其为问题。因为他这时正好从座位上跳起来,站在一伙人中间,把七嘴八舌的交谈变成了他一人的独白。这家伙生着一对目光灼人的凶眼,头发长得披到了肩上。

"'不错,咱走到哪里,哪里的地下就会冒出火来,'他高声对他的同伴说,'说老实话,像你们这么忍得住气的人真少见!你们这些普罗文查伦人和揆泰尼亚人,你们这些太阳的子孙,你们骨子里也恨那班北方佬,不是吗?瞧他们穿上盔甲手脚有多笨!说起话来有多么盛气凌人!目光有多贪婪!他们也感到,他们多么嫉妒你们这些得天独厚的南方人!嫉妒你们能流出油和葡萄酒来的丘陵,嫉妒你们的城市自古以来就享有的自由,嫉妒你们与全世界交换着货物和智慧的港口,嫉妒你们的大海和蓝天,嫉妒你们的丰腴的女人,嫉妒你们悦耳动听的语言!你们也感到，他们将把你们赶出阳光明媚的南国，像虫子一样踩死你们！

"'这一天会来的！世界上的各个民族将互相残杀，仇恨将成为人世上最有权威的君王！——你们却不想被打扰，那就快建起安乐窝来吧。你们可以在幻想的王国中去睡大觉，说笑话，你们这些写十四行诗的行家！你们可以去谈情说爱，直到在爱中找到恨！

"'可别指望我也像你们似的自欺欺人。仇恨乃是大地炽热的呼吸，仇恨万岁！瞧瞧我这颗心，它就是贮存美妙的仇恨之火的容器。谁个想要恨，他就到我贝特兰·德·波尔恩①这烈焰熊熊的心田中来朝圣吧！在这座祭坛前，他的头脑会大彻大悟，手立刻去拔宝剑！'

"他边说边指着自己黑色紧身短袄的左胸，那儿果真有一颗用金色和紫色丝线精工绣成的熊熊燃烧的心，作为装饰。

"'要说您衣服上这颗心，我却有另外的想法，贝特兰爵士。'一个小伙子怯生生地奚落他说。小伙子穿着一身很刺眼的紫蓝色衣服，看样子准是他的情人特别喜欢这种颜色。'须知，您也常常用它贮存您对女人们的爱情哩，尽管只是对那种高贵的女人！前不久，您不是还渡海去英格兰，找您那位艾琳娜王后重温旧情么？怎么样，把您在黄昏时分凑在亨利王这位圣德的老婆耳边轻声唱过的战歌，也唱出来大伙儿听听吧！'

---

① 贝特兰·德·波尔恩（约1140—约1215年），普罗文查伦最有名的讽刺作家和战争诗人，曾支持英格兰新王亨利反对狮心理查。

"'这可唱不得,也讲不得!'那疯狂的家伙恶毒地说,'我只悄悄对她说了两句话,对他儿子亨利小王却说了另外两句:种子已经播下,就等着血腥的果实成熟吧!

"'凭着魔鬼的翅膀发誓,我已使一条巨蟒紧紧缠住了亨利王和他的儿子,这条蟒比起缠死特洛伊祭师拉奥孔和他的两个儿子的那两条海蟒来,还更加毒一些!'

"我目不转睛地盯着这个狂人,这当儿,他竟又转过身去朝着我们将要去的那个修道院的方向,伸出双手向他想象中的人致敬。一见这情形我真吓了一跳。

"我知道他想的谁。对这一点,神父,您别奇怪!

"'那儿有一个人正在祈祷。他可是比我还更会恨哪!'狂人嚷叫道,'我向你致敬,我志同道合的朋友!'

"说时,他两眼望着远方,郑重其事地举起一满杯酒来,一饮而尽。

"'你安安静静、不慌不忙地在那儿为人掘着坟墓!你就像你的主耶稣一般地忍耐着,让人家像杀死他一样杀死你,你自以为是在为爱服务,岂知恨却更加强大,而你的死,也和你那主的死一样,意味着世人的灾难!

"'主教大人,让我俩打赌:看咱们谁能把英格兰的亨利老国王推进最深的地狱!即使他已下地狱,我还要上那儿去找到他,把我的膝头跪在他的脖子上,高声唱起凯歌来,唱得地狱震颤,唱得灵魂们化成灰,化成气,化成乌有!'

"他这些亵渎神明的话,把耶稣基督的牺牲说成好像并不是为了爱我们和救我们似的，听起来真是可怕，使我毛骨悚然。而那班已经习惯听这种邪恶的戏谑的普罗文查伦骑士却满不在乎，心思大概更多地用于猜想贝特兰爵爷那位志同道合者是谁去了。

"随后，话题转到了最近使阿尔城的人大为惊恐的一件怪事上。在城里的罗马老市场，有人挖出来一个大理石的少女脑袋，双目失神，嘴上带着死亡的哀痛。细细看去，才发现头上的发辫原来是一条条吐着信子的毒蛇①。阿尔城的人认为这是个不祥之兆，说明一场浩劫就要在他们阳光灿烂的南方发生啦。

"所有这些未来的灾难以及我那国王目前的狼狈处境，都使我心情异常沉重，我禁不住长叹了一声。那些刚才一直不曾留意我的骑士，这下都奇怪地转过头来望着我。我于是站起身来，操着施瓦本土语说了声'上帝保佑你们'，就快步从他们身边走了过去。他们也很有礼貌地点了点头，回答我的问候。当我上楼去叫醒了理查王子，再下来看他们时，他们已经匆匆跨上了马，跟来时一样旋风似的去了。临行，他们疯狂的头儿还对大家奚落了我这唉声叹气的施瓦本土佬儿一句，惹得他们全都咯咯咯地大笑起来。"

适才一边听着那个狂人的罪恶言论，虔诚的布克哈特修士就一次又一次地默默画十字。现在，他若有所悟地指出："从这些言论所散发的硫磺臭味，汉斯，你不难看出你在那家法国客栈中

---

① 这个石雕少女头大概就是希腊神话中所讲的美杜莎之头。据传人见了它都会变成石头。

碰见的是个什么人。我毫不怀疑,这家伙早就让魔鬼附了体,所以既当叛逆又当杀人凶手,坏得不能再坏。

"所以,他也预先知道托玛斯大主教后来遭到了惨死,而且,我担心,这家伙关于南方国家要发生大灾大难的预言同样会应验①,何况还有那个可怕的少女脑袋的不祥之兆哩。

"在南方的沿海一带,据说聚集着各式各样的邪教徒,其中以顽固不化的马尼派②为最多。我这个人生性平和,待人宽厚,对一般人的罪孽总是能赦免就赦免。可是,对那班邪教徒我却恨透了,教会和世俗的领袖们要是联合起来对付他们,把他们清除出基督的国度,甚至斩草除根,我也觉得无可责怪。

"得啦,汉斯,咱们别再继续讲这些令人难过的事。告诉我,理查王子是否顺利地到达了目的地。在你那些英国人中,他是唯一能博得我欢心的。"

"我几乎不可能使自己的坐骑跟上狮心理查那匹淡黄马,"制弩匠很乐意接着讲他的故事,"因为,王子想见到托玛斯大主教的愿望越往前走越急切。等看见主教隐修的那座修道院的钟楼在秋天明净的蓝天中渐渐大起来,修道院的围墙已经像座圣城的城垣似的掩映在远远的绿树丛中,他更急得完全失去了自制。、

"我了解我的狮心,知道他的感情有多么热烈冲动,便竭力说服他留在后面,让我先去摸摸情况。他尽管一开始很不乐意,

---

① 公元1209年至1229年,在法国南部爆发了残酷的阿尔比根泽尔宗教战争。
② 马尼派原系波斯人马尼创立的一个反基督教派。这儿指阿尔比根泽尔派所属之所谓清洁派。

又骂又吵，最后还是答应了。

"看门的修士对我的询问没有起任何疑心，我一说出托玛斯主教的名字，他的态度立刻变得恭敬起来，脸上也增加了虔诚的神气。我立刻看出，首相在这里威望极高，被人当作一位圣者似的崇拜着。看门修士告诉我，这会儿大主教在礼拜堂里，他可不敢去打扰主教的祈祷，这样做将是罪大恶极的啊。

"趁主教没回来，他先领我参观了这位被逐出坎特伯雷主教府的人目前居住的房子。只见屋里空荡荡的，地上摆着一块很粗糙的石头，他在睡觉时就把脑袋枕在这块石头上。这个硬邦邦的枕头令我异常惊讶，因为我了解，首相的天性有多么地敏感，身体有多么地纤弱。虔诚的主教一直祈祷不完，我再也等不下去了，于是我保证进去以后悄悄待着，一直等到大主教发现我，看门修士才终于放我进了礼拜堂。我轻手轻脚地穿过一列列圆柱，立刻瞅见了站在唱经台上的托玛斯大人。看他那模样，与其说是在祈祷，不如说是在沉思。我不见这位怪人已经一年多，他眼下那模样真吓了我一大跳：消瘦的脸颊毫无生气，深陷的眼窝目光茫然，要说还看得见什么的话，恐怕就只有他自己那痛苦的内心。

"我跪在大祭坛阴影里的台阶上，口里默念着祈祷经文，眼睛却盯着大主教。他是否已经发现我，我不得而知，因为他仍然那么站着，没有丝毫动静。

"可是，等我过了好一会儿慢慢站起身来时，首相一不瞅我，二无表情，蓦地向我发出一句问话：'我的陛下现在怎么样？'

而且,用的完全就是当初在温莎宫他每次在国王卧室门前碰见我总问这句话时的同一个声调。热泪一下子涌出了我的眼眶。

"他呢,却慢慢走下台阶来,招招手让我跟他去。随后,他飘飘然移动着身躯,领我进了修道院的花园。园子由一座建筑精美的十字回廊分为四块,正中盛开着一丛丛红色玫瑰,四周绿树环绕,很富有雅趣。尽管园外的自然界那时已落叶纷飞,一派枯凋和肃杀景象,这个由修士们精心培植的园子却绿意盎然,别是一番天地。

"大主教在两丛茂盛的灌木间的一条石凳上坐下来,又重复了一遍他的问题:'我的陛下现在怎么样?'

"'托玛斯大人,'我说,'他可够惨的喽。他再也不是当年那个样子了,您要见着,您也会难过,您也会打心眼儿里可怜他的!'接着,我就用动人的言辞,描述这位曾经叱咤风云的伟大君王如何一步步垮下来,以至于最后竟失去了理智。

"我讲了很长时间。他听我讲时的神气,神父,既非幸灾乐祸,又非怜悯同情,也不是漠然和无动于衷,而是像一个人听别人讲一件他早就料到的不幸终于发生了,精神上已做好充分准备。

"他听完仍一声不吭。可我感觉他的心似乎已经软了,便鼓起勇气来高声道:'托玛斯主教,您是一位圣人,一位苦修的基督徒!请您宽恕亨利王对您所犯的罪行吧……您要愿意,一切还能挽回!'

"他还是缄默不语。

"'请您宽恕他吧,'我再一次喊道,'宽恕他使您失去了格

蕾丝！'

"一听这话，托玛斯大主教低下头，说了一句令人费解的话：

"'很不幸，可爱的格蕾丝不在了……难啊。'

"就在这个节骨眼儿上，忽然响起修士们叫喊与呵斥的声音，原来是一个年轻骑士不顾看门修士的阻拦，硬冲进花园来了。修士们正抓住他的胳膊要拽他出去，他就是理查王子。看起来，这么穿着破旧的服装等候在门外，已经使他那颗狮心不高兴了。

"他摆脱众修士，一头扑在大主教脚下，嘴里连连喊着：'我的父亲，我的父亲！他们不放我进来见你。'

"托玛斯大人默默地端详了他一会儿，然后伸出手把王子垂在额前的汗淋淋的金黄色柔发轻轻拢到头上去，再像慈母似的细心为他把乱发理整齐。

"看见大主教对狮心王子表现得如此温柔、慈爱，我想：咱们的事情成啦。于是便不声不响地退到十字回廊底下让两位大人物跟他们的天使和守护圣者单独在一起。

"我踱到一扇嵌着大理石细花条的圆窗前，在一条宽宽的石板上坐下来，但仍不时地朝绿树丛中那两位瞅上一眼。如前所说，这条十字回廊建筑式样十分新颖、讲究，里面到处都是雕饰。就说所有圆柱吧，顶头全饰有柱冠，上边有规则地轮流雕着上界或下界的造物，这儿一位唱赞美诗的天使，那儿一个怪笑着的狞恶的妖怪，真是令人目不暇接。只不过，我却没多少心思欣赏这些玩意儿，因为，花园中那条石凳对我的眼睛有着更强的吸引力。

"王子抱着首相的膝头,久久没有放开。这当儿他的双颊通红,手也抱得更紧,看样子正在对大主教作最后的恳求。大主教却扭过头去,脸上的表情显得十分难过,理查王子仍紧紧抱住他不放,直到大主教答应他。我听见王子在为拯救自己父亲的灵魂而进行的战斗中,一次又一次叫出'baisar'[①]这个词。我猜想,这是王子要求大主教同意让国王按照教会习俗吻吻他,以表示重归旧好。

"又过了好半天,两人才手牵着手,年轻的王子在左边,苦修的主教在右边,经过我跟前走进十字回廊中,在那里话别。我急忙跟上去,看见理查王子正把头俯在大主教苍白的手上,以自己真诚的感激的泪水滋润它。可不,眼看我那国王的苦难就要结束,我的心也雀跃欢呼起来啦。然而,唉,我这时却偏偏在他俩头上看见一个石雕的小丑八怪,它蹲在圆柱的顶端,向他们伸出一条癞蛤蟆似的瘦腿,并嘲弄地吐着长舌头。虽然事出偶然,我心中仍很不痛快。我真希望他们往前走几步再分手,在那儿的柱顶上,一位弹奏竖琴的天使,正展开天鹅般美丽的翅膀在飞翔。

"理查王子当即就写了一封信,派我十万火急地送给他父亲。信中,他请他父亲想一想主耶稣的创伤,想一想自身的幸福,赶快进行经他儿子苦苦哀求才终于得到应允的与大主教的会见。

"亨利王从信里得知大主教已答应给他那神圣的亲吻,便急得如热锅上的蚂蚁,拼命催促骑士们快做起程准备,对他的奴仆

[①] 法语:亲吻。

更是不断呵斥。几小时后，我们便上了路，且一路快马加鞭——他真如饥似渴地急于亲一亲大主教的嘴唇，他相信，这一吻将结束他多年来的痛苦，恢复他生活上的安宁。

"两位大人物的会见，是在一片荒野上进行的。当时的天色分外阴沉。托玛斯大主教带着不多几名随从，在下马时显出很吃力的样子。他身形瘦长，骑在马上歪歪倒倒，就像风中一茎细细的芦苇。国王两步抢上去，想为主教执稳马镫，可是他已被自己随行的修士抱下马来。他十分谦卑地站在我的主子面前，精疲力竭，眼窝深陷，嗓音颤抖着，首先对国王开了口：'陛下，让其他人退开吧，免得他们听见我们的秘密。'他边说边对他的修士挥了挥手。国王非常听话，忙不迭地把自己的骑士呵斥到一边去，生怕那表示和解的亲吻遭到延误。我却牵住他俩的坐骑，站在离他们不很远的地方，其他所有人，修士和骑士一样，都退到了一箭开外的两侧。

"亨利王这时再也忍不住了。只见他撮着嘴唇，将自己憔悴而浮肿的脸向首相那苦修者的圣洁的头颅伸过去。国王的脸丑陋而令人恶心，但同时又像一个急于领到圣体的人那么热诚和令人感动。

"此刻，首相内心活动如何，有何感想，神父，有谁能说清楚呢？

"我以为，国王那既丑陋又急切的模样，使主教想起了被扼杀的含苞待放的格蕾丝。只见他恶心地躲过了国王伸过来的嘴唇，恐怖地盯着自己眼前这张丑脸，仿佛它就是压迫奴役和荒淫无耻的化身似的。

"谁知国王却不顾一切地抓住他的胳膊,硬要和他亲吻。只见首相发出一声惊叫,推开了国王。

"这一来,亨利王才大梦初醒,看清楚大主教尽管已答应过,却仍不能与他和解,于是在又痛苦又气恼的情况下,心一横,便冲口喊出两句表现了他绝望心情的问话:

"'我什么地方伤害了你,托玛斯?你干吗不肯放过我的灵魂啊?'

"首相已重新镇定下来,对自己该做什么有了充分把握。他不慌不忙地、威严地答道:'您早已了解我的个性,陛下,我天生注定对一位更伟大的人亦步亦趋。那位我如今竭力追随并隶属于他的拿撒勒人①,他是否能忍住内心的厌恶吻一吻您这张可憎的嘴都很难说。他尽管吻过出卖了他、使他即将被处死的叛徒犹大,但是,我仍不能不怀疑,他会吻一个戕害了他孩子的灵魂、糟蹋了他孩子的清白之身的人。因为,如教会宣称,他同时又是一位神,也就是说正义本身。所以,他不能原谅一个杀死他的羔羊的罪人,而不要求这个人对自己的罪行作沉重的、充分的补赎,否则他就可能毁了他自身,毁了正义。我呢,只是一个凡人,一个有着异教徒血统的凡人,内心远远不像表面上这么冷静,又怎能要求我做那主宰尚做不到的事情呢!不过,要做也可以,但必须偿付赎金,用灵魂补偿失去的灵魂!打起精神来,国

---

① 拿撒勒为巴勒斯坦城名;拿撒勒人指耶稣。

王，注意听我的话，然后再考虑考虑。

"'您看见了，我现在还有另外一些孩子，即您亲自把他们的灵魂托付给我照管的撒克逊人。

"'可是，一个已被放逐的牧人怎能照料好他的羊群呢？而且，当他们的身体还是您那些贵族，您那批贪得无厌的豺狼的财产时，他们的灵魂又怎能快乐幸福呢？自从您的先祖征服者威廉把千千万万战败的撒克逊人赐给一小撮铁石心肠的诺曼贵族当奴隶，这些可怜人便失去了自己的土地。您凭借着您那野蛮的狩猎法，仅仅为了一头被打死的害兽就砍去成年男人的手或脚。您吓得他们的少男少女纷纷躲进阴暗的修道院，离开温暖的阳光，离开祖祖辈辈和平地耕种和居住的富饶土地。

"'别打岔！听好了：我愿意使您和您身边那个儿子得到人民的拥戴。但不是靠征服和暴力，而是靠智慧和正义，靠我手中的主教的权杖。我主宰着人们的灵魂，所以不惧怕您那些诺曼贵族的宝剑。在今日这个怨怼与狡诈支配的世界上，我仍是所有人中最聪明的一个。

"'呵，陛下，您为了破坏我的权威而加冕您的儿子亨利，这样做有多么愚蠢，多么不公正啊！要知道，是您自己使我当上了您的大主教，而我永远也将是您的大主教。'

"'您瞧这儿，'他说着从怀中掏出一个纸卷儿，'这是罗马教皇对您发出的破门令，因为您触犯了我作为大主教的权利。但这个惩罚不是经我请求而降到您头上来的！——今天的教皇，乃是您那位法兰西的王兄的奴仆，正如当初他在为您效劳时曾是您的奴仆一样。您不了解这个拉丁姆①人的脾气，在不该吝惜的时候吝惜了您的金元。

"'听我的话吧，国王陛下，我可以替您把这用贿赂点燃的火把踏熄！而且，我用大主教的权力在您的王国为每一个人争到了生存的空间和正义后，为您赢得了人民的爱戴之后，我就将在某一天宣布放弃这些权力。要知道，我并非拉丁姆人的奴仆，而是耶稣基督的仆人和兄弟。'

"听着这一席话，国王的脸色时而通红，时而煞白。有时候他似乎也动了心，但最终他那君王的自尊仍使他执拗地不肯向大主教及其智慧低头认输。敌意和恐惧再次占了上风，他的心情依然矛盾重重。

"'瞧，我的脚已经站疲倦了，'托玛斯大主教口气缓和下来，继续说，'我是一个生命之火即将熄灭的人，但是，在这个充满仇恨与不和的世纪里，为了能建立一个神与人都不遭受凌辱、不受压迫的王国，献出我的余生似乎也是值得的。

"'您这位征服者的后代，您是否愿意成为一位正义的国王呢？

"'您是否希望比您的祖先们死得更轻松一些呢？除我以外，在您的头上……'托玛斯主教仰望国王头顶上的苍空，在那儿，我想象中看见了一只握着宝剑的手，'……有另一位复仇者。我将求他宽恕您。我将做您的庇护人。我将更好地为您效劳。从

---

① 意大利地名。

前，我是您雄心勃勃的首相；如今，我将做您的朋友！须知，您的儿子理查为您求过我啊。'

"这几句话委婉动人，富于宗教精神，聪明的托玛斯大人要是没把狮心理查牵扯进来，也许已经把国王说服了吧！

"我的主人本来最钟爱他这个三儿子，可是，由于亨利王子和哥特弗里特王子的背叛，他对自己的亲生骨肉也变得多疑起来了。这时，一听提起他的儿子理查曾为他求情，心里就很不高兴，随之疑忌也越加严重。

"'你到底想逼我干什么，托玛斯？'他开口说，'要我惹恼我的诺曼人吗？你的目的何在？……给我那些撒克逊奴隶自由？……你是安的好心，还是想毁掉我呢？……'他蹙起额头，仿佛在努力思考；可是，一阵突然袭来的怨怒，使他脑子发生了紊乱。'我看透了你，'他吼道，'你想要毁掉我和我的王国！……自从该诅咒的格蕾丝死后，你就日夜盘算着使我完蛋，你这个伪君子，你这个阴谋家，你这个不复仇不心甘的异教徒！'

"然而，托玛斯大主教的面孔却像天使的脸庞一样地光明，只见他目光炯炯地说道：'我宽恕您害死了格蕾丝及您对我圣职的亵渎，只要您给我那些撒克逊兄弟自由，并在将来做一个好的基督徒！您愿意吗，亨利国王？……'

"就在这节骨眼儿上，那一群诺曼骑士却变得烦躁不安起来。他们惧怕这被放逐的主教的智慧，看见国王与他长时间谈判，他们已经感到不快。再说这些人对国王的敬畏也早已不如从前啦。他们就把手中的标枪和盾牌弄出铿锵的响声，牵着马匹走来走去，嘴里嚷着：

"'Finissez, seigneur Roi, finissez！'①

"亨利王大吃一惊，对大主教挥了挥手，让他赶快走开。

"'滚回去吧，'他喝道，'滚回你的法国修道院去！……你的脚休想再踏上英格兰的国土，你这个民众的蛊惑者！无论在海峡这边，或在海峡那边，我都不希望什么时候再碰见你，与你打交道，你这个巫师，你这个带给人灾难的乌鸦！……'

"大主教脸上失去了任何生气。

"他口气温和地回答说：'我不知道，我能否照您的话做；因为，我流浪得够久了，牧人与他的羔羊相互都十分想念。再说，我也渴望有个安息的地方。所以，陛下，我不能保证听您的吩咐。——不过，您也不必对我存任何戒心，我所寻求的是和平与安宁。'

"'当心！当心！别踏上我英格兰的土地，否则要你的命！'国王气急败坏地挥舞着拳头狂吼，一直站在诺曼骑士旁边注视着他俩的狮心理查见事不好，急忙纵马赶来，满脸惊愕之色。

"托玛斯·白凯特却痛苦地微微一笑，然后边转过身去边说：'我相信，我得到解脱的时刻快到了。否则，我这个怯懦的人才不敢抬起头来冒犯国王陛下啊！'

"这样，亨利王和托玛斯大主教又各奔东西，没有取得和解，虽然两人都真心诚意地寻求过它。"

---

① 法语：结束吧，陛下，结束吧。

第十二章

"离开了那片目击了和解遭到失败的灰色荒原,我们一行人都缄默不语,急匆匆地向着坚固设防的诺曼城市卢昂赶去。走着走着,天气突然大变,刺骨的寒风刮来了扑面的雪花。我的心憋闷得十分难受,就像穿着件过小过紧的胸甲。我断定,亨利王的事没指望了,我很清楚,并且对理查王子也未隐瞒:那经善意的阳光融化的冰雪,一旦遭到新的严寒侵袭而在心中冻结起来,会变得加倍坚硬的。我亲眼看见,大主教如何出于对狮心王子的爱,在内心极不情愿的情况下同意了吻一吻国王的嘴唇,结果却没能做到。

"亨利王纵马疾驰在渐渐被白雪覆盖起来的旷野里,周围飞旋着成群的乌鸦。

"理查王子一改旧日的习惯,骑着他的黄马掉在队伍的最后面。等走到一处十字路口,他就催马赶上他的父王,以他在自己的领地普瓦图还有些事情需要料理为借口,请求父王同意他离开。他说话时脑袋耷拉着,勇敢的脸上一反常态地显出沉思与心事重重的神气。不过我了解,他虽然不跟他的兄长一起反对亨利王,却一定会袖手旁观,置身事外。

"亨利王在卢昂城一直住到已离得不远的圣诞节。在这段时间里,他始终谨言慎行,沉痛忏悔,经常听弥撒,严格进行斋戒,跟一个真正的基督徒似的各方面都很节制,因为他打定主意要在圣诞节的早上领圣体。

"他也果真虔诚而愉快地这么做了。然后,他才领着自己的贵族和骑士们坐上丰盛的筵席,准备好好慰劳一下自己。盛大的宴会才进行到一半,谁料突然发生了一件大为扫兴的事。

"脚上还穿着马靴、带着马刺——要知道他刚从马上跳下来——约克郡的主教就气喘吁吁地穿过大厅,直奔到国王席前,满脸通红,气急败坏,两手胡乱比画。这个矮小急躁的诺曼人,他那怒气冲冲的架势足以叫一个冷静而健康的人头脑发热,失去理智,更别提我的国王。在矮小的主教身边跟着他手下的一名教士,长长的脸上充满着理性,像是正用委婉的言辞安抚他,使他克制一下自己。

"'快救救我吧,正义的亨利大王。'矮主教声嘶力竭地呼叫着,'还是怪那个该死的大主教,罗马教皇已经把破门令加到我头上来啦!托玛斯·白凯特,上帝让他得鼠疫才好,竟偷偷摸摸把教皇下的诏书亲自带到您的英格兰王国,而且现在正当欢庆神圣的节日时候,这诏书就在各地有撒克逊人来赶弥撒的教堂中被郑重其事地宣读出来,使我和我的陛下您大受其辱啊。再说这个邪恶的鬼崽子又是怎样回坎特伯雷的呢?……高车大马,后面跟着长长的一队撒克逊护卫,跟个凯旋的胜利者一样!……'

"这当儿,那个明智的教士终于提高嗓门,打断了矮主教的话。

"'事实并非如此,'他说,'大主教是虔诚地骑着一头小毛驴走进城来的。不错,民众一见他就夹道迎接,并把在大冷天里找得到的花呀草呀为他撒了一路。可是，这个被放逐的人回到坎特伯雷时疲惫不堪，进了大主教府以后就也不曾露面。诚然大主教是带了两道教皇的诏书回英格兰了，但其中一道已被他扔进自己房中的熊熊火中，另一道也是让他那些好斗的修士硬抢过去的。托玛斯大主教已经奄奄一息了，看来自然本身将帮助亨利王眼快摆脱他这个敌手和折磨者。'

"'这都是心平气和地讲的事实，'教士说，'大主教府里有个人与他很要好，是这个人如实把情况告诉我的。'

"然而，约克郡的主教却矢口否认明智的教士所讲述的事实。'托玛斯已奄奄一息？'他大声嚷道，'以我主教的法冠起誓，他为了伤害陛下您，不一条命当三条命活才怪哩！托玛斯带来了和平？不，他给您带到英格兰的是战争！他走到哪儿，哪儿的撒克逊人就骚动起来，拿起了他们的斧子！这些情况全是目击者向我报告的！'

"凭我对软弱的撒克逊人的了解，我当时就觉得这绝不可能。不过我几乎没去留心听主教唠唠叨叨，我的全部注意力，都集中在已经怒不可遏的亨利王身上。

"盛怒之下，他根本听不进那位明智的教士的更正。

"大主教傲慢也罢，谦卑也罢，反正都令他生气。按捺不住的怒火终于爆发出来，他猛地从座位上跳起，一把推开面前的酒盅，使它在席上滚得老远，红色的酒浆涌流出来，染红了洁白的台布，就像滴在雪地上的鲜血。

"'我可是严禁过他踏上我的国土的！'国王声音气得发抖，

'我知道，他在身上也藏着教皇对我下的破门令，对他的国王下的破门令，他甚至还拿出来在我面前炫示了一下，这个恶棍！'说到此，国王举起双拳来互相捶打着，绝望地哀叫道：'我曾经给他穿，给他戴，对他像对自己的情人似的不吝惜一切。他呢，也像个惯会谄媚的小狗儿似的来吃我手中的面包。可曾几何时，这个忘恩负义的魔鬼就践踏起我来啦，拆散我的家庭，毁灭我的王国……'

"国王目光茫然地环视席上的贵族和骑士，见他们全都木然坐着，便没头没脑给予一顿臭骂：'瞧我养了些好奴才！你们吸着我的国土的血，大模大样坐在我设的盛筵上，你们这群吸血鬼和饕餮，你们中又有谁是好样儿的，敢替我除掉这个叛逆呢！'

"国王怒目圆睁着，在大厅中来回狂奔，谁都没胆量去劝劝他。同时，大多数贵宾也离开了座位，围到约克郡主教的身边，有的责怪他，有的向他问这问那。

"仍站在国王座位背后的我，这时看见在突然变得宽松起来的筵席的下端聚着四个人，交头接耳，神色激动，像是正密谋策划着什么。他们是谁，神父，您一定知道，他们的恶名已经传遍天下，人世间找不出比他们更可怕的人，英格兰每个基督徒看见他们都情不自禁地要在胸前画十字。

"第一个是毒舌头威廉·特雷西爵士，第二个是布列塔尼人理查，第三个是美男子、妇女们的宠儿里纳尔德，最后一个是沉默寡言的胡格。

"我离得太远，听不清他们讲些什么，但他们的手势表情却再明白不过。

"我现在仿佛还看见，胡格骑士如何咬紧自己的嘴唇，里纳尔德如何把自己柔软的长发缠在指头上狠狠扯着，理查骑士如何气得额头发紫，威廉·特雷西爵士经常总是笑咧咧的小口如何歪扭着，露出最恶毒的轻蔑神气，终于，四个人像取得了一致意见，一道穿过后门悄悄离开了大厅。

"我踱到窗前，看见他们正在院子里不耐烦地等着自己的马，马一牵来便匆匆跃了上去。

"在那个过得很糟糕的圣诞日的傍晚，我去到国王的卧室中，领取他对于明天出猎的指示。发现他跟往常心中有气时一样闷声不响，情绪低沉，便大起胆子把自己心头的疑虑对他讲出来。

"'今天中午，您在席间说了那番严厉的话以后，'我开始说道，'您的客人中有四位'——我挨个儿说出了他们的名字——'急急忙忙地走啦。我想是赶到海边去了吧。要是他们把陛下一时气愤中说的话当成了您的愿望或者命令……呵，陛下！那后果将怎样呢？要是他们把您的话变成了事实——这不会是您希望的吧。'

"国王痴呆呆地望着我，吃力地整理着脑子里的思路，半天不回答一个字。

"'看在主耶稣降生的马槽分上，'我既是恳求又是告诫地说，'这可是件非同小可的事啊，愿全体圣者和天使都保佑您，别让您的灵魂背上一个杀害殉教者的重罪！'

"这时他突然明白了我的意思，一把抓住我的肩膀。'他们啥时候离开的？'他问，虽然我刚刚才告诉过他，'你这只呱呱叫

的乌鸦,你怎么不及时提醒我!'

"'现在还为时不晚!'我毫无畏惧地回答说,'您瞧瞧从北方飞来的那些乌云吧!现在海上一定很不平静,他们正碰上了逆风。'

"'快骑上我的宝马去追!'国王命令道,'它比风暴跑得更快。快赶上那四个家伙,把他们给我带回来。你一定得赶上他们——我命令你!'

"'陛下,'我说,'他们才不会听从我哩,是您自己大大刺激了他们的虚荣心。我看更好的办法是,我抄另一条路赶到海峡最窄的地方,乘一条最快的船渡海,赶在四位为您的愤怒驱使着的骑士之前到达坎特伯雷,以您的名义把托玛斯大人带到一个安全的地方去。'

"'怎么做是你的事情!'亨利王威胁我说,'记住:我不愿意大主教受到伤害!要是他那高贵的头颅少了一根头发,就拿你问罪,叫你马上给我上绞架!'

"这个没有意义的恐吓对于我原本是多余的。我一辈子再没哪次比这次更加迅速地备马动身,更加拼命地狂奔疾驰!途中,我得知四位骑士朝附近那个当地人称作圣恩港的港口去了,便横穿法兰西直奔加来港,在那儿登上一艘快帆船,几小时后已到了英国。在波涛汹涌的大海上,我热烈地祈祷圣母玛利亚,求她保佑我比那四个怒气冲冲的人哪怕只早到念二十遍'阿维-玛利亚'①的时间也好。圣母玛利亚果然倾听了我的祷告。

---

① 天主教祈祷经文。

"在英格兰的土地上,我一次又一次地被武装的诺曼人巡逻队盘问。国中一片慌乱,谣传四起,都讲坎特伯雷大主教周围已经聚集了不少撒克逊武装。

"这种人心惶惶的气氛,使我赶起路来更加心急,我身子伏在坐骑的纷飞颈鬃上,没命地驱赶着国王的宝马。但就这样,我仍觉得自己目不转睛地盯着的坎特伯雷大教堂的钟楼仍在很远的远方,老是不曾变大一些,近一些。

"当我终于赶到城外的时候,已经是汗流浃背。我看见,在城门口的大路上撒满了新砍的枞树枝和其他冬天里的不多几种绿枝,这证明,大主教是和平地回到城里去的。

"我滚鞍下马,然后牵着气喘吁吁的牲口,穿过一条僻静的小街,进了我经常下榻的酿酒坊。我曾经有不少次陪同国王来到坎特伯雷,城里刚落成的大教堂被视为现代建筑艺术的一个奇迹。酿酒坊的老板是个撒克逊人,同时又是坎特伯雷的镇长,我走进房间时他正在小心翼翼地关朝向大街一边的百叶窗。我问他,干吗大白天就关起窗来。他一边用左手示意我别作声,一边用右手推我到窗户边的一条缝隙前。我透过缝隙往外窥视,看见怒冲冲离开国王筵席的那四个人正全副武装地骑着马在街上走来走去,同时用手里的剑对街道两旁的窗户和大门指指划划。

"'任何人不许上街!全都给我待在家里!'威廉·特雷西爵士命令道,他正勒转胯下黑马的马头来对着镇长的住宅,那畜生的鼻孔里喷出一团团热气。

"爵士在转过马头后又重复了一遍他的命令,但不是用他们平时对待撒克逊人讲话的轻蔑口气,而是像位传令官似的十分威严。

"被唬住了的市民们奉命唯谨。这儿的商人在关店门,那儿的女贩一边叫苦一边搬着自己的篮子筐子,再过去点儿有个胆战心惊的母亲正抱起自己在街上玩儿的孩子,慌慌张张逃回家去。

"平常惯爱说俏皮话的威廉·特雷西爵士完全变了样:脸色苍白,浓眉紧锁,目光严峻而阴沉。我明白了,这四个人一定在路上商量好不以对大主教的凶杀来雪洗自己所受的辱骂——国王的辱骂狠狠伤了他们的心——而是要先审判,然后再处他死刑。

"我于是也赶紧和镇长商量对策,把国王真正的、最后的意愿告诉他,吩咐他等那四人一离开马上召集市民,把他们武装起来听候我的命令。

"接着,我就穿过一条条小街,溜到了坎特伯雷大主教府前,那儿的教士认识我是国王的侍从和一位在全英格兰大名鼎鼎的人,没费什么口舌就放我进去了,是的,他们甚至把我当成救命星似的迎接着。

"他们领我走进一间华丽而暖和舒适的厅堂,大主教正与许多教士以及服役的信徒们在一起用膳,我藏在教士们身后,急不可耐地等着能够接近托玛斯大人的时刻来临。

"他自己一口面包也没吃,而是把他那神秘的头颅倚在宝座的靠背上,紧闭双目,倾听着坎特伯雷一个虔诚而贫苦的人声音颤抖地向他报告,说有四个诺曼骑士如何如何闯进城里来了。

"那贫苦的撒克逊人要大主教相信危险已迫在眉睫,苦苦哀求他赶快逃命。厅堂中响起一片恐慌低语。

"托玛斯大人却坐在那儿一动不动。

"'好啦。'他平静地说,然后祝福了那个痛哭流涕的撒克逊人,打发他离去。接下来他道:'把杯子给我!'他这话是对一个长着满头金黄色卷发、身穿宽大多褶的白修士衣的小修士讲的。小修士递给他一个盛着清水的水晶盏,他接过去慢慢地啜饮着,直至把水完全饮尽。

"这当儿我走上前去,跪在大主教脚下。

"'主教大人,我从我的国王那儿来!——他为您的安全担心!'我高声道,'他派我乘快船渡海,马不停蹄赶来这儿,以我的身体掩蔽您,把您置于国王的权威的庇护之下!——快行动,虔诚的兄弟们,'我转过身来对他的那些教士说,'快!快来帮助我把你们的主教送进最隐蔽、最牢固的房间里去!你们剩下的人,去把大门加上杠,把房门全关起来!一旦那四位骑士的勃然怒火减弱了,在他们的第一次冲击被挡回去以后,我就在坎特伯雷的市民协助下送大主教到国王附近的城堡去。——托玛斯大人,看在圣母玛利亚分上,别固执啦!接受国王的保护吧,这样您一根毫毛也不会伤着的!'

"教士们坐在那儿一动也不动,全都把目光集中到大主教脸上,只见大主教镇定自若,两三句话就打消了我的希望:

"'你主人的意愿我比你更清楚。他心里想些什么我了如指掌!就让上帝的最后决定和我那国王的意愿在我身上实现吧!'

"'凭耶稣基督的创伤起誓,'我急得忘乎所以,叫道,'陛下

不希望您在这儿被杀死!您要是存心不良,硬要毁掉您自己的身体和国王的灵魂,难道还该他承担罪责吗?'

"托玛斯大人突然盯着我,用《圣经》上的话呵斥我道:

"'你给我滚开,你这个狡猾奸刁的恶仆,我讨厌你!'①

"我大为震惊,一下子跳起来,退到了教士们中间。我很难过,甚至可以说十分气愤:在今天之前待我一直挺友善谦和的托玛斯大人,在他的内心充分显露的时刻一下子竟对我凶了起来,给了我一个不光彩的称呼,好像我一直是个大坏蛋似的。——这不是很不公平吗?现在,我请您来评一评,神父,您可是看着我长大的,对我一清二楚,我什么也瞒不过您啊。

"我还没来得及克服心中的委屈和难过,厅堂的门便一下子打开了,走进来的正是那四位诺曼骑士,不过既未穿盔甲,也未带武器,而是一身平时在宫里的打扮。他们文文雅雅地向大主教行了个礼,只是表情中流露出敌意。

"大主教在他们进来时也从座位上站起。令我惊讶的是他的形象竟这么威严而崇高,好像完全不是那个弱不禁风的人似的。他同样文雅大度地对几位不速之客还了礼,手轻轻一伸,邀请他们入座。四位骑士也坐下了。

"'我的国王陛下他怎么样?'过了一会儿他问客人。没谁回答。

---

① 托玛斯将《圣经》中的两处合在了一起,见《新约·马太福音》第16、23章与第25、26章。

"'挺安泰吗?'他又问。

"四位骑士却都在打量着大主教。有的低着头,凶狠的目光从浓眉下透射出来,有的歪着脖子,目光畏葸地斜瞟着他。他们的嘴唇嗫嚅着,嘀嘀咕咕地叫人听不懂说些什么。

"第一个镇定下来的是理查爵士,比拳头从来没有人赢过他,所以外号叫作铁拳。

"'咱们是奉国王之命来的!'他说。

"'这个我相信,'大主教回答,'你们常在他左右,了解他的旨意,知道怎么满足他的心愿。'

"'取消对约克郡主教的破门令吧,大主教,否则,你自己就得离开英格兰!'铁拳骑士说。

"'对,要么撤销破门令,要么你自己滚蛋。'少言寡语的胡格赶紧附和。

"'不是我一个人,除去我,罗马教皇现在也对他下了破门令,'托玛斯大主教平静地回答,'让我那位约克郡的兄弟去求教皇吧。我的时间已不会长了。我渴求的只是安宁。'

"'我们决不会这么便宜地放过你,你这个两面三刀的人!'四人中口齿最伶俐的威廉·特雷西进一步逼着大主教说道,'解除你在约克郡主教头上的破门令!这比罗马教皇的破门令更使他受不了。够啦,别再巧言申辩,要什么滑头!服从你的国王和封赏者,对他尽忠,跟我们大伙儿一样!难道你有今天不全靠他的恩赐么?谁把你从贫贱中提拔起来,把你这个撒克逊畜生变成了人?你这宝座的崇高权力是谁给的?你这个忘恩负义、恩将仇报

的家伙，你说呀，说呀！你从谁手中得到了这个权力？'

"这当儿，托玛斯大主教以使整个大厅都颤抖起来的响亮声音答道：

"'我从我的国王手中，得到了裁判他的权力！'

"大主教的强硬回答，使四位骑士激动起来。美男子里纳尔德把一直拿在左手里玩着的手套使劲儿绞来绞去。铁拳理查用背和腿把坐的椅子往后猛地一顶，使橡木靠背发出嘎的一声。少言寡语的胡格喝道：'够啦！'

"托玛斯大人却凛然难犯地继续说：

"'我想，诸位勇敢的骑士是想威胁我吧？陛下打算把我怎样呢？凡属于他的我全还给你。要我的肉体？它在这儿。诸位请吧。可我的良心却既不属于他，也不属于我自己。'

"'咱们别忘了骑士的规矩，诸位，'威廉·特雷西对他的伙伴说，'让我来审问他吧！'

"他说着站起来，脸色惨白地走到大主教座前。

"'托玛斯·白凯特，你肯解除对约克郡主教的破门令吗？讲！'

"托玛斯大主教沉默不语，这无异于自己判了自己死刑。

"'托玛斯·白凯特，你忤逆陛下的意志，违抗元老会议的决定，擅自踏上了英格兰的国土，你马上离开！我们答应护送你到海边。你什么时候启程？讲！'

"托玛斯大主教仍然不置一词。

"威廉爵士等了一会儿，末了阴沉沉地判决道：'这是叛逆。你将用血来偿付！'

"四个人大步走出厅堂。我知道,他们取武器去了。

"大厅中随即一片死寂,我听见了自己的心像榔头似的撞击着肋骨的嘭嘭声。蓦地,从这死寂中发出一个声音来,那么有力,那么坚毅,我一开始没听出是谁的声音来。这声音来自托玛斯大主教,他正冲着对面墙上挂着的一具耶稣受难十字架,热诚地说:

"'痛苦的君王啊,请住到我这躯体中来吧!'

"接下来有好一阵我又仅仅能听见自己的心跳。最后,托玛斯大主教再一次向前伸出瘦弱的双手,说道:

"'把它刺穿,让我也分担你的苦难吧!'

"一股敬畏之情在我心中油然而生,我身体战栗起来,眼睛不敢正视大主教的脸,生怕三位一体的主已进入他身躯,正威严地通过他的眼睛望着尘世。

"不过,一旦听见走廊上武器叮叮当当响,我就振作起来,冲到门边,推上了所有的门闩。我这行动像从梦中惊醒了教士们似的,他们一窝蜂地上去把大主教围了起来,一些人跪在他脚下;另一些人抓住他胳膊,想拉他走;还有一些抱住他的腿,准备不管他愿意与否,硬把他抬下去。

"这当儿外边已用斧头劈起门来。

"可大主教却不肯离开自己的座位一步,甘愿接受判决。幸好有一个身材修长、目光机灵的执事神父走到他面前,把食指靠在嘴唇上,提醒他注意那在慌乱喧嚷中几乎听不见的清脆的钟声。'晚祷的钟声响了,主教大人,大伙已在教堂中等着您。'神父说。

"托玛斯大主教毫不迟疑地站起身来,在他身后立即排好了一支长长的队伍:由举在前头的十字架引导着,大主教穿过走廊,通过主教府的内院,朝礼拜堂走去。我也排在口唱圣诗的教士们队伍中,一同往前走。"

讲到这儿,制弩匠停住了,他的目光射向身旁壁炉台上立着的一个沙漏钟,碰巧赶上最后一点沙子从上面的玻璃罩滚进了下面的玻璃罩中。汉斯把沙漏钟翻了个个儿,说:

"又是他的周年啦,刚好是下午的这个时刻,托玛斯大主教去做他最后一次晚祷。

"一进礼拜堂,大主教就跪在主祭坛前,他的教士们便围绕着他。有几个教士则在唱经台前的拱门边侧耳细听,惊恐的目光穿过狭长的中厅,盯着最后面那几道诺曼人随时都可能冲进来的大门,要知道执事神父之所以选这个藏身之所,并非由于它坚固可守,而是因为它神圣不可侵犯。

"我也目不转睛地望着大门,决心在千钧一发之际纵使不能拔出剑来抵挡那四位诺曼骑士——这在作为奴仆的我来说是犯禁的——也要用自己的身体去掩护托玛斯大主教。我想,这样做也许可以使我那主子不再承担杀害殉教者的罪责吧。

"可怕的时刻终于到了。大门前刀剑碰响着,闪亮着,四个骑士从头到脚裹在甲胄里,手提宝剑冲进教堂中。

"'跟上我,陛下的忠勇骑士!'威廉·特雷西呐喊着。

"我还打算赶快去关隔在唱经台与中厅当中的栅门,大主教——他这时已站起身来,面向着步步逼近的凶手——却威严得不可抗拒地手一挥,不许我这样做。教士们全挤在他身边。年轻勇敢一些的则堵住了台阶口。而稳如铁塔似的站在最前边和最底下的那个,正是高举十字架的特鲁斯特·格里姆。其他教士全围着大主教,站的站着,跪的跪着,挤挤挨挨,惊慌失措,就像一群即将失去牧人的羔羊一样。

"'叛徒在哪儿?'威廉·特雷西喝道。谁想勇敢的修士特鲁斯特·格里姆却双手捧着十字架,向他伸将过去,想以此保护自己,并吓住他。只见宝剑一闪,一股鲜血迸射出来,十字架连同一条胳膊掉到了地上。四个诺曼骑士接着横劈竖砍,吓坏了的教士们一个个鸡飞狗跳,仓皇逃命。我却朝着大主教奔去,他仍站在主祭坛前边,张开着双臂,放眼正好在他头顶上那位受难的耶稣似的,晃眼一番,仿佛他也被钉在了十字架上。

"'陛下要你死!'威廉·特雷西举起宝剑来喝道。

"'请吧!'托玛斯大主教回答。

"我冲上去,就用我这两条胳膊抱住他。但在同一瞬间,我听得一声大喝:'滚开,奴才!'脑袋上就重重地挨了一拳,使我整个身子像只空口袋似的飞了起来,脑顶门猛地撞在一根圆柱上。除了那位铁拳骑士,谁还能有这等非凡的身手呢。

"我头晕目眩,恍恍惚惚看见眼前出现一片血海,血海中浮着一个垂死者的微笑的头颅。

"我在石板地上躺了多久,我不知道。我恢复知觉时,教堂中只剩下了我一个人。我吃力地站起身来,但没勇气朝两步以外的祭坛前边看,那儿躺着大主教的尸体。然而,我到底还是看见了他，我站立不稳，又倒了下去，皮短袄也让死者的血给沾湿了。

"这当儿，从教堂的昏暗的后部，传来一片撕心裂肺的哭声，哭声越来越响，越来越响，整个教堂都已被贫苦的撒克逊民众挤满了。他们呼唤着自己的慈父，恳求上天惩罚杀死他的凶手。他们怀着狂热的爱，疯子似的扑到我身边那圣洁的尸体上，抱住他毫无生气的手和脚，吻着他的一处处伤口，用涌泉般的泪水将伤口洗涤。同时，他们还把自己的破衣烂衫，争先恐后地浸到殉教者的鲜血中。

"终于，我又站稳脚跟，糊里糊涂地从身上扯出一条手帕来，揩干净了还滴滴答答往下掉的血。一时间，我的心难过极了，情不自禁悲叹道：

"'Mea Culpa，mea maxima Culpa.'"①

讲着讲着，制弩匠汉斯就从他坐的矮凳上滑下来跪在地上，口中连声叹息，仿佛往事又历历呈现在他眼前似的。布克哈特修士怜悯地伸出老胳膊去扶他，同时满怀仁爱地说着宽慰他的话。

第十三章

这时候，黯淡的冬日已接近黄昏，加之窗外又密密地飞起雪来，狭小的房间内一下子便变得很黑了，两个老人连对方的表情都几乎无法再分辨。壁炉中只剩下了最后几点火星，畏畏缩缩，

---

① 拉丁语：我的罪过，我的最大的罪过。

就像是野地里出没的鬼火,讲故事的人和听故事的人都忘了给壁炉添柴。房中能听见的,只有睡在壁炉跟前的塔卜的轻微鼾声,和一只小耗子在咯吱咯吱啃装面包的木箱的声音。

终于,修士的老仆人抱着一抱柴,进房来加了火,并嘎嘎嘎地放下一盏用铁链高高悬着的油灯。油灯有三个灯嘴,点着一会儿以后就均匀地散布开光线,使穹顶小屋中变得明亮而宁静起来。

"我已讲完啦。"制弩匠叹道,"要晓得,在您已经看见那颗躺在石阶旁的血淋淋的头颅以后,我还有什么可讲的呢?关于我的国王以及他可怜的奴仆我,还有什么可讲的呢?……

"除非您想听我讲,我的主子如何在大主教圣洁的尸体日益沉重的压迫下,最后彻底垮掉——要知道,托玛斯大人在获得圣者的光荣以后仍然不会原谅他——以及这个狂躁不安的国王如何赶走了他的奴仆我,把我当作一个可恨的、负有罪责的人。不过,正如在编年史中记载着的,亨利王确实在大主教的墓前鞭笞过自己,诚心诚意地向他祷告过。"

"根据我的编年史的可靠记载,"布克哈特修士表示怀疑说,"你那国王是在坎特伯雷的圣托玛斯墓前鞭笞过自己,但这么做却不无是从他狡猾的世俗考虑啊。他企图加强与自己儿子进行较量的地位,重新争取到已经背离他的撒克逊民众的心。你自己,汉斯,不已向我讲得明明白白,你的国王是个大罪人哪。"

"您意思说他是个阴谋家、伪君子吗?"制弩匠汉斯惊叫着,欲罢不能地说了下去,"我以主耶稣戴着刺冠的脑袋起誓,从来不会有谁比亨利王那会儿祷告得更真诚的了。他抱着圣者石头雕成的双脚,用亲吻和泪水把它们盖了起来!一名撒克逊石匠在他墓前为他刻了一尊卧像,他双手十字交叉地搁在胸前,面带着微笑。使这雕像显得伟大的不是石匠的技艺,而是它与本人的毕肖。看来,石匠在大主教生前已牢牢把他的形象铭记在心中,对他的面貌特征已了如指掌。

"当国王忏悔自己罪孽的时候,我也跪在他身后。在他袒露出脊背来鞭打的当儿,我的脊梁上也热一股、冷一股的。我同样热诚地乞求圣者,求他效法主耶稣的榜样,原谅杀害他的罪人。

"忽然,我听见亨利王哀告道:'啊,你上帝的强有力的斗士,我求求你,千万别夺走我的爱子狮心理查啊!过去,我对你太不了解啦,你是个圣洁的人,能生活在你身边,接触到你的呼吸,对卑劣堕落的我来说真是莫大的荣耀啊……'

"蓦地响起一声号角。我熟悉这信号,知道是有使者从国王在法兰西的驻军中来了。我赶紧给国王鞭痕累累的肩头披上一件斗篷,自己跑到墓门前,接过文书,又急忙奔回国王身边去。

"我以为,托玛斯大主教已经听见了他的祈祷,因而使他获得了对他儿子们的胜利。

"他哆哆嗦嗦地拆开封漆,但信上的字在他眼前却变得模模糊糊。'念!'他命令我,对胜利与和平的渴求使他气急败坏。谁知我念出来的,却是完全不同的内容:

"'我,普瓦图伯爵理查,在此并非为我自己,而是代替我的教育者和精神父亲的在天之灵提出控诉，控诉那些杀害他的凶手至今仍逍遥自在地活在世上，未受任何王法惩处。我谴责这种姑息养奸的行为，为使任何人都不怀疑我这种立场，我向各国的国王和人民公开宣告，我已决心与自己的生父脱离关系，正如他自己与基督及其代表脱离了关系一样。'

"我还在结结巴巴地念着这封残忍的信，亨利王就目光痴呆地、暴睛突眼地向我逼过来。我不敢再作声，他却双手掐着我的脖子，大叫着：'不，不，你撒谎，无赖！'随即自己便昏倒在地。

"墓碑上的托玛斯大主教却微微笑着……"

"别讲啦！'面色苍白的布克哈特修士嚷道，并朝制弩匠伸出双手，表示拒绝听下去。

一般人到了老年，能从生活中得到的享受已所剩无几，通常都只喜欢听愉快有趣儿的故事，布克哈特修士也是如此。当他把制弩匠拖到自己房中来时，打的就是这个算盘，实指望能从圣托玛斯的生平中找出几件小事和凡人所有的弱点来取笑一番，给这位新圣者头上的金色灵光抹一点黑。谁料汉斯让他看到的却是一场残酷的斗争，和两张被痛苦所扭曲了的面孔。这实在使他难以忍受，为了冲淡不愉快的印象，他想找一句俏皮话来说说。

"谢天谢地，"他过了一会儿终于开口道，"你眼下坐在我面前倒挺虔诚、挺诚实的样子。其实，你这人够滑头的，连你那国王也没抓住你的腰带，把你一块儿拖下地狱去。"

制弩匠身板笔直地坐在他那矮凳上，两眼炯炯有神。他在讲完故事后，心情就像办过一次告解似的轻松，所有的肌肉也增加了力气。要知道，他尽管头发花白，却仍有着一颗勇敢的心，能够经受住隐藏于人情世态后的正义的严厉判决。

"我也并非一点没受打击啊，"他回答布克哈特修士说，"不过，我及时地退了出来，没少得到好处。我愿再简单告诉您，我怎么变成了今天这样的人。

"俗话说，马儿归槽的时候总要跑得快一些。

"在亨利王受过鞭打，我跟随着他飞马回转温莎宫的路途中，我就已经确信，国王身边已不是我久留之处。大主教一死，他便非常讨厌见我，对我没能把大主教从杀害他的人手中救出来这点过错，做了愤怒的、不公道的指责。他在哪儿见到我，都要背转脸去。一个有着高贵的揆泰尼亚血统的英俊少年，代替我这胡子拉碴的粗汉，专门替他斟酒。就连让我陪伴他去打猎的次数也很少了。他之所以挑我跟他去坎特伯雷进行忏悔，是在我面前他用不着感到害羞。

"回到温莎宫不久，兵器总监罗洛大人就把我找去盘问。国王自我鞭笞的事已经传开了，在撒克逊贫民中更是不胫而走，尽人皆知，要么使他们更加虔诚，要么使他们幸灾乐祸，洋洋得意。罗洛大人听了令人难堪的真情，气得额头上青筋毕露，接着如他一贯似的口出狂言，以发泄心中的不满：

"'他竟爬到那个懦夫的墓前，向他乞求宽恕！那个白脸小丑在他的墓穴中将怎样发出窃笑呵！……他即使到了地下还要伸出头来咬他一口，真是条毒蛇！……好个自我鞭打的诺曼国王！……可这也难怪！你发现了吗，汉斯，一年多来，亨利陛下肩膀上扛着的就已是个教士脑袋！'

"罗洛大人说的倒是真话，国王的模样几乎叫人认不出来了。他脸上的皮肉松软下垂，再不像从前那样容光焕发，而是煞白煞白，没精打采，恰似一根朽木雕成的。

"'英格兰的空气已经令我感觉臭不可闻。'罗洛继续发着脾气，'我要到阳光灿烂的西西里岛去了，那儿有我一个外甥。汉斯，去火炉中取一条木炭来，'——我们当时站在兵器库里——'替我在墙上题几句告别词，说我罗洛不屑为一个鞭打过自己的国王效力。'我知道这位贵族不会写字，便把他的想法努力用一句拉丁语概括起来，使他非常满意。这句话是：

"'Ego—Normannus Rollo—valedico—regi Henrieo.'①

"可是，我在动手写之前对他讲：'我也要走啦，大人。'

"'怎么，制弩匠，你也要走？国王会想你的！'他说，并且皱起了额头。

"我指了指我脖子上被掐出的乌痕，回答道：'我已经第三次向亨利陛下传达噩耗啦，难怪他像讨厌乌鸦似的讨厌我！我侍奉他不会再使他快活。我何苦惹他生气呢！我想我还是走了好，免得他像所罗王似的不高兴就赏我一标枪②。可是您，大人，您要是

---

① 拉丁语：我——诺曼人罗洛——告别亨利国王。
② 据《圣经·旧约》载，所罗王嫉妒大卫的声名，企图用矛刺死他。

离开他就会成为不祥之兆，使他惊恐，使他忧郁，要知道陛下非常器重您，把您视为诺曼族的光荣的最老见证人和化身啊．'

"听到这儿，兵器总监一把从我手中夺去还不曾使用的炭条，扔进壁炉，嘴里嘟囔着，丢下我走了。

"当天，我就去到国王面前，求他恩准我退职。地点是我当初向他呈献我那改良弓弩的同一间屋子，但是心情却沉重得多。他和蔼地望着我，只是神情显得异样而悲伤，同意了我离去。我并未因此变成一个富翁，不过，亨利王也吩咐国库总监支付给我应得的报酬。

"我收拾温莎宫中自己的房间，在一口箱子的底下发现了我塞在那儿的揩着圣者鲜血的手帕。怎么处置这手帕好呢？它无疑比陛下给我的全部赏赐还宝贵，因为那个时候，托玛斯大主教的哪怕最微不足道的遗物就已具有了比它重一百倍，是的，甚至重一千倍的黄金的价值。不过，要卖掉这血手帕，我却问心有愧：我到底对主教大人的死不能不负一些责任啊。另外两个处置办法，即要么自己保存，要么将其销毁，也使我觉得同样不妥。

"我在离开英国之前，抽工夫去看了看我以前的师父，那位伦敦制弩匠。当初他待我很好，可我在侍奉国王期间却背弃了他。他毕恭毕敬地迎接着我，不知道我已经失宠。他一会儿笑，一会儿哭，就跟个孩子似的。愁苦和悲伤已搞得他心力交瘁。我问希尔德好不好。他回答她已经卧床不起，长期发着低烧。说完就领我上她房间去。

"希尔德认出我，深陷的蓝眼睛中闪着泪光。她感谢我去看她，说她是非常渴望在死以前能见我一面的。我心中呢，随着产生怜悯，旧日的爱情又复活了。加之自己也是个受了命运打击的人，便谦虚谨慎地向她建议，一等她恢复健康就娶她为妻，带她一起回我的故乡去。

"她点点头，但仍带着怀疑和凄怆神色。

"这当儿，我想起我那件珍贵的圣物。当时，在整个英格兰已是有口皆碑，盛传着圣托玛斯的遗物能使病人康复和创造其他种种奇迹。撒克逊神父在布道时声称，甚至死了的人，只要碰一碰他的圣物也会复活过来哪。我飞马驰回温莎宫，取了手帕又匆匆来到希尔德房里。她睡着了。我把血手帕轻轻盖在她胸口上。她动了动，睁开眼来对我温柔地微笑着，深深吸了几口气，目光突然格外明亮起来，随后却轻轻叹息一声，合上了眼。她死啦，神父。

"一刹那间，我又恐怖，又恼怒：惯于救死扶伤的托玛斯大主教仍然不肯饶恕我，以致杀死了我的爱人。我仓皇逃离英国。那块血手帕大概是装在希尔德的棺木中一起埋葬了。

"在横渡英吉利海峡时我遭遇了风暴，大浪两次把船冲回英格兰岸边。终于踏上大陆以后，我便直奔施瓦本邦，饱经沧桑的我，再没一点心思到世界上去东游西荡，瞧这瞧那啦。在莱茵河边马饮过水，我更归心似箭，因此溯流而上，马不停蹄地一直赶回沙弗豪森老家。

"在家乡，我发现大伙儿把我打死犹太高利贷者马纳瑟的事已忘得一干二净，好像迎接一位衣锦荣归的名人似的迎接着我。我也趁热打铁，娶了一位年轻寡妇，她除去前夫的两个小儿子以外，还给我带来了一座建在沙弗豪森的庄园，一座位于莱茵河畔的阳光充足的葡萄山。

"请相信我，神父，尽管我成了个显赫的人，并给国王当过差，我仍然未抛弃自己的手艺，而是立刻开起一家作坊来。没过多久，远远近近的城堡和城市都成了我的主顾，由我供给各种类型的弓弩。

"关于我的国王我可再没得到任何消息，只听说他与他的儿子始终和解不了，自己非常悔恨。

"一天，我牵着我老婆带来的大儿子，到莱茵河的瀑布下边去，试验我新设计的一种弩。我打算把箭射向对岸，看河面上的旋风会对它的飞行产生多大干扰。

"当我在寻找对岸的目标的时候，突然发现在一尊巨石上坐着一位灰色的骑士，宝剑横搁在膝头上，就跟你们这儿大教堂的钟楼壁龛中那位卡尔大帝一个模样。我的小家伙害怕起来，我则绞尽脑汁，想弄明白是谁一夜之间就把这尊栩栩如生的雕像搬到那河边的荒野里去了。

"蓦地，骑士穿着铠甲的手臂慢慢儿举了起来，而且我看出他是在向我招手。这时我才认出了他，连忙跳进一艘小船，用力向对岸划去。罗洛大人冲我大声地喊道：'你好啊，施瓦本人，邀请我去你家喝两盅怎么样！'

"回家的路上，他告诉我，他准备去罕勒莫①。今天来到莱茵

---

① 意大利城市。

河畔这座小城，他先安顿好了马匹和随从，便被远远传来的雷吼一般的声音吸引着，沿河而下，去到了那壮观的瀑布面前。

"我和他并肩走在沙弗豪森的街上，居民们都为这位老骑士的魁梧健壮所倾倒，我也感觉自己仿佛曾经生活在一个巨人般的异族中似的。罗洛大人饮过几杯以后，开始称赞起我们的美酒来。我却终于大起胆子向他打听我那国王陛下的近况。兵器总监听罢往空中吹了一口气，我立刻明白，亨利王的灵魂已经离开了人世。

"'那么，'我战战兢兢地问，'他死时的情形怎么样？'

"'未得善终！'他回答，'让他的儿子一气就呜呼了。你的偶像，理查王子在法国国王的帮助下打败了他，提出的第一个议和条件是要父亲对他进行祝福，尽管这只是做样子罢了。

"'亨利王满腹怨恨，由我搀扶着从病床上坐起来，吃力地向儿子伸出右手去。可就在这当口，他那违心地给人祝福的手指却痉挛起来，随即便僵在了空中。'

"'别讲啦，大人！'我不寒而栗，冲口喊起来。过了好一会儿，我才又说：'允许我送您一程吧，我准备去朝拜一下安西德尔恩①的黑圣母，我非常渴望能够为我的陛下的灵魂祈祷祈祷。'

"第二天，我们到了迈因拉德修道院所在的荒原上。罗洛大人不肯停留，对我点了点头表示告别，然后勒转马头疾驰而去。临别前，他还冲修道院的钟楼吐了一口唾沫。

---

① 瑞士的著名朝圣地，为迈因拉德伯爵于九世纪时所建。

"我下得马来,赤足光头地向圣地走去。我在里边做完了为洗雪罪孽通常要做的一切,在离开前又再次去饮圣泉中的水。如您所知,这泉水乃是从圣迈因拉德的身体中涌出来的呀。

"就在我虔诚地从水管上抬起头的时候,一眼瞅见旁边的水管前凑着另一个朝圣者的脑袋,也在贪婪地饮着水,奇怪的是他右手的袖管竟空空地垂在身边。这当儿他也抬起了头,我们于是四目对视起来。

"我俩自己还未明白是怎么回事,便已同时扑向对方,狠狠掐着对方的脖子——特鲁斯特·格里姆和我。

"幸好,我们身边这时响起一个低沉有力的声音:'住手!'讲话的是一个年轻力壮的修士,他问我们打哪儿来,是何处人氏。

"当他得知我俩一个是替圣托玛斯举十字架的修士,一个是亨利王的贴身侍从时,就觉得刚才我们准备拼个你死我活是情有可原了。只是在打发我们走的时候,他仍给了我们轻重相等的处罚,让我们各念一定遍数的'我们的圣父',并且恳恳切切地劝诫我们说:小人物可不该介入大人老爷们的争端,何况他们都已离开人世,各得其所,到彼岸三界该他们去的地方去了呢。

"这样,我和特鲁斯特·格里姆才各走各的路:我回我在莱茵河畔的工场,他去他的圣托玛斯墓。不过这个满嘴红胡子的鲁莽家伙临走还嘟嘟囔囔,骂那些缺少热诚的施瓦本教士。

"十年后,现任教皇听从英格兰和整个基督教界的呼声,把托玛斯大主教提升到了本教会圣者的光辉行列中。人们呈报并证实了的圣迹数以百计,远远超出通常所要求的三项,尤其是他在圣坛前的殉教壮举,更给他增添了无上光耀。

"消息一在信奉基督教的国家传开,我便把托玛斯大主教的名字写在自制的日历上,与我们教会最初的一批小殉教者,即伯利恒城遭到屠杀的无辜儿童在一起。诚然,他除去同样死于剑下以外,与这些小殉教者只有很少的共同点。"

突然,塔卜狂吠着跳了起来,紧接着,从下边的巷门山传来一片猎犬的吠叫声和马蹄声。一股火烛的强光射进房中,两人走到外边的小阳台上,一队打猎归来的修士正骑着马从巷子里走过。制弩匠认出为首的一位就是他的主顾和债务人库诺修士。库诺修士也看见了他,因此左手收缰,右手从袍子中拽出一个胀鼓鼓的皮钱袋来,大大方方地递向了制弩匠。

汉斯想要告辞,布克哈特修士却将哆哆嗦嗦的手抚在他的肩上。

"朋友,"布克哈特修士说道,"就在圣费利克斯和圣雷古尔的屋顶下过夜吧。既然那位今天统治着这座城市的圣者曾称你为恶仆,在你摸黑回旅店去的路上,他就很可能暗算你,要知道他一贯是不肯饶人的啊。去,趁现在骰子还未响起来,去找库诺修士把债结清。这期间我将在房中为你搭好床铺。我睡眠很少,也乐得今天夜里能听见一个活人在我身边呼吸。我担心,今夜托玛斯大主教血淋淋的脑袋说不定会在我眼前的黑暗中晃来晃去哩。

"而明天是虔诚的大卫王的纪念日[①],你就可以放心大胆走你的路啦。"

---

① 即十二月三十日。

译后记

"金丝银线织成的锦缎"
迈耶尔和他的历史小说

近代德语文学，在其特定的社会历史条件下，很大程度上是以Novelle——我们通常译作"中篇小说"——见长的。在德国、奥地利、瑞士这三个德语国家里，出了许许多多杰出的Novellist（中篇小说家），迈耶尔便是其中引人注目的一个。

康拉德·斐迪南德·迈耶尔（Conrad Ferdinand Meyer, 1825—1896年）出生在瑞士苏黎世一个古老的贵族家庭，父亲是一位颇有造诣和声望的历史学家和法学家。迈耶尔年轻时学过法律，后来转而研究历史和语言学，一度也想成为画家。由于长期生活在贵族家庭脱离社会实践和笃信宗教的保守环境里，无所事事，耽于幻想，精神抑郁成疾，二十七岁就患了精神病。病愈后迁居洛桑，在一位当时著名的历史学家鼓励下翻译法国历史著作并得到出版机会，开始有了生活的自信心。1854年回到苏黎世，继承了一笔可观的遗产，使他有可能前往法国、德国、意大利，做长时间的旅行和考察。旅途中，他大大开阔了眼界，增长了阅历。在法国巴黎，他目睹拿破仑三世统治下资产阶级暴发户们纸醉金迷的生活，深感厌恶。在德国慕尼黑，他流连在无数的画廊和博物馆中，受到了艺术的熏陶。特别是在意大利的佛罗伦萨、米兰、罗马等古城中，他更是为以文艺复兴为代表的古典文艺所倾倒，对米开朗基罗等文艺复兴时期的"巨人"产生了深深的崇敬。这些，不仅促使他下定了做一个文学家的决心，而且为他的创作提供了丰富的素材。

旅行归国，他即开始做翻译法国文学的工作，同时创作和发表诗歌。可是，一直到1871年叙事长诗《胡滕的末日》问世，他的创作才逐渐受到人们重视。此后，他却转而致力于写历史小说，以近二十年的不懈努力，完成了长篇著作《郁尔格·耶纳奇》（1876年）和十余个成功的中篇。1887年年末，迈耶尔不幸染上重病，精力日趋衰弱。1892年精神病复发，自此郁郁终日，与世隔绝，直至逝世。

迈耶尔以写诗开始其创作。作为诗人，他也卓有建树，成功地写出了叙事长诗《胡滕的末日》以及《罗马喷泉》《双帆》《息桨》等大量抒情诗，在1848年革命失败后趋于沉寂的德语诗坛上独树一帜。但是，尽管这样，迈耶尔为世人公认的更加重要的成就，却仍然在小说的创作。尤其在历史小说这一特定的题材和体裁范围内，他更取得了整个德语文学史上无人堪与比肩的成绩，为后世留下了一批脍炙人口的佳作，丰富了世界文学的宝库。

迈耶尔小说的主要代表作为长篇《郁尔格·耶纳奇》以及《圣者》等一些中篇。

中篇小说《护身符》（1873年）是迈耶尔早期的作品，但已体现了他历史小说创作的特点与风格。写的是十六世纪法国宗教改革时期新旧势力之间的殊死斗争，代表新兴市民阶级的加尔文派和天主教之间的内战持续了三十六年之久（1562—1598年），历经八战八和。小说截取这次大战中的一个断面，集中描写惊心动魄的"巴托罗缪之夜"的一幕，通过对其前后的典型事件和典型人物的刻画，真实生动地再现了法兰西帝国当时的社会政治风貌。作者纯熟地运用第一人称的写法和框形结构，通过巧妙的构思和情节安排，把阶级对立、宗教冲突、民族矛盾以至主人公的爱情际遇，统统糅合在一起，将如此重大的题材和复杂的事件写得条理清晰，引人入胜。特别是小说一开始就精心埋下一条又一条伏线，更增加了故事情节的戏剧性和传奇色彩，使小说越往后越精彩，常常令人不禁拍案叫绝，恨不得一口气将它读完。小说中人物的性格，诸如查理九世的昏聩，卡特琳皇后的狠毒，意大利神甫的险恶，吉歇伯爵的骄横，利涅罗尔辈的鄙俗，以及哥里尼的沉毅，夏狄翁的仁厚，波卡尔的豪爽，沙道的富于正义感，等等，虽都着墨不多，却给人留下难忘的印象。

《普劳图斯在修女院中》（1882年）写的是十五世纪意大利文艺复兴时期的一个故事。它篇幅短小得多，情节较为简单，人物也没有几个，但同样不乏悬念和戏剧性，读来引人入胜。小说于歌颂文艺复兴时期的"巨人"——那位多才多艺、敢作敢为的人文主义作家波吉约的同时，还塑造了一个敢为争取自身的幸福而斗争的农村少女的形象，既无情鞭挞了扼杀人性的封建教会的虚伪黑暗，又生动再现了文艺复兴时期的时代气氛。

《圣者》（1880年）被视为整个十九世纪德语中篇小说中的一篇杰作。它通过十二世纪英王亨利二世与其宠信托玛斯·白凯特之间的恩怨情仇，深刻而生动地反映了英国当时激烈的政教之争、撒克逊农奴与诺曼贵族之间不可调和的等级矛盾，以及英法两大强国为争夺霸权而进行的明争暗斗。小说场景宏大开阔而富于变化，情节曲折紧张而充满传奇色彩，读来扣人心弦。两位主人公的形象和性格都栩栩如生，血肉丰满，既复杂而又有发展变化。例如，托玛斯·白凯特既是一个老谋深算的政治家和铁石心肠的复仇者，又是一位德高望重的大主教和胸怀博大的人文主义者。同样，英王亨利二世这个人物也充满了矛盾。

迈耶尔生活在1848年资产阶级民主革命失败后普遍弥漫着悲观失望情绪的欧洲，特别是他的创作旺盛之年（1870—1890年），更已到了资本主义向帝国主义过渡的前夜。对于政治和社会现实的失望，使他放弃法学转而从事文学工作，放弃现实题材转而选择历史题材，希望借古喻今，通过描写历史上的伟大时代和伟大人物，来批判现时堕落的世风和渺小的政客。迈耶尔作品的基调一般比较沉郁，结局多为悲剧。他受了当时流行的"英雄创造历史"的唯心史观影响，作品中塑造的往往是历史上的"伟人"，诸如文艺复兴时期的大作家、大艺术家，宗教改革运动的领袖，民族解放战争中的统帅，以及国王、宰相、主教等等，人民群众的作用遭到了忽视。但是，另一方面，迈耶尔在创作中又始终表现出对民族解放和统一运动的关注（《郁尔格·耶纳奇》《护身符》《佩斯卡拉的诱惑》），对以教会为支柱的封建黑暗势力的批判（《普劳图斯在修女院中》《一个少年的苦难》），对不同等级中被压迫者的同情以及对纯真爱情的赞颂（《圣者》《祭坛枪声》《古斯塔夫·阿道夫的侍者》），从而坚持了进步的人道主义理想，使他的作品具有积极的健康的思想意义。

艺术上，迈耶尔继承欧洲浪漫主义历史小说奠基人司各特的传统，效法法国小说家梅里美，并受意大利文艺复兴的雕塑巨匠米开朗基罗的风格的影响，因此小说结构严谨，场面壮观，气势宏伟。他尤其擅用德语小说常有的所谓框形结构（Rahmenkostruktion），使情节曲折婉转、腾落跌宕而富于戏剧性，时代气氛和传奇色彩十分强烈。迈耶尔小说的语言凝练、强劲，人物形象鲜明生动、富于雕塑美，心理剖析也细腻而深刻。难怪瑞士另一位被誉为"写中篇小说的莎士比亚"的小说家凯勒，要以"金丝银线织成的锦缎"来赞喻迈耶尔小说艺术之精湛。

总之，迈耶尔的历史小说，不仅可以丰富我们的知识，加深我们对于欧洲历史上一些重要时代的了解，而且也将以其特有的艺术魅力吸引我们，给予我们一种特殊而隽永的美的享受。